Yambo Ouologuem

Das Gebot der Gewalt

ELSTER

Yambo Ouologuem

Das Gebot der Gewalt

Roman

Aus dem Französischen
von Eva Rapsilber

ELSTER

Bei der vorliegenden Ausgabe handelt es sich um eine durchgesehene und geringfügig korrigierte Textfassung der deutschen Übersetzung aus dem Jahr 1969. Die von der deutschen Übersetzerin 1969 vorgeschlagenen, dem Sprachgebrauch der Zeit entsprechenden Übersetzungslösungen für die von Yambo Ouologuem selbst bewusst verwendeten abwertenden Bezeichnungen für Afrikanerinnen und Afrikaner im Französischen blieben – wenn auch heute fragwürdig – aus Gründen der Werktreue unangetastet.

Der sanften Gefährtin böser Tage
und derer, die noch schlimmer waren

1

Die Legende der Saïfs

Unsere Augen trinken gleißende Sonne und wundern sich, besiegt, ihrer Tränen. *Maschallah! Oua bismillah!* ... Wollte man vom blutigen Abenteuer des Negerpacks berichten – Schande über die Elenden! – brauchte man kaum über die erste Hälfte unseres Jahrhunderts hinauszugehen; doch die wahre Geschichte der Neger beginnt sehr viel früher, mit den Saïfs im Jahre 1202 unserer Zeitrechnung, im afrikanischen Reich Nakem, südlich von Fessan, lange nach den Eroberungszügen des Uqba ibn Nāfi.

Wer vom Glanz dieses Reiches erzählen wollte – dessen Ruhm, in Marokko, Sudan, Ägypten, Abessinien, der edlen und heiligen Stadt Mekka bekannt, auch Engländern, Holländern, Franzosen, Spaniern, Italienern und natürlich auch den Portugiesen zu Ohren drang –, würde doch nur Folklore ohne Bedeutung berichten.

Was einen mehr berührt, ist, wenn die Alten, Würdenträger und Griots, mit weit offenen Augen auf die bitteren Wüsten starrend, von diesem Reiche sprechen. So hören wir – unter Gottes unerbittlichem »Segen«, *ouallahi!* – von der verzweifelten Flucht seiner Bevölkerung, die, getauft in der Folter, eingepflanzt im Randé, verstreut entlang der unfruchtbaren Berge des Goro Foto Zinko, sich auf den Inseln des Yamé über zweitausend Kilometer flussabwärts von Ziuko niederließ, die äußersten Grenzen der atlantischen Küste besiedelte, um sich endlich über die an Äquatorialafrika grenzenden Savannen, durch verschiedene Stämme voneinander getrennt, in ungleich großen Gruppen zu verteilen: den Randigen, Fulbe, Gondaïten, berberischen Nomaden, N'Godos.

Im Streit um die Herrscherwürde zerrieben sie sich in inneren Fehden, deren Gewalt nur mit ihrem Schrecken vergleichbar war. Zur Vergeltung tauchten die Saïfs – mit dem Ruf: Im Lichte der Welt! – ihre Assagaien blutig von Verbrechen und Missetaten ...

Um die Ergebenheit der Sklaven unter das Herrenrecht zu preisen, erlebten in jener Feudalzeit ganze Sklavengemeinden nicht nur den Frondienst, sondern viele ließen sich auch, klebrig vom Blut abgeschlachteter Kinder, den aufgeschlitzten Bäuchen schwangerer Frauen, lebendig einmauern ... So geschah es in Tillabéri-Bentia, in Granta, in Grosso, in Gagol-Gosso und vielen anderen Städten, die von den arabischen Historikern im *Tarikh al-fattash* und *Tarikh al-Sudan* erwähnt werden.

Danach erhob sich immer ein stürmisches Flehen, das vom Dorfplatz bis zum dunklen Dickicht widerhallte, wo die Hyänen schliefen. Es folgte eine fromme Stille, und der Griot Koutouli, edlen Angedenkens, schloss sein Heldengedicht so: »Nicht weit von den Körpern der in Scharen abgeschlachteten Kinder zählte man siebzehn Föten, von den klaffenden Eingeweiden sterbender Mütter ausgestoßen, nachdem sie vor aller Augen von ihren Männern vergewaltigt worden waren, die sich danach, von Schande zermalmt, das Leben nahmen. Und um das Leben eines ihrer Brüder, eines ohnmächtigen Zeugen, zu retten, konnten sie sich dem Selbstmord nicht entziehen. Man beurteilte seinen von der Ungläubigkeit der Verzweiflung gezeichneten Blick – *Al'allah!* – als ›übertrieben verweint‹ oder ›weniger entsetzt als üblich‹.«

Der Dorfälteste, die Lippen in stummer Resignation geöffnet, schloss auf die Eitelkeit des menschlichen Lebens. Vor Erschütterung kaum noch des Denkens fähig musste er doch die aufrührerischen Geister beruhigen, indem er auf einem geflochtenen

Weidenfächer Ohrläppchen anderer Aufständischer aus dem Nachbarort präsentierte, deren verkohlte Körper als Asche über den Fluss gestreut worden waren ... Sodass die bösen Geister dieser Elenden, wie es heißt, das Wasser auf wenigstens drei Jahre hinaus verseuchten und die wenigen arbeitsfähigen Männer des Dorfes zwangen, weit entfernt Brunnen auszuschachten, die man nachts dauernd gegen die Geister des Bösen bewachen musste; über sie die Gnade des Allerhöchsten und die ausgesuchteste aller Segnungen.

Doch enthält dieser Bericht nichts Außergewöhnliches: Viele andere erzählen, wie der knechtende Terror jeglichen Versuch einer Rebellion im ganzen Reiche im Keim erstickte. Noch zwei Jahrhunderte lang ertrug das Herz im Nakem geduldig jede Erniedrigung und Gemeinheit; die Krone zwang einen, das Leben mühsam herunterzuwürgen, wie die Boa eine widerliche Antilope, und glitt über die Häupter ruhmloser Dynastien von sibyllinischer Herkunft – jede Niedertracht trat sie mit Füßen ...

... Von diesem Bild hob sich das einmalig wunderbare Geschick des Saïf Isaac El Heït ab: Sein Los stellte ihn weit über alles Gewöhnliche und verlieh so der Legende der Saïfs den Glanz, in dem sich die Träumer von der afrikanischen Einheitstheorie noch heute sonnen.

Um über diese Persönlichkeit die Renaissance des Nakemreiches zu erfassen, muss man die düstere Litanei der damaligen Diktaturen aus dem Munde der Alten vernommen haben. So geschah es, dass Saïf Mosche Gabbaï aus Honaine – auf die Worte eines Wahrsagers hin, denen zufolge er 1420, an einem Tag wie alle anderen, von einem Kind gestürzt würde, das im Laufe des kommenden Jahres in Tillabéri-Bentia, der Hauptstadt des Nakemreiches, zur

Welt käme – sich plötzlich um die seltsamen Gelüste schwangerer Frauen kümmerte. Er ließ alle Neugeborenen den roten Tod schmecken und reihte ihre vertrockneten Köpfe an der Wand seines Vorzimmers auf. Doch rettete eine Mutter, Tiëbiramina – vom Glück begünstigt –, ihr Neugeborenes im Schutze der Nacht und ergriff, gefolgt von ihrem Gatten und drei getreuen Dienern, die Flucht, um sich in Gagol-Gosso niederzulassen.

Als dieser Sohn, Isaac El Heït, ebenso groß wie stark und kühn geworden war, schloss er sich einer Gruppe von Kriegern an.

Hier gelangen wir an den kritischen Punkt, über den hinaus die Überlieferung sich in der Legende verliert, von ihr verschlungen wird; denn es fehlt an schriftlichen Berichten, und die Versionen der Alten weichen von denen der Griots ab, die wiederum den Darstellungen der Chronisten widersprechen.

Nach den einen war Isaac El Heït, schon ehe er in den Krieg zog, ein mächtiger Herr gewesen, dessen Eltern unter den Fürsten der Provinz Randé einen glücklichen Lebensabend verbrachten. Andere meinen, er habe seine Eltern bei einer Strafexpedition des Saïf Mosche Gabbaï aus Honaine verloren und sei, von einem Assagai durchbohrt, von einem gondaïtischen Bauern gerettet worden, der ihn während langer Monde pflegte und endlich heilte. Wieder andere behaupten, er habe sich einer Kriegertruppe angeschlossen, weil er für Glanz und Ruhm des Waffenhandwerks nicht unempfänglich war.

Wenn der Unsterbliche die Sonne sinken lässt – Diamant des Hauses Seiner Macht –, erzählt man in den zauberkräftigen Annalen der alten Weisen, neben Berichten der mündlichen Überlieferung, auch das berühmte Heldengedicht (das einige anzweifeln, da sie die jüdische Herkunft des Saïf abstreiten und behaupten, er sei ein pechschwarzer Neger gewesen) von Mahmud Meknud Traré, der Nachkomme von Griots und selbst Griot der afrikanischen Republik Nakem-Ziuko ist, die vom alten Nakemreich allein übrig blieb:

Der Herr – heilig ist Sein Name – hat uns die Gnade erwiesen, bei der Geburt des Negerreiches Nakem einem Einzigen Glanz zu verleihen, unserem Ahnen, dem schwarzen Juden Abraham El Heït. Er war Mestize, der Vater ein Neger, die Mutter eine jüdische Orientalin – aus Kénana (Kanaan) –, sie stammte von den Juden der Kyrenaika und des Twat ab, die auf der Marschroute des Cornelius Balbus über das Aïr in den Nakem eingewandert sein sollen.

So handelte der Allerhöchste, um in seiner Gnade – Gebet und Friede ruhen auf ihr! – die Fortdauer der Saïf-Dynastie zu segnen, an deren Ursprung man die Größe eines Einzigen findet, des sehr frommen und gottesfürchtigen Isaac El Heït, der täglich einen Sklaven freiließ. An der Quelle seiner Macht steht sein gerechtes Opfer; er verzichtete auf den fürstlichen Besitz, um sich einer durchziehenden Abenteurerbande anzuschließen.

Aber seht: Der kühne, überaus tapfere Isaac El Heït erlebte Hunger, Durst und Fieber, das Klirren des Kampfgetümmels, den Anblick Sterbender. Hundertmal hielt man ihn für tot. Durch die Gunst des allermildesten und gerechtesten Herrn der Welten entging er stets diesem Schicksal, denn sein Hinscheiden wäre Gott und den tugendhaften Menschen unerträglich gewesen: *ouassalam!*

Seht weiter: Mitten unter den Bergen von Leichen, die nach dem Durchzug des Saïf Mosche aus Honaine – Gottes Fluch komme über ihn! – zurückblieben, erwachte die edle Glut des Isaac El Heït zu neuem Leben – Gott kühle sein Lager! Er zog den

Degen: Auf der Klinge erglänzten Sonne und Mond, in ihr spiegelte sich die Erde.

Endlich – der Ewige segnete Isaac: Flüchtige Sklaven, aufständische Bauern, brave Leute ohne Besitz, Krieger, Abenteurer, Waisen, Unerschrockene aller Art sammelten sich unter seiner Fahne, bildeten seine Armee.

Sie wuchs. Er gewann Ruhm. Man umwarb ihn.

Von allen gefürchtet, besiegte er Berber, Mauren und Tuaregs, erkannte den Scheich Abderrahmân Es-Soyoûti an, half dem Scheich Mohammed ben Abdelkerîm El-Meghili, dem Scheich Chamharoûch aus dem Geschlecht der Dschinnen und dem hassanidischen Scherif Mulaï El-Abbas, dem Fürsten von Mekka – Gott erbarme sich ihrer aller. In Bengasi bekriegte er die Feinde des Imams Abu Bakr ben Omar El-Yemani, vernichtete in Tripolis die Usurpatoren, die den Kadi Abdelqahhâr ben El Fîzân ermorden wollten, und als er eines Tages in der Provinz Algier, inmitten des Stammes der Beni Tsa'âleb weilte, überbrachte ihm Scheich Abderrahmân Et-Tsa'âlbi die Weissagung des Imam Mahmud, des Großscherifs von Mekka: »Ein neuer Saïf wird kommen, um den Durst der Bewohner des Nakemreiches zu stillen: Dieser Erste von allen bist du, Isaac El Heït, denn du bist das Wasser, das Salz und das Brot, denn du bist heilig und wirst Kalif sein. Nach dir wird am Ende des 13. Jahrhunderts der Hedschra* aus der Provinz Tekrur des Nakemreiches ein anderer Kalif kommen und über seiner Herrschaft die Sonne scheinen; Gott wird euch beide mit Reichtümern, Macht und Ruhm überhäufen, ihr werdet sie für ihm gefällige Werke verwenden.«

* Das 13. Jahrhundert der Hedschra entspricht der Zeit von 1786 bis 1822 der christlichen Zeitenrechnung.

Einige Zeit später, so heißt es, verdunkelte sich die Welt vor den Augen des tyrannischen Saïf Mosche Gabbaï aus Honaine, der, von Isaac El Heït geschlagen, sein Heil nur der Flucht verdankte – Gott verfluche sein Königtum! –, sein zorniges Antlitz wurde so gelb wie der Pfeffer: Im Gewaltmarsch erreichte er den Fluss Yamé, fuhr diesen hinab und drang schließlich in den Süden des Landes Sao ein, wo er, wie man sagt, an einem Gallenriss starb. Die Macht fiel dem milden, viel geliebten Isaac El Heït zu, der den königlichen Titel Saïf annahm und sich nun Saïf Isaac El Heït nannte (Gott kühle sein Lager!). Sein Anblick glich dem Blitz, und sein Gewand war weiß; seine Herrschaft war ebenso gerecht wie ruhmreich (Gott nehme seine Seele zu sich!).

Ob wahr oder erdacht, die Legende des Saïf Isaac El Heït spukt noch heute in der Negerromantik und in vielen Republiken in der Politik der Würdenträger. Denn sein Andenken beflügelt die Fantasie des Volkes. Viele Chronisten dienen seinem Kult durch die mündliche Überlieferung, feiern in seiner Gestalt die glorreiche Epoche der ersten Staaten, deren König, als Weiser und Philosoph, ein Heldenepos zierte, das Archäologie, Geschichte, Numismatik und andere Geisteswissenschaften, zu denen sich jetzt noch Naturwissenschaften und Ethnologie gesellten, zu ihren größten Aufgaben berief.

Doch man muss den Tatsachen ins Gesicht sehen: Diese gewiss großartige Vergangenheit lebt eigentlich nur durch die arabischen Geschichtsschreiber und die mündliche Überlieferung Afrikas weiter. Und zwar:

Als Saïf Isaac El Heït, der milde und gerechte Herrscher, 1498 starb, hinterließ er drei Söhne: den Ältesten, Josua, der Gott geweiht wurde; den Zweitgeborenen, Saïf El Haram; den Jüngsten, Saïf El Hilal; acht jüngere Töchter und vier Frauen: Ramina, Dogobousseb, Aïssina und Hawa. Doch sieben Jahre zuvor, beim Tabaskifest, als der Herrscher Saïf El Heït sich auf sein Pferd schwingen wollte, verfehlte er den Sattel und stürzte rücklings herab. Saïf El Hilal, der jüngste Sohn, war besorgt auf ihn zugeeilt und hatte dem Vater aufstehen geholfen, während sein älterer Bruder Saïf El Haram den Sturz äußerst komisch fand, unziemlich lachte und als unehrerbietiger Sohn sogar noch Höflinge und Stallknechte darauf aufmerksam machte.

Am gleichen Abend, zur Stunde, wo im Busch irrende Schakale tödlich heulen, enterbte der Herrscher vor dem gesamten Hof, der Versammlung der Würdenträger und dem Ältestenrat seinen Sohn Saïf El Haram, dessen Nachkommenschaft er Fluch und Verderben voraussagte.

Folglich bestieg beim Tode des gerechten und milden Saïf El Heït (Ihm sei Heil!) sein gesegneter Sohn Saïf El Hilal den Thron, aber – um das Unglück zu vervollständigen – nur für dreizehn Tage. Denn Saïf El Haram verkündete, das königliche Paar müsse aus der Königinmutter und dem Sohn bestehen, und heiratete in der gleichen Nacht die vier Frauen seines verstorbenen Vaters – darunter seine eigene Mutter Ramina –, ergriff die Macht, nicht ohne vorher seinen jüngeren Bruder – den rechtmäßigen Thronerben – mit gefesselten Händen und Füßen in ein Kellerloch zu werfen.

Dort musste Saïf El Hilal seine natürlichen Bedürfnisse in seine Kleider verrichten und, um sich zu ernähren, die Hände auf dem Rücken gefesselt, kniend das Essen auflecken, das man durch die halb geöffnete Falltür des Kerkers schüttete. Ab dem zwölften Tage des Ramadans wurde er lebendigen Leibes von Würmern gefressen und starb am zwanzigsten Tage des gleichen Monats … Ein Gebet für ihn.

… Da kehrte der Herrscher Saïf El Haram, der böse Bruder und fluchwürdige Sohn – die Verdammnis Gottes komme über ihn! –, mit zwölftausend Tukulorsklaven aus einem Kriege gegen die Fulbe in die Hauptstadt des Reiches heim, wo man ihn an den Toren von Tillabéri-Bentia unter glühender Sonne erwartete. Vom Pferd, das majestätisch tänzelte, grüßte er die tobende Menge. Würdenträger, Statthalter der verschiedenen Provinzen, höfische Ehrenmänner zu seiner Rechten, Frauen, Kinder und Greise zu seiner Linken, hinter ihm die Armee, zu deren Seiten die Reihen der Sklaven, die Füße in Eisen – all das als prächtiges Beiwerk der triumphalen Heimkehr dieses Mannes, von dem die Siege im Feld den Schmutz abgewaschen zu haben schienen.

Mit allem Pomp im Hofe seines Palastes angelangt, wollte er vom Pferde steigen, um seine Gemahlinnen zu begrüßen, die zugleich seine Stiefmütter waren, als er – das sei das Los dessen, der dir flucht! – durch eine brüske Wendung des edlen Tieres abgeworfen wurde und sich überschlug, wobei die kurze Hose seiner blauen Tunika riss, sodass sich seine unteren Partien dem Publikum darboten wie bei Adams Geburt.

Verstört und fanatisiert bewies das gaffende Volk beredt seinen Unverstand, indem es in dem Vorfall ein himmlisches Omen erkannte … Mehr als ein Zeuge versicherte, ein Sattelgurt des Pferdes sei heimlich angefeilt worden, um den Skandal hervorzurufen. Man zog ihnen die Ohren lang, rasierte ihnen den Schädel, tätowierte ihnen Kreuze auf die Fußsohlen, damit jeder ihrer Schritte Gott beleidigte; drohte ihnen dann, sie mitsamt Vater, Mutter, Ahnen und Nachkommenschaft zu verfluchen; und die verratenen Höflinge mussten Gott, der sie durch den Mund seines Zauberers anrief, von ihrer Falschheit Rechenschaft ablegen; man verbannte sie nach Digal; zerschmetterte dort mit Pferdehufen ihre Glieder; mit einem Tuaregdolch, der gesegnet und siebenmal in ihren Augen, Ohren, Hoden und dann langsam in ihrem Nabel umgedreht wurde, entleerte man sie ihres aufrührerischen Blutes, bevor sie schließlich durch Einäscherung zum allermildesten Herren der Welt berufen wurden.

Aber Saïf El Haram, der wohl die väterliche Prophezeiung fürchtete und die Manen seines Vaters und ermordeten Bruders beschwichtigen wollte, »dankte ab«, nach einer langen (diplomatischen) Krankheit, die von (ebenso diplomatischen) glänzenden Siegen gegen die äußeren Feinde, die Gutés, Jakuks und Vatoungs, unterbrochen wurde. Der neue »Herrscher«, ein Tuaregsklave, war nur der Knecht und der verlängerte Arm des Saïf El Haram, der künftig den Adel von der Macht fernhalten wollte; sein Name: Abdul Hassana, schurkisch, unehrlich, sanftmütig bis in die Grausamkeit hinein.

Auf Anraten des Saïf El Haram machte dieser Knecht eine fromme Pilgerfahrt nach Mekka, von wo er nach einem Jahr, mit dem Titel eines »Hadschi« (Pilger des Heiligen Landes) geschmückt, zurückkehrte. Er verteilte das heilige Wasser der Stadt des Propheten Mohammed an die Kranken und glaubte, damit das unruhige Volk bestechen, die Lahmen gehen, die Blinden sehen und die Ungläubigen glauben machen zu können: *alif lam!*

Den Beweisen musste man sich stellen: Das Wasser aus dem heiligen Mekka schenkte ihm keinen Freund, ließ weder die

Blinden sehen noch etwa die Lahmen gehen, und – oh Gotteslästerung – das Wasser schmeckte, wie die Ungläubigen sagten, noch nicht einmal gut …

Als beteten sie einen Rosenkranz von Hexereien, »vollbrachten« Saïf El Haram und sein Akolyth Abdul Hassana nun Wunder am laufenden Band. Am 20. Mai 1503 entzündete sich durch Beistand der göttlichen Gnade ein Scheiterhaufen von selbst; auf ihm verbrannten lebendigen Leibes achtzehn Würdenträger, dem Gedenken des gerechten Saïf Isaac El Heït und seines jüngsten Sohnes getreu. Unter ihren Gewändern glitten achtzehn schleimige Vipern hervor, krochen über die Holzscheite, ehe sie, vom unsichtbaren Atem Satans gelenkt, in kleinen Löchern verschwanden, die auf wundersame Weise im Sand des herrschaftlichen Hofes erschienen, wo man sie zuvor gegraben hatte …

Vor Ekstase röchelnd, stimmte die Menge mit einem Eulenschrei, lang wie das Brüllen eines Löwen, ein religiöses Lied an und heulte auf Knien: »Ein Wunder!«

Noch zur Stunde des Eulenschreis versengten die feurigen Zungen des Scheiterhaufens das Blau, in das der Singsang der Muezzins stieg, die die *Suren* der Schriften rezitierten …

Um das historische Datum dieses Wunders, dem noch manch andere ebenso blutige folgen sollten, dem Gedächtnis zu erhalten, beschloss Saïf, an jedem 20. Mai das Feuer der *Vipern des Übernatürlichen* zu entzünden. Damit war ein Nationalfest geschaffen. Ein Lobgesang darauf!

Nach dem Tode des gerechten Saïf Isaac El Heït unterhielten der fluchwürdige Sohn Saïf El Haram und sein Minister Hadschi

Abdul Hassana, von einem Stein in der Seele getroffen, die sie nicht hatten, mit großen Kosten am Hofe die einflussreichsten und aufsässigsten Familien: Für sie waren die zwölftausend Teller bei jeder Mahlzeit, Bestechungsgelder, Pensionen, ebenso gewichtige wie leere Adelstitel, die ganze Märchenpracht: Selbst ihre Pferde, dreitausendzweihundertsechzig an der Zahl, tranken »Milch aus mit Einlegearbeiten aus Gold und Elfenbein verzierten Tränken«. *Allah harmin katamadjo!*

Um schließlich – als guter Herr der Negerkönige – diesen nach Ruhm und neuen Ländern verlangenden Prunk zu unterhalten, weitete Saïf mit Hilfe der Statthalter des Südens den Sklavenhandel aus, den er in einer blutrünstigen Süße segnete. Der Neger, der – im Gegensatz zu Gott – keine Seele, sondern nur Arme hat, wurde unter teuflischem Frohlocken von Priestertum und Handel, von Familie und Öffentlichkeit niedergeknüppelt, zum Verkauf hergerichtet, gelagert, verschachert, beschimpft, geschlagen, verkauft, gepeitscht, gebunden und geliefert – mit aufmerksamer, forschender, leidender Verachtung –, sowohl an Portugiesen wie an Spanier, Araber (Ost- und Nordküste), Franzosen, Holländer und Engländer (Westküste), und so in alle vier Winde verstreut.

Hundert Millionen von Verdammten – im Nakem beweint von den Sängern, wenn der Abendhimmel diamantene Sterne speit – wurden so geraubt. Man warf sie – zu sechst gebündelt, ihrer Menschenwürde beraubt – in das christliche Niemandsland der Zwischendecks, wo sie kaum noch ein Lichtstrahl erreichte. Und da war kein einziger besoldeter Seelenhändler, den die Angst um das Leben nicht abhielt, das Gesicht in den Luken zu zeigen. Keiner, der ungestraft auch nur eine Stunde in dieser Pesthöhle zu verweilen vermochte. Fieber, Hungersnot, Ungeziefer, Beriberi,

Skorbut, Sauerstoffmangel und Elend haben dort schreckliche Orgien gefeiert. Auf jeder Reise kamen dreißig Prozent um. Und, da die Liebe zum Nächsten schön, fast unmenschlich ist, mussten diese freundlichen Sklavenhändler nach dem Löschen der Ladung für jeden toten Sklaven eine Strafe zahlen; Sklaven, die kränker waren als gebärende Ziegen, warf man ins Meer und gab sie dem Tod des Ertrinkens oder den Haifischen preis. Das gleiche Los war den Neugeborenen beschieden, die als Ausschussware über Bord gingen.

... Halb nackt und völlig verstört wurde das Negerpack, jung wie der Neumond, nach dem Ausladen auf Plätzen unter freiem Himmel eingepfercht und öffentlich zur Versteigerung ausgerufen, während es unter dem Blick des allmächtigen (und gerechten) Gottes zusammensank – eine große menschliche Flut, schwärzlich, wie eine Masse verfaulten Fleisches – und so einen schrecklichen Anblick dahinsiechenden Lebens und unaussprechlichen Leidens bot.

In den Sklavenhaufen wurden Kerben geschlagen; Schreie, Röcheln, Haufen zertretener Körper, wenn der Sklavenhändler sich entschloss, das Negerpack der vordersten Reihen durch einen Peitschenhieb aufzuwecken. Von neugierigen Zuschauern gemustert, die sich in achtungsvoller Entfernung hielten, blickte es auf die Priester, die zwar ausgezogen waren, um Christi Wort zu verkünden, aber nun, ihren Ekel beherrschend, mit gesenktem Kopf den Rosenkranz durch die Finger gleiten ließen ...

Oft suchte ein junges Mädchen – mehr durch Schönheit als durch Putz geschmückt –, ein ganz junges Küken, durch den Anblick beunruhigt und mit zugeschnürter Kehle – vom Körper der Sklaven oder gar dem zitternden Glied ihrer Männlichkeit verführt –, bei ihrer rosigen Mutter, wenn nicht Trost, so doch wenigstens Beistand oder eine maßgebliche Meinung über die Sexualität der Neger. Die Antwort hieß dann unter anderen Liebenswürdigkeiten: »Der Heilige Vater hat für Milchkaffee nicht viel übrig ...«

Andere, weniger umständlich, feurige Augen rollend wie der englische Pirat Hawkins, haben aus der Hand der Königin Elisabeth die Ritterwürde empfangen – was ihnen ermöglichte, in ihr Wappen »einen Halbneger in seiner eigentümlichen Farbe, mit einem Strick gefesselt«, zu setzen (»*a demi-Moor in his proper colour, bound with a cord*«). *God save the Queen!*

Währenddessen hetzte der unpopuläre Saïf El Haram, jetzt, wo der aufsässige Adel gezähmt war, seinen Minister auf, er solle zwischen den rückständigen, sich stets bekriegenden Völkern, den rebellischen, nicht zu zähmenden Stämmen »so viele Missverständnisse wie möglich« schaffen.

Saïf versuchte nämlich mit allen denkbaren Mitteln, Vieh, Land und sämtliche verfügbaren Produktionsmittel in seine Hand zu bringen. Die mit mehr als machiavellistischem Geschick ausgeführten Überfälle der Massai, der Zulus, der Jagas erweckten in jedem Volk, jeder Rasse, jedem Stamm (wie von oben befohlen) ein Zittern der Ungeduld. Der Häuptling schleuderte dann seine Waffe in Richtung der »feindlichen Rasse« (angeklagt, diese oder jene Dorfbewohner geraubt, versklavt und verkauft zu haben) und heulte, man müsse die Assagaien das Blut der Verfluchten trinken lassen.

Die Zulus, Jagas und Massai sind grausame Wesen mit krächzender Sprache, wildwütige Mörder, Waldschraten vergleichbar. Gleich Tieren lebend, paaren sie sich mit der erstbesten Frau.

Sie sind von großer Gestalt und schrecklichem Aussehen, ganz behaart, mit außergewöhnlich langen Nägeln. Ihre Nahrung ist Menschenfleisch, sie gehen nackt, mit Schilden, Spießen und Dolchen bewaffnet, haben wilde Sitten, führen ein barbarisches Leben, ohne Gesetz, König, noch irgendein anderes Dach als Hütten im Wald, aus denen sie frühmorgens herauskommen, um alles mit Schwert und Feuer zu vernichten, alle Gebiete des Nakemreiches bis in den letzten Winkel zu plündern, was die dort sesshaften Völker zwingt, ein Wanderleben zu führen, zu Saïf zu gehen oder aus Hunger, Krankheit und Mangel zu sterben.

Zur gleichen Zeit herrschte in den Nakemprovinzen eine solche noch durch die Pest verschlimmerte Hungersnot, dass eine winzige Menge Nahrung schon den Preis eines Sklaven, das heißt mindestens zehn Taler, kostete. Der Not gehorchend verkaufte der Vater den Sohn, der Bruder den Bruder, versuchte ein jeder, sich durch jede erdenkliche Schurkerei Lebensmittel zu beschaffen. Die so unter dem Zwang des Hungers feilgebotenen Menschen wurden von Händlern aufgekauft, die mit Schiffen voller Lebensmittel aus São Tomé gekommen waren. Die Verkäufer behaupteten, es handele sich um Sklaven, und die so Verkauften beeilten sich, das zu bestätigen, denn sie waren froh, einer Gefahr zu entrinnen, die so sehr auf ihnen gelastet hatte. So machten sich viele freie Männer selbst zu Sklaven, verkauften sich um der Not willen.

Nun kam es im gesamten Reich und den von ihm abhängigen Ländern zu einem Blutbad ohnegleichen. Die Gefangennahme aufrührerischer Stämme, freier Männer, besiegter Krieger, die Opferung ihres Häuptlings, dessen Fleisch als Festschmaus diente, wurden zu Ritualhandlungen, die in das Brauchtum leicht erregbarer Neger übergingen, deren Barbarei den Erwartungen von Herrscher und Würdenträgern entsprach ... Bei Sklavenjagden sorgte Saïf El Haram durch Mittelsleute dafür, dass man verwundete Gefangene mit einem Säbelhieb segnete, ihre Schädel auf Lanzen- und Assagaienspitzen bis zur Pforte des Siegers brachte, der – Gott will es! – zum Helden gesalbt wurde. Und, als besitze der Neger wirklich eine menschliche Seele, wurde der Häuptling der Gefangenen mitsamt seiner Familie zunächst den Frauen und Kindern des Dorfes ausgeliefert, die im Tanze um sie herumwirbelten, schrien, sangen, sie anspien, mit Spott und Hohn überhäuften, um, wie man ihnen versicherte, ihre Seele von Satans Schwärze reinzuwaschen. Am dritten Tage ihrer Gefangenschaft endlich schabte der Zauberer, funkelnden Auges, ihre Schädel mehr, als er sie rasierte, und rieb sie anschließend mit Sheabutter ein.

Dann »erdolchte« jeder der mit einem grob geschnitzten Holzmesser in der Hand vor den Gefangenen umhertanzenden Dorfbewohner den Häuptling so oft, wie er selbst Jahre zählte und bei den vergangenen Sklavenjagden Verwandte verloren hatte. Und ehe er sich entfernte, um der blutigen Zuneigung des nächsten Dorfbewohners Platz zu machen, beugte er vor dem Gefangenen das Knie, verhöhnte, beleidigte und bespie ihn und versetzte ihm unter Zungenschnalzen noch drei kurze Stöße. Beim Anblick der Opfer, aus deren blutigen Malen langsam das Blut rann, hielten sich alle vor Lachen die Seiten.

In der Nacht des dritten Tages, die Knöchel von bimmelnden Glöckchen umwunden, wurde der Häuptling der Gefangenen – mit gebundenen Händen und Füßen, während die Frauen um ihn herumwirbelten, geil für einen kurzen Augenblick ihre Nacktheit entblößten und dabei, sich in den Hüften wiegend, mit der flachen Hand auf den behaarten Teil ihres Geschlechts schlugen – unter der Ekstase der Anwesenden, deren kollektiver Genuss an Hysterie grenzte, vom Zauberer kastriert. Vom Schmerz gelähmt, die Schenkel klebrig vom Blut, sah der kastrierte Gatte ohnmächtig zu, wie seine Frauen – erst stehend und in derselben Sekunde in den Staub gewälzt – zu Freudenmädchen des Dorfes gemacht, entkleidet und im Fackelschein beim berauschenden Rhythmus der Tamtams von allen Männern und Frauen des Dorfes, einem nach dem anderen, besessen wurden ...

Am übernächsten Tage, dem vor der Opferung, wurden alle – nachdem man sie durch ein Bad »gereinigt« und wie ihre Männer mit Kuhbutter massiert hatte (den Kindern war schon bei Abschluss der Sklavenjagd der Bauch aufgeschlitzt worden) – mit Erdnussöl eingerieben. Am siebten Tage ihrer Gefangenschaft fesselte man sie an einen Pfahl, während Männer und Frauen des Dorfes, aus Wut, sie noch nicht umbringen zu dürfen, sie mit Worten und Gebärden herausforderten. Die bei der Vorstellung ihres nahenden Todes fiebernden Unglücklichen, Speichel und Schmähungen im Mund, das Feuer im Blick, stießen, begierig, den Feind zu töten, mit den Köpfen in die leere Luft, wobei sie nach den Vorbeikommenden bissen und kläffend schnappten.

Am Abend des siebten Tages, des Palmweins voll, betrunken vom Hirsebier, krepierten alle heulend wie Hunde um Mitternacht im zischenden Prasseln ihres Fettes, beim Krachen des Holzes im Feuer, den erfahrenen Fingern der Kannibalen menschliches Fleisch bietend, weiß wie das von Spanferkeln. Hirn und auch Geschlechtsteile der Frauen wurden als Delikatesse von den »höhergestellten« Männern verzehrt; die Hoden des Häuptlings kamen – zur größtmöglichen Steigerung des Geschlechtstriebs – mit Piment und starken Gewürzen in den großen gemeinsamen Suppentopf der Weiber. Eine orgiastische Sauferei war Krönung dieser Anthropophagie, die von Hass oder Instinkten, dem Hang zum Bösen, von Blut- und Rachedurst oder vielleicht auch dem Wunsch regiert wurde, die Eigenschaften der verspeisten Opfer zu erlangen. Der Kannibalismus war eines der finstersten Kennzeichen dieses gespenstischen Afrikas, über dem der unheilvolle Schatten des Saïf El Haram schwebte. Ein Seufzer für dieses Land.

Am 20. April 1532, an einem Abend, weich wie ein feuchtes Atlasgewand, war Saïf El Haram, als er mehrmals in derselben Nacht bei allen vier Stiefmüttern zugleich seinen ehelichen »Pflichten« nachkam, so unvorsichtig, deren Genuss zu übertreiben, und gab dabei den Geist auf ... Am nächsten Tage wurde sein Minister Hadschi Abdul Hassana, der mit dem Rabenblick, in seinem Bette, in das er sich einen Epheben und die schönste von Saïfs Stiefmüttern geholt hatte, von einer Aspisviper überrascht, die er, im Glauben etwas anderes in der Hand zu halten, streichelte. Dreimal öffnete er weit den Mund und starb, gebissen!

... Sein Nachfolger wurde sein Vetter Holongo, ein »scheußlicher Zweifüßer mit brutalem Büffelblick«, der vorn und hinten bucklig, unter einer dennoch beneidenswerten Folter stöhnend, nach zweijähriger Regierung in den Armen seiner Kurtisane Aïosha verschied, die ihn in dem Augenblick erwürgte, als er seine Ekstase hinausjubilierte. Ihm folgte Saïf Ali, ein Päderast mit devotem Benehmen, boshaft wie ein roter Esel, der sechs Monate danach am Laster der Fresssucht verendete, wiederum abgelöst von Saïf Djibril, dem jüngeren Bruder Alis, durch die Sünde der Indiskretion ermordet, anschließend durch einen der Söhne Raminas ersetzt

(Mutter des Saïf El Haram, vom Sohne mit Mühe geschwängert) – einen gewissen Saïf Youssoufi –, ein notorisch hässlicher Albino, der zweimal von einem Liebhaber seiner Gemahlin niedergeschlagen, beim dritten Mal – endlich! – von einem verderblichen Wind davongetragen wurde, was ihn selbst höchst erstaunte, und seinen Platz Saïf Medioni von Mostaganem überließ; den Gott zehn Tage später zu sich berief, wie es heißt, zerrissen von den widerstreitenden Engeln des Erbarmens und der Gerechtigkeit. Danach hatten nacheinander die letzten Kinder des verfluchten Saïf und seiner Stiefmütter die Macht inne: Saïf Hesekiel, mit vier Jahren gekrönt und dann entthront; Saïf Ismaël, sieben Monate lang gewaltsam niedergehalten und dann abgesetzt; und der dritte Saïf Benguigui von Saïda, fünf Jahre lang eingelullt: als dürfe der Hof wirklich keine andere Sprache haben als eine doppelzüngige.

Jahre ohne Ruhm, deren Schande das Vergessen tilgt. Und da diese Saïfs alle drei von einer Schlange – ihrem verfluchten Vater – gezeugt zu sein schienen, fühlten sie, ohne Hoffnung und Mut, mit leeren Händen, den eisigen Tod nahen. In Tillabéri-Bentia waren sie bis zu einem solchen Punkt der Niedergeschlagenheit und Ohnmacht abgesunken, dass sie auf dem großen Platz des Palaverbaumes von früh bis spät vor sich hindösten. Ihnen blieb nur übrig, sich der glorreichen Tage des gerechten Saïf Isaac El Heït zu erinnern. Die Beständigkeit, mit der sie ihren abgrundtiefen Träumen nachhingen, wurde ihnen bald vom Himmel gelohnt. Am gleichen Abend wurden alle drei dahingerafft, wieder von … drei Aspisvipern. O *tempora, o mores* …

… 1545 geriet das Adelspack, das danach strebte, das Nakemvolk zu verderben, um es beherrschen zu können, in die gleiche Lage wie 1532: ebenso unbeständig wie gefährlich und scheinbar mehr denn je dem Untergang geweiht. *Maschallah! Oua bismillah!* Der Name Allahs sei über und mit ihm.

... Die Kassen waren leer, die Herzen müde, die Korruption unermesslich. In Erwartung des schwarzen Messias, der als Befehlshaber der Gläubigen das Herrschertum retten würde, begannen die Familien der Würdenträger in der ganzen Provinz Randé, ihre Kinder auf den Namen von Saïf dem Gerechten, Saïf Isaac El Heït, zu taufen. Die Mühe war vergebens, denn der Ewige in Seiner Barmherzigkeit ließ eine Gelbfieberepidemie kommen, die, indem sie alle Hoffnungen in weniger als einem Monat vernichtete, die Reihe der Thronprätendenten lichtete ...

Abgehärtet durch dieses Patronatsfest göttlichen Willens, den Turban als Heiligenschein auf dem Kopf, zog der letzte Abkömmling des verfluchten Saïf, Saïf Rabban Yohanan ben Zaccaï, auf einem Pferd sitzend, das direkt aus seinem offenen Hosenschlitz zu kommen schien, sein kurzes Schwert. Er durchteilte die leuchtende Luft des über Tillabéri-Bentia hingebreiteten Morgens, näherte sich den Betten der Unzufriedenen am königlichen Hofe und beförderte die Schuldigen mit einem Schwertstreich vom Schlaf in den Tod. Daraufhin zum Herrscher ernannt, wurde er acht Jahre lang mit Ehrungen überhäuft und bändigte die Herde der vor Neid platzenden Würdenträger; doch als er sich einmal beim Tabaskifest inmitten des Schweißes seiner Untertanen und des Parfüms der Hofdamen in seiner Volkstümlichkeit suhlen wollte, ging er plötzlich zu Boden und küsste die kotbedeckten Füße seines Pferdes. »Der Abendtau befeuchtete seine Schläfen«, heißt es in der Chronik, »und den Arm um den Pfeil geklammert, der ihn durchbohrt hatte, blieb ihm nicht Zeit, *Amen* zu sagen und zum Opfer zu werden.« Eine Träne für ihn.

Als die Gondaïten nun sicher waren, dass Saïf Rabban Yohanan ben Zaccaï mit der ebenfalls schlafenden Erde eins geworden war, rissen sie, zufrieden mit den Fingern schnipsend, die Haufen von Tonerde ein – die Behausungen der letzten Anhänger des Saïf –, ehe sie sich auf den Thron schwangen.

Zweihundert Jahre, während derer Höflinge, Bauern, Krieger, Höhergestellte, Sklaven und Schmiede ihr Lob sangen, sich die Taschen füllten und um diesen herrschaftlichen Stinkkäse drängten, wo jeder in Nacheiferung des Hofes nur mit ein wenig Geschick am blutigen Tanz der Korrumpierten teilnehmen und damit Land, Vieh, Adelstitel, Geld und alles, was käuflich ist, erhoffen konnte.

In diesem ungeordneten, unruhigen Leben mit seiner allgemeinen Verrohung, den Unterschlagungen, seinen schreienden Lastern nahm die mehrere Jahrhunderte zurückliegende arabische Eroberung – wie das wilde Gellen einer die weißen Zähne fletschenden Hündin – schließlich die beherrschende Stellung ein: Nicht freigelassene Sklaven und unterworfene Stämme nahmen immer öfter den Weg nach Mekka, Ägypten, Äthiopien, zum Roten Meer, nach Amerika und Arabien, und zwar zu Preisen, die ebenso lächerlich waren wie die schmutzige Würde des Negerpacks.

Ein kräftiger, gesunder Mann kostete etwas mehr als eine Ziege und etwas weniger als ein Ziegenbock, ein Zehntel einer Kuh, ein Achtel eines Kamels, das heißt umgerechnet tausend Kaurimuscheln oder zwei Stangen Salz. Und, oh höchste Dankbarkeit, das weitgespannte Handelsunternehmen wurde durch den offensichtlichen Kult geistiger Werte maskiert: daher die

Gründung arabischer Universitäten (bis dahin nur in beschränkter Zahl) in Tillabéri-Bentia, Granta und Grosso, die mit dem internationalen Handel und dem östlichen Sklavenmarkt Beziehungen unterhielten …

Das Reich zerbröckelte … Die Dynastie der Saïfs endete in der männlichen Linie mit den Enkeln des Saïf Rabban Yohanan ben Zaccaï, dessen ältester Sohn Jacob, wie unsere Griots berichten, »seiner Katze alle möglichen Probleme der Theologie mitteilte«. Die Diskretion des Tieres ging so weit, dass es sich, um Jacob eine übermäßige Angst vor den ihn hier unten erwartenden Schrecken zu ersparen, bei Tagesanbruch auf zwei Pfoten davonmachte. Im bloßen Überrock lernte Jacob nach kurzem Schlummer Disziplin, und mittels Stock und Stab hämmerte ihm ein Gelehrter Maximen und edle Gefühle ein. Da er jedoch immer still blieb, fand der Hof ihn nett und zu nichts nutze. Beim Tode seines Vaters begnügten sich seine jüngeren Brüder also auch nicht damit, ihm den Thron streitig zu machen, sondern bemächtigten sich auch seines Erbteils. Weshalb Jacob, dessen winziges Mündchen unter seinem Bart zu piepsen schien, von ihrer Mildtätigkeit leben musste.

Als er eines Tages im Schatten des Baumes saß, wo sich der grüne Stein befindet, der das Unglück vergessen macht, mit gesenktem Kopf und hochgezogenen Schultern, sah er die herrschaftliche Sänfte. Es war heiß, und die Träger fanden, er habe einen breiten Rücken und könne ihnen helfen. Jacob erhob sich sogleich, sanftmütig und lächelnden Blickes erwiderte er ein gehorsames Ja.

Ehe er einen der Träger ablöste, grüßte er erst den Herrscher, seinen Bruder. Aber je länger er ging, umso mehr wurde die Sänfte durchgeschüttelt. Denn beim Laufen hüpfte Jacob, um Ameisen, Insekten und Kröten nicht zu zertreten – so viel Achtung hatte er vor dem Leben der Tiere.

Schließlich brüllte der Herrscher ihn an: »Kannst du nicht gerade gehen, du Trottel! Lass sofort die Sänfte los!«

Jacob sah seinen Bruder Saïf Tsévi an und sprach mit einer Stimme, süß wie Honig: »Zu wem sprecht Ihr so, den Ihr duzt und einen Trottel nennt? Gibt es im Nakem mit seinem glasblauen Himmel und dem perlmutternen Horizont – mit dem Morgenstern hoch droben – ein Wesen, das nicht Ihr selbst seid, und wie kann in Euch irgendein Zorn sein?«

Während er sprach, strömte aus Jacobs Blick ein so ungeheuerliches Licht, dass alle, die ihm zuhörten, von Ehrfurcht ergriffen wurden.

Der Herrscher stieg aus der Sänfte, fiel vor dem Weisen nieder: »Möge ich deine Krankheiten verschlingen! Oh, verehrungswürdiger Herr, mein Bruder bei den Lebenden und bei den Toten!«

Also setzte sich Jacob an den Straßenrand, und, mit runden Augen und dem begierigen Antlitz eines Übernatürlichen, lehrte er den Herrscher Saïf Tsévi »die wahre Weisheit« so gut, dass dessen Herz in gleichmäßigen, salbungsvollen Schlägen vibrierte ...

Doch ist die schöne Vereinigung von Wissen und Tugend nicht haltbar; denn Saïf Tsévi verführte bald darauf seine eigene Schwester, und diese, einmal verheiratet, wurde, kaum war sie Ehefrau, ihrerseits pervers: Ungestraft suchte sie ihre Liebhaber unter zehnjährigen Knaben aus ...

... Nachdem Saïf Tsévi seine berber-jüdische Favoritin Yéhochua beweint hatte, ehelichte der geile Bock eiligst eine Negerzauberin namens Lyangombe, die einem Geheimbund von Zauberern und Magiern angehörte, deren geheiligter Ahne in Gestalt eines doppelgeschlechtlichen Wesens verehrt wurde, das auf einer Seite drei Phallen und auf der anderen drei Scheiden hatte. Im Privatleben gewährten die Angehörigen dieses Bundes, die kaum den Mut eines nassen Huhns besaßen, eine besondere Form der Gastfreundschaft, denn der Hausherr bewilligte jedem Dritten das Recht, sich der Gunst seiner Frauen zu erfreuen.

In aller Öffentlichkeit feierten sie oft scheußliche Sabbate, zu denen sich die Teilnehmer durch den nächtlichen Busch begaben, wobei sie sich gegenseitig durch nachgeahmte Hyänenschreie riefen. Bei diesen Saturnalien war Inzest erlaubt und sogar erwünscht, desgleichen Menschenopfer, auf die inzestuöse Sexualbeziehungen und Sodomie folgten: Als solle man zu Recht sagen dürfen – *ya atrash!* –, dass der Neger nur ein Wilder wäre.

Der große Zauberer und die große Zauberin hießen die Versammelten mit gespreizten Beinen auf der Erde niedersitzen und entkleideten sich dann völlig, um sich, von leisen Gesängen begleitet, in denen von den Genitalien die Rede war, öffentlich zu paaren. Geschwächt und vor Glück fast weinend, forderten sie jeden anwesenden Mann auf, mit drei, vier oder fünf Frauen dasselbe zu tun, mehrmals und mit der größtmöglichen Anzahl von Personen, die zu bespringen ihm seine Kräfte erlaubten.

Saïf Tsévi und seine beiden anderen Brüder, Sussan und Jossef, die an jenem Abend dabei waren – von Satans ungehemmten Geschlechtstrieb geleitet –, wurden am nächsten Tage von wandernden Händlern entdeckt, alle drei nackt, die Kehlen zerbissen von den Hündinnen, mit denen sie sich gepaart hatten und die nun erdrosselt in ihren Armen ruhten.

So war der einzig Überlebende des männlichen Zweiges der Saïfs jener Jacob, der ebenso weise wie lichtvoll arm, zur Stunde seines Todes, acht Jahre später, die Sterne zählte. Tiefe Trauer über sein Grab.

Doch inmitten dieses schrecklichen Durcheinanders von Gebräuchen, Geldeintreibungen, Sklavenjagden, das von dem frömmelnden, faulen und sinnlichen Feudal- und Großgrundbesitzerleben des Islam herrührte, blieben einige große Familien verschont. Jede einzelne übte zwar Macht aus, aber nur innerhalb eines begrenzten Gebietes: Provinz, Kreis oder Kanton. Wegen dieser Zerstückelung der Herrschergewalt war die koloniale Eroberung möglich; geduldig überwand sie die Gewalttätigkeit der Eingeborenen und unterwarf ein Gebiet nach dem anderen, ohne erst Einflusszonen oder strategische Punkte zu schaffen. Der weiße Mann hatte vom Recht auf Kolonisation, ja sogar von der »hohen Pflicht internationaler Nächstenliebe« gesprochen. Man musste die »Kultur« verbreiten, den Sklavenhandel vernichten, der den ganzen Kontinent wie eine Fackel verbrannte.

Und später sprach Saïf so zum Volke: »Keiner leugnet die konstruktiven Seiten der Kolonisation: aber außer der Tatsache, dass die besten dieser Seiten, so die Bildung, als Folgeerscheinung schwere Übel zeitigten – die sogenannte ›Assimilierung‹, die Verachtung der Eingeborenenkultur und so weiter –, sollte man sich angesichts des späten Auftretens dieser positiven Errungenschaften doch fragen, ob man sie nicht eher einer beginnenden Entkolonisierung als der Kolonisation selbst zuschreiben sollte. Allgemeines Wahlrecht, Arbeitsrecht, Selbstbestimmung, bessere Aufteilung der Profite zwischen Kolonisatoren und Kolonisierten sind nicht die Früchte der Kolonisation, sondern die des Kampfes gegen die Kolonisation.«

Nämlich: Im gleichen Augenblick, in dem der Weiße, wie ein ausgehungerter Mars, die Eroberung Afrikas begann, gelobten sich die Häuptlinge der Randigen, Gondaïten, Fulbe und N'Godos sowie vieler kleinerer Stämme die gegenseitige Beachtung eines Unabhängigkeitsstatuts und die Einstellung von Sklavenjagden und Kriegen. Aber nachdem diese Bedingungen einmal erfüllt waren – Übung macht den Meister –, setzten die gleichen Häuptlinge, in dem Bestreben, ihre Herrschaft in der Zeit der Ruhe zu festigen, die Maske des Fortschritts auf und versprachen ihren Leibeigenen, Dienern und ehemaligen Gefangenen, dass sie, in Erwartung eines eventuell vom Nachbarstamm angezettelten Überfalles – *oyé* –, »als provisorisch freie, gleichberechtigte Untertanen angesehen werden sollten«. Nachdem der Friede hergestellt und zwischen den verschiedenen Stämmen kein Krieg ausgebrochen war – hi, hi –, versprachen dieselben Würdenträger denselben Untertanen, dass sie nach hm ... einer ... hm ... kurzen »Lehrzeit« als Zwangsarbeiter zum Lohn die Menschenrechte erhalten sollten ... Die Bürgerrechte wurden nicht einmal erwähnt. Halleluja!

Nun wurde entlang der lebenswichtigen Pulsadern der Wirtschaft aller Provinzen des Nakemreiches, das durch die übergroße Zahl seiner Duodezkönige schier ruiniert war, Zwangsarbeit eingeführt. Zusammen mit den Würdenträgern verkündete die religiöse Aristokratie dem aufgeklärten Volk, dass nach Beendigung der Zwangsarbeit mit dem Beginn der »freiwilligen Arbeit« alle – bing! – *iru turu inè turu* »echte Freiheit und volle Bürgerrechte« erhalten sollten.

Darauf verpachteten alle Aristokraten und Würdenträger – was könnte wohl demokratischer sein! – ein Stückchen Land an ihre Leibeigenen, die den gesamten Grundbesitz »um ihres Seelenheiles« willen zu bebauen hatten.

Achtzehn Jahre vor Ankunft der Weißen, dreißig Jahre nach der Geburt des Saïf ben Isaac El Heït (zu übersetzen mit: der Sohn des Saïf Isaac El Heït) in der weiblichen Linie der Saïfs, mahnten also die Würdenträger das Volk an den »Sinn hoher Pflicht des Friedens und der Tradition, für die Gott selbst das leuchtende Beispiel gab«.

… In Erwartung dieses großen Tages der baldigen Entstehung einer Welt, wo der Leibeigene dem König gleichgestellt sein soll, nahm das Negerpack – bissige Hunde an die Leine! – alles hin. Vergib uns, oh Herr. *Amba, koubo, oumo, agoum.*

Saïf ben Isaac El Heït – er soll in jedem Zug seinem Ahnen Saïf Isaac El Heït geglichen haben, als dessen geistiger Sohn er sich fühlte – tat also mit der Hilfe der Scheichs, Emire und Ulemas Folgendes: Als rechte Hand des Nakemreiches und Apostel jener Theorie der *geistigen Himmelfahrt* setzte er wieder eine allgemeine Vereinigung der Aristokraten und Würdenträger ein. Diese legten ihre zitronengelben Pantoffeln am Tor der Moscheen ab, praktizierten den Islam in größter Demut und bekehrten das von der Schwärze seiner Seele bedrückte Volk. Die Herrschaft wurde dadurch nur umso gewinnbringender.

Und da der Sklavenhandel schon seit Langem, so wie das Wasser im trockenen Sande verrinnt, ein schlechtes Geschäft geworden war – er hatte ganze Gebiete entvölkert, und kräftige Arbeiter waren kurzfristig nur schwer zu bekommen –, wurde es somit vorteilhafter, das Volk stattdessen mit Steuern und Lasten zu belegen, aus ihm alle möglichen indirekten Abgaben herauszuholen und es im Interesse des Adels an den Boden zu binden und auszunutzen gegen ein Entgelt, dessen Geringfügigkeit das Jenseits wiedergutmachen würde. Als Sicherheitsventil behielt man endlich die religiöse Gymnastik bei – die fünf täglichen Gebete des Islam –, der sich die Armen im Geiste bei ihren Irrfahrten auf der Suche nach dem ewigen Reiche Allahs hingeben. Im Nakem enthüllte sich die Religion in ihrer brutalen Wirklichkeit als raffiniert undeutliches Gemurmel vom Kult der Menschenwürde: Pädagogik mit Mystifizierung verknüpft. Marabuts und Würdenträger wurden dabei reich, schlossen prachtvolle polygame Ehen mit den Familien von damals, vereinten ihre Interessen und stürzten sich rudelweise auf Wallfahrt nach Mekka, ins »Heilige Land«. Die Intelligenz ist eine Gabe des gerechten Lohners: *ouassalam!*

In Wirklichkeit hatte der Adel, nachdem er zur Zeit der ersten Saïfs Kriege geführt hatte (Lob sei Gott dem Allmächtigen!), um die Macht intrigiert: Amen. Beim Tode des verfluchten Saïf (Gepriesen sei der Ewige!) hatte er die Notwendigkeit der Stabilität begriffen (Es sei) und das Volk in eine Pseudovergeistigung getrieben, wobei er es materiell knechtete (Und gelobt). Imam Mahmud, der Großscherif von Mekka, hatte doch vorausgesagt, dass im 13. Jahrhundert der Hedschra aus Tekrur ein neuer Kalif kommen würde: Saïf ben Isaac El Heït, dessen Mutter es, »um den Geboten des Ewigen zu gehorchen«, eingerichtet hatte, ihn zu dem von Omen und Sage angekündigten Datum in Tekrur zur Welt zu bringen und zu taufen? ... Also hatte dieser Saïf die Chance, die Rolle des Messias spielen zu dürfen, in der sich viele Söhne von Würdenträgern umsonst versucht hatten und dabei verarmt waren. Nicht jeder kann Christus sein. Verzeiht, oh Herr, dass wir allzu sehr den Kult verehren, mit dem man Euch umhüllt …

… Überall schossen in dieser zweiten Hälfte des 19. Jahrhunderts geografische Vereine, internationale Gesellschaften von Philanthropen, Pionieren, Wirtschaftlern, Geschäftemachern aus dem Boden, die von Banken, Kultusministerien, Marine und Armee gefördert wurden. Zwischen den europäischen Großmächten kam es so zu einem tödlichen Konkurrenzkampf. Sie schwärmten durch den ganzen Nakem, führten dort Krieg, eroberten, befriedeten, schlossen Verträge und gruben zum Zeichen des Friedens Kartuschen, Feuersteine, Schießpulver und Kugeln ein. »Wir verscharren«, sagten sie, »den Krieg so tief, dass unsere Kinder ihn nicht wiederausgraben können, und der Baum, der hier wachsen soll, wird das Bündnis zwischen Weißen und Schwarzen bezeugen. Solange er weder Kugeln noch Kartuschen oder Schießpulver trägt, wird der Friede fortdauern.«

Und nun setzte der Ansturm auf das Negerpack ein. Die Weißen schufen ein internationales Kolonialrecht und bestätigten sich damit wechselseitig die Theorie der Einflusszonen: Wer zuerst kommt, mahlt zuerst. Aber selbst die Kolonialmächte kamen zu spät, denn der schon längst vorhandene Kolonialherr war – im Zusammenwirken mit der Aristokratie der Würdenträger – niemand anders als der Saïf, dessen Spiel der europäische Eroberer – ohne es zu ahnen! – mitmachte. Das war schon technische Beihilfe! Nun denn. Herr, Dein Werk werde geheiligt. Und gerühmt.

2

Ekstase und Agonie

Wie Saïf ben Isaac El Heït zwar äußerst verdrossen, doch mit süßen Reden auf der Zunge die Energien des fanatischen Volkes gegen den Eindringling zu mobilisieren suchte, wie er zu diesem Zweck täglich im Nakemreich die Mär von Wundern verbreiten ließ – Erdbeben, offene Gräber, zahllose Wiederauferstehungen von Heiligen, Quellen, die, wenn er vorbeizog, Milch sprudelten, Visionen von Erzengeln, die aus der untergehenden Sonne kamen, Holzeimer, die blutgefüllt aus den Ziehbrunnen der Dörfer hochgezogen wurden, dazu noch die Abenteuer seiner Weltreisen, wie er drei Blätter des »Heiligen Buches«, des *Korans*, in ebenso viele Tauben verwandelte, die auf dem Wege vor ihm herflogen, um die Ergebenheit der Völker für die Sache des Saïf zu fordern –, und die List, mit der er seine Gleichgültigkeit gegenüber den Gütern dieser Welt vortäuschte: Etwas Banaleres kann es wohl nicht geben.

Trotz der feinsten Spitzfindigkeiten und subtilsten Praktiken – Allah schütze ihn vor dem bösen Blick! – musste er dem Übernatürlichen entsagen, um eine in Verfall geratene Kriegskunst zu reorganisieren.

Von nun an wurden den Kriegern im Nakem, Nakem-Ziuko, Goro Foto Zinko, im Yamégebiet, in der Geboue, im Katsena, im Saoland, im Dargol, den Kriegern der Galibi, der Gohu, der Gondaïten, der N'Godos Assagaien, Lanzen, vergiftete Pfeile, Wurfspieße, Messer, Dolche, Säbel, Musketen, Waffen aller Art übergeben, alle von Saïf ben Isaac El Heït dreimal gesegnet. Gleichzeitig stellten sich, auf schwarzen Maultieren reitend, Zauberer, Züchter von

Gift- und Riesenschlangen, Magier, Spezialisten für Gottesurteile, Kräuterkundige, erfahren in Vergiftungen, Behandlungen von Brunnen und Teichen, Mörder mit Kenntnissen giftiger Pflanzen, gefährlicher Objekte, schrecklicher Tiere, eifrig in den Dienst von Vaterland und Religion: Fetische, Krieger, Schlangen, Bienen, Wespen, Pfeile, Elefanten, Panther – Panzerwagen des Widerstandes des Nakem.

Von der Vorhut der Eindringlinge krepierten über hundert, weil sie aus vergifteten Teichen ein wenig Wasser getrunken hatten; von diesem Schauspiel erschrocken, verließen viele schwarze Tirailleure die Armee der Weißen. Auch sie wurden durch vergiftete Pfeile getötet, man raubte ihnen Gewehre, Pulver und Kugeln, die mitsamt ihrer Uniform der Spionage dienten, der Sabotage der Kolonne, der Erkundung der Marschroute, über die der Spion sich so unerkannt informieren konnte.

Die von Saïf gesegneten Krieger – er streckte den Degen über die rechte Seite aus und öffnete einen Weg breit wie eine Dorfstraße – hielten sich für unverwundbar: die Wut aufs Gesicht gemalt, sollten sie zu Tausenden den abnehmenden Monden folgen; doch hieß es, *»sie starben nicht, sie gingen zum Allerhöchsten«. Djallé! Djallé! Amoul bop! Makoul fallé!*

Und darum dauerte die Nacht an, weißer als das Gesicht des Tages.

Die lange Reihe von Offizieren und Tirailleure schlurfte mühsam die Pisten entlang, wo das wilde Gras wuchs. Jeder wollte gelassen und kaltblütig erscheinen, aber Afrika war da, lag auf der Lauer.

Der Winter hatte zwischen Widerstandskämpfern und fremden Truppen einen Waffenstillstand bewirkt, aber Anfang 1898 waren von Letzteren die bevölkerten, reichen Küstenländer Groure und Niëke besetzt worden, wo man den Goldstaub in ausgehöhlten Elefantenzähnen, Elfenbeinbehältnissen und kleinen, mit Leder eingefassten Antilopenhörnern aufbewahrte.

In allen Provinzen raubten die schwarzen Widerstandskämpfer schwarze Gefangene zusammen und zahlten den Händlern mit dieser Währung Pferde, Schießpulver und Waffen. Während die Weißen ihrerseits an Boden gewannen, wuchsen somit die endlosen Reihen der Sklaven noch weiter an.

Alles wurde genommen, verwüstet, geraubt – die Gefangenen, etwa achttausend an der Zahl, trieb man zu einer Herde zusammen, und der Oberst begann mit der Verteilung. Zunächst machte er Listen, gab es dann aber auf und rief: »Teilt euch das!«

Und so konnte sich jeder Weiße mehr als zehn schwarze Frauen aussuchen. Rückkehr mit den Gefangenen ins Hauptquartier, in Etappen von vierzig Kilometern. Kinder, Kranke oder Invalide wurden mit Kolbenhieben oder Bajonettstichen getötet. Ihre Leichname blieben am Straßenrand liegen. Eine hockende Frau wurde gefunden. Sie war schwanger. Man schlug sie, stieß sie mit den Knien. Sie gebar aufrecht, beim Marschieren. Kaum war die Nabelschnur durchgetrennt, wurde das Kind mit einem Fußtritt aus dem Weg befördert, und weiter ging's, ohne dass einer sich um die verstörte Mutter kümmerte, die taumelte, delirierte, schwankte, dann hundert Meter weiter wimmernd hinfiel und von der Menge zertrampelt wurde.

Die Zeit verging; Wirbelstürme des Neuen schlugen ihre Wassermassen auf das Land nieder, wo Pisten und Straßen im tiefen Schlamm ertranken. Der Yamé schwoll an, breitete sich über die Ebenen aus.

Fünf Tage blieben die Neger, die man unterwegs als Träger requirierte hat, ohne Ration und erhielten vierzig Peitschenhiebe, wenn sie von den zehn bis fünfundzwanzig Kilo Lebensmitteln, die sie auf ihren kahl rasierten Schädeln trugen, auch nur eine Handvoll nahmen. Tirailleure, gemeine Soldaten, Unteroffiziere und Offiziere hatten jeder mehr Sklaven, als sie zählen, unterbringen und ernähren konnten.

Nach Gagol-Gosso gelangt, das kapitulierte, verlangten sie für ihre Sklaven Nahrung und Hütten. »Verkauft sie«, erwiderte der Häuptling. Das geschah. Wen keiner wollte, der wurde, um Patronen zu sparen, ertränkt. Und weiter ging der Marsch, ein Albtraum, in dem Städte und Dörfer Widerstand leisteten, die Kolonnen nachts von hinten angriffen, Hunderte von Bienenschwärmen auf sie losließen, sie einem Hagel vergifteter oder brennender Pfeile aussetzten, die den Feind in einen Flammenreif einschlossen.

Aber das alles waren nur ganz alltägliche Vorkommnisse, die die Weißen kaum hinderten, sich wieder zu fassen, ihre schwarzen Tirailleure weiter vorzuschicken und das von Soldaten geplünderte Dorf vom Erdboden zu tilgen.

Im Verlauf dieser Sklavenjagden kamen auf die Liste der Schändlichkeiten noch verbrannte Dörfer, verwüstete Felder und Ernten, verkaufte Sklaven, unzählige, gleich nach der Geburt verlassene Mischlinge. Des Weiteren verschenkte oder verkaufte man Verwandte der schwarzen Tirailleure, Leute, die den Weißen ergeben waren. Um solche Versehen wiedergutzumachen, wurden für die Betroffenen zahllose »Passierscheine« ausgegeben. »Passierschein für Moussa, der mit zwei *Unfreien*, einem Mann und einem kleinen Mädchen, nach Granta will, um einen Verwandten eines Würdenträgers aus Gagol-Gosso zurückzukaufen ...« – »Passierschein für Ali, der sich nach Zemba begibt, um dort einen Gefangenen namens Niamba Kimanè zu suchen, der Amala, einem Ersatzmann aus der Kompanie des Borgnis-Desborde, gegeben wurde, der am Angriff auf die Stadt Buanga-Felé teilgenommen hat ...«

... Doch zogen in sehr großen Abständen Karawanen über die endlos trübe Weite der Ebenen, Karawanen von Sklavenhaltern, die eine Truppe mit Schwären bedeckter, in Halseisen erstickender Männer, Frauen und Kinder, deren Hände von den Fesseln blutig geschnitten sind, vor sich hertrieben.

Ihnen folgten in dichten Schwärmen Aasvögel, Raben, kahle Geier mit langen nackten Hälsen, gewiss, dass ihnen bei jeder Etappe die Leichname derer zufallen würden, die durch die Wunden geschwächt oder mit vor Hunger zerfressenen Eingeweiden dort verendeten; und auch derer, die man lebend auf der Straße zurückließ, weil ihre von Wunden und Ermüdung bis auf die Knochen zernagten Füße sie nicht weitertragen wollten ... Im ganzen oberen Randé, wie im Yamégebiet, nördlich und südlich des großen Flusses, von Krotti-Bantia bis Dangabiara, gab es weder Weg noch Steg, die nicht von zahlreichen solcher Stationen gesäumt gewesen wären, Lager des Todes und des Verbrechens, Abfallhaufen des einzigen Handels, der unter dem Schutz des weißen Mannes in diesen Gegenden gedieh ... Nach Ansicht ehrlicher Leute, die diese Länder besucht und dort gelebt hatten, verlor eine Karawane mit sogenannten Kriegssklaven, ob sie nun von Eingeborenen geführt wurde oder nicht, ehe sie auf den Markt oder zum Verteilerposten gelangte, auf der Strecke etwa ein Drittel ihres Wertes an Menschenfleisch.

Die »befreundeten« Dörfer hingegen brauchten *nur* Lebensmittel und Lasttiere zu stellen. Die gesunden Männer wurden als Träger mitgenommen und oft ohne Vorräte in einigen Hundert Kilometern Entfernung zurückgelassen. Ewiger Ruhm und hohes Lob sei darum dem, der uns belohnt, dem Herrn der Freude, der Intelligenz und des Glücks. *Amin.*

Im folgenden Jahr kam es zu einer sehr langen Belagerung der Festung des Saïf ben Isaac El Heït, der im Jahr 1900 in einer sehr düsteren Augustnacht seinen Palast von Tillabéri-Bentia aufgab und sich in einer Hast, die sich in eine Flucht verwandelte, nach Kikassougou zurückzog. Er gab über achthundert Pferde, vierhundert Kamele, eintausend Esel auf, trieb vor sich Horden und Herden verhungernder Menschen her und duldete hinter sich nur Ruinen und Tod. Legionen waren auf der Flucht, in ihnen gor die Revolte, lauerte das Unglück, und der Mord war die Regel für jeden tätowierten Mann, der die Tätowierung nicht auf der Stirn (wie die Saïf), sondern auf den Schläfen trug.

Nachdem der Rassenkrieg einmal erklärt war, setzte Saïf seine blutigen, wilden Plünderungen in Richtung des Yamé fort. Der ständigen Massaker überdrüssig, stellten sich ganze Dörfer unverzüglich unter den Schutz der *Flençèssi** und segneten ihn, während Saïf sich mit seiner treuen Garde auf Téténoubou warf und Doukkamar angriff.

Vor den versammelten Griots schwor Saïf, den Kopf der weißen Häuptlinge heimzubringen. Am nächsten Tag zog er ins Feld. Die Gondaïten hatten Nachricht erhalten, dass zwei Abgesandte des Saïf kommen würden, um sich in Toma vorzustellen: »Unter-

* Franzosen

wirf dich dem Saïf, oder – bei Allah! – dein Land wird verwüstet, dein Vater und deine Mutter werden lebendig verbrannt und deine Söhne hingerichtet werden.« Sogleich rief Ali, der gondaïtische Häuptling von Toma, ein Krieger mit ruhmvoller Vergangenheit, zwanzigmal in schweren Kämpfen gegen die Mossi verwundet, dessen Ahnen einst die Saïfs und die Dias vom Thron gestürzt hatten: »*Ouallahi!* Bei meinem Haupt und Augen! Sagt dem Saïf, wenn er der Stärkere ist, mag er mein Land nehmen; ich aber werde es bis zum letzten Blutstropfen meiner Kinder verteidigen: *ouassalam!* Auch ich habe den *Flençèssi* geschworen, mich dem gottlosen Saïf nicht zu ergeben.«

So blieb das alte Reich dem Brauch der Stammeskämpfe treu und wurde über Hunderte von Kilometern durch Massaker zerrissen, Missionsstationen ließ der Herrscher vernichten, die Leute abschlachten und verbrennen und die Köpfe der Weißen auf die Spitzen von Lanzen und Assagaien stecken.

»Wir müssen«, sagte Saïf, der vor Toma lag, »zu den Wällen drei weiße Schafe und sieben weiße Hühner treiben. Wenn diese Fetischtiere lebend in die Festung gelangen, dann – Soldaten! – bedeutet das den Erfolg des Angriffs …«

Diese Rückkehr zu heidnischen Bräuchen hatte einen erstaunlich großen Erfolg, der alle Animisten der Gegend zusammenführte. Sie strömten zu Zehntausenden herbei, um das Trinkwasser der französischen Truppen zu vergiften, die so gelähmt wurden. Als Ali Hühner und Schafe kommen sah, begriff er, dass der Saïf angreifen wollte. Also ließ er sogleich von dreitausend Männern Holz zusammentragen und ein Feuer entfachen und durchschnitt die Rauchschwaden mit den Salven von sechshundert Musketen, die erst drei- und dann siebenmal schossen:

Teufelsbeschwörung. Die drei weißen Schafe und sieben weißen Hühner, denen der Wind den Rauch entgegentrieb, liefen zurück, und zur gleichen Zeit konnten die Männer des Saïf den Lärm der Salven vernehmen. Wütend über die Beschwörung schoss ein Zauberer mit dem Gewehr auf Saïf, der sich gerade in diesem Augenblick dem rauchenden Toma zuwandte. So entging er, ohne es zu wissen, der Kugel, die seinem Waffenmeister ins Hirn drang. Um ihn zu rächen, warf ein Offizier des Saïf seine Speere nach dem Zauberer, verletzte ihn schwer, traf die Stirn von dessen Pferd und tötete es dadurch.

Sogleich zogen sich siebzehntausend treue Krieger in ihr Lager zurück, und in Scharen folgten fast alle anderen. Das dauerte eine Stunde. Saïf rief ihnen zu: »Gebt mir eine Waffe, das ist alles, was ich verlange. Eine Waffe! ... Alle Untertanen meines Reiches haben sich gegen mich erhoben, suchen Zuflucht bei diesen behelmten Affen. Eine Armee, und ich werfe diese Affen von Weißen hinaus.«

... Aber die Geschichte kennt solche Geheimnisse aus Schweigen, Feigheit, anhaltender Tragik, dann Besänftigung und plötzlichen Umschwüngen. Als Saïf nun alles verloren sah, zog er plötzlich seinen Säbel, ließ ihn pfeifend in einem Viertelkreis durch die Luft sausen, um ihn dann die eigene Kehle treffen zu lassen: Sein Sohn stürzte herbei, empfing das kalte Eisen auf das Haupt, das wie eine Garbe zu Boden rollte. Dieser Schicksalsschlag traf Saïf schwerer, als jeder andere es getan hätte, und am nächsten Tag streckte er die Waffen.

Das Reich war befriedet, in verschiedene geografische Zonen zerstückelt, die die Weißen unter sich aufteilten. Vor der Versklavung errettet, empfing das Negerpack glückstrahlend den weißen Mann, der, wie es hoffte, die Grausamkeit des ebenso mächtigen wie schrecklich organisierten Saïf in Vergessenheit geraten lassen würde.

... Heimgekehrt in seinen Palast in Tillabéri-Bentia, gebot der Herrscher Schweigen, während sein nun einziger, jüngster Sohn zu seiner Rechten saß, die Marabuts beteten und die Griots im Hinterhof sein Lob sangen. Er erwartete an jenem 2. Dezember 1900 den Friedensvertrag, den er zu unterschreiben hatte.

Wie zur Zeit seiner Macht von einem glänzenden Hofstaat umgeben, mit den herrschaftlichen Insignien versehen, saß er auf seinem Thron, unter seinen Füßen ein Satinteppich mit goldenen Blumen. Über seinem kurzen Waffenrock hatte er den Hals in einen großen Boubou mit reichen Verzierungen gezwängt, von dem zwei Fetische herabhingen; auf seinem Haupt ein pechschwarzer Turban um eine rote Mütze gewunden; die Beine bedeckt von einer dunklen Hose und an den Füßen maurische Stiefel mit Sohlen aus Flusspferdleder. Nach einem Augenblick hob der Saïf den Arm, um auf seine Stirn ein goldenes Diadem zu setzen, in dessen Zacken feine Perlen eingelassen waren.

Seine gesamte Umgebung, lauter Getreue, den Blick in Traumesschwärze verloren und niedergeschlagener als sonst, war zurückhaltend, aber reich gekleidet.

Das *Salam* vergessend, blieb Saïf beim Nahen der Gesandtschaft sitzen und begnügte sich damit, ihren Mitgliedern Plätze anzuweisen. Hinter dem Herrscher rammten zwei rotgekleidete Waffenmeister mit einer Gebärde barbarischen Adels ihre Assagaien in die Erde und standen unbeweglich, die Arme wie zum Schwur ausgestreckt. Ihre linke Hand umfasste eine geschärfte

Hacke und einen silbernen Streitkolben, der mit Löwenleder, dem Zeichen der Königswürde, befestigt war. Im Schultergehänge trugen sie zwei glänzende Musketen, vor dem Gesicht eine Maske aus dem Fell des Königs der Raubtiere.

Zur Rechten und Linken die siebenundzwanzig Favoritinnen des Saïf, alle jung und feingliedrig, mit Seidenstoffen und schweren Brokaten bekleidet. Dahinter sechzig Diener; dann vierzig Domestiken, alles dem Saïf ergebene Gefangene und deren Söhne. Hinter ihnen die Kinder, nach türkischem Brauch auf Matten sitzend. Im Halbkreis, sie alle umschließend, die königliche Garde von sechshundert Kriegern, die an Armen und Knöcheln Glöckchen trugen und im rechten Ohrläppchen einen Kupferring.

Langsam ließ Saïf seinen Blick über die Versammelten schweifen, seine Seele spannte sich stärker als die Sehne eines Bogens, und in ohnmächtiger Würde unterzeichnete er den Vertrag. Ehre dem Einzig Lebenden!

Sechs Monate später wurde Madoubo, sein jüngster Sohn, von den *Flençèssi* eingeladen. Saïf nahm das Angebot mit folgenden Worten an: »Tausend Grüße ... Diese Danksagungen mögen Euch süßer sein als Honig und Zucker; sie sind an Euer tapferes Volk gerichtet, dessen Anblick hier unser Auge erfreut, dessen Anwesenheit unserem Herzen angenehm ist wie die Frucht des Baumes und daraus den Kummer vertreibt.«

So war der Mensch:

Um eine Treue und Freundschaft zu bestätigen, die es gar nicht gab, vertraute Saïf seinen Sohn der Gesandtschaft an, die sich auf dem Heimweg nach Frankreich befand.

Dem Herrn, geheiligt sei Sein Name, gefiel es, dass diese Ankunft in Frankreich, vor allem in Paris, zu einem wirklichen Ereignis wurde. Der junge Madoubo machte den höchstgestellten Persönlichkeiten seine Aufwartung. Der Élysée-Palast, der Triumphbogen, das bewegte Treiben auf den großen Boulevards beeindruckten, die Truppenschau in Longchamp am 14. Juli 1901 faszinierten ihn.

Die Blasmusik, die Ordensverleihung an die Offiziere inmitten eines feierlichen Stabs, der vor Stickereien und Kreuzen blitzte, erschütterte ihn: »Das war wie ein Abgrund des Lichtes«, sagte er, »ein ausgeschütteter Himmel.« Der vorgeführte Angriff der Kavallerie auf schwarzen und weißen Pferden begeisterte den Sohn des Saïf, der immer wieder in das gleiche unschuldsvolle Staunen geriet, so sehr, dass er darum bat, eine Kürassieruniform mit heimnehmen zu dürfen.

Die mit Bewunderung vermischte Neugier, die Paris dem Sohn des Saïf bezeugte, erinnert, wie die Chronik sagt, sehr an die, welche Aniaba, dem Sohn des Königs von Assinie, am Hofe Ludwigs XIV. zuteilwurde. Bossuet war ihm gleich nach seiner Ankunft zugetan gewesen, und der König, sein Taufpate, verlieh ihm ein Offizierspatent. Dann war eines Morgens die Nachricht vom Hinscheiden des Königs von Assinie gekommen. Da erhielt Aniaba vom Kardinal de Noailles in Notre-Dame eine Art Salbung, und am Tage seiner Abreise sagte ihm Ludwig XIV.: »Fürst Aniaba, jetzt besteht also zwischen uns kein anderer Unterschied mehr als der zwischen Schwarz und Weiß.«

Der Generalgouverneur Delavignette kommentierte dies wie folgt: »Mir scheint, dass die Worte, die Ludwig XIV. an Fürst Aniaba richtete, jetzt besonders zutreffen und den Sinn der afrikanischen

Entwicklung bestätigen. Als Ludwig XIV. zu Aniaba sagte: ›Jetzt besteht also zwischen uns kein anderer Unterschied mehr als der zwischen Schwarz und Weiß‹, wollte er damit ausdrücken, dass beide Könige, und als solche solidarisch, zwar durch ihre Hautfarbe voneinander geschieden, durch ihrer beider königlichen Stand jedoch verbunden waren. Und, um dies Beispiel weiterzuführen, entspricht nun unsere Beziehung zu Afrika dem Verhältnis ebenbürtiger Souveräne.«

Frenetischer Beifall erscholl, und im Freudentaumel überhäufte Paris den Sohn des Saïf, der zum Sinnbild des guten Einvernehmens geworden war, ehe er zu seinem berühmten Vater zurückkehrte, mit Geschenken.

Als der Sohn in den Nakem heimkam, war sein Vater inzwischen nicht müßig geblieben. Innerhalb eines Jahres hatte er seinen Palast um dreiundzwanzig Neugeborene bereichert, die von zwanzig seiner siebenundzwanzig Frauen geboren worden waren.

Unerwartetes Ergebnis: Aus der einst tyrannischen Diktatur einer einst tyrannischen Dynastie machte die Einbildungskraft des Volkes bei Madoubos Rückkehr eine glorreiche Herrschaft und reihte den Herrscher in die Kohorte »jener Gerechten ein, deren Größe das in seinem Todeskampf verdurstende Herz labt«. *La illaha illaha, la illaha, illaha! Mahamadara souroulaio ...*

Götterdämmerung? Ja und nein. Mehr als ein Traum schien dahinzuwelken; und hier hatte man es nicht nur mit der Wende, sondern auch mit den Zuckungen einer Kultur zu tun. Vor ihrem endgültigen Untergang? Vor einer Wiedergeburt? Oder während einer unendlichen Agonie? Eine Träne für das Negerpack, Herr – habe Mitleid! ...

3

Die Nacht der Riesen

1

Einziges Überbleibsel dieser gescheiterten Träume – das Gift bleibt am Schwanz hängen! ... – war der Leibeigene, dessen Fron sehr der Buße eines Sträflings ähnelte.

Aufstehen um fünf Uhr morgens: um das Bad des Herrn zu bereiten, der sich dann in die Moschee begab; laufen, die Pforte öffnen, während die Gefangenen mit leisen Schritten das Frühstück bereiteten: Couscous, Hammelsoße, Milch, Zucker, Beignets. Alles war ruhig – Halbschatten –, sie aber mussten zum Yamé hin, um dort den Tagesbedarf an Wasser zu holen.

Den Hof fegen; drei Frauen bei der Arbeit, während fünf andere die Hirse zerstampften, für die Fronbauern des Herrn eine Art Milchbrei zubereiteten. Die am Vortag beschmutzte Wäsche zusammensuchen; sie eiligst von den Wäscherinnen zum Fluss tragen lassen und jeder ein Stück Seife geben. Anschließend das Bad für die siebenundzwanzig Gemahlinnen des Herrn bereiten; ihre jeweiligen Dienerinnen zur Arbeit, zum Gehorsam antreiben; rennen, ausführen; ihnen helfen, sich zu waschen. Die Herrinnen des Hauses bei der Wahl eines Kleides, der Jacke, des Lenden- oder Halstuches oder der großen Tunika beraten, die sie, anstatt sie täglich zu wechseln, zum zweiten Mal zu tragen geruhten. Baumwolle oder Wolle spinnen; Knäuel und Kunkel wegräumen, das Gesponnene zum Weber tragen, zurückkehren; den Damen berichten, während sie kaum zuhörten; wegen eines Auftrags losrennen, um auf halbem Weg wegen einer weniger dringenden

Besorgung wieder zurückgerufen zu werden. Losgehen, um die großen Blätter des Bananenbaumes oder Kolastrauches zu holen, um damit Hände und Füße der siebenundzwanzig Herrinnen zu umwickeln, die sich mit Henna, dem unvermeidlichen Rot für die Nägel, färbten ... Dann verschwinden. Denn die gesamte Aristokratie nahm ihr Frühstück ein, ohne dabei zu reden oder gar zu trinken. So wollte es die Landessitte.

In einigem Abstand warteten die Gefangenen. Dann räumten sie ab. Spülten das Geschirr. Verschlangen hastig ihr Essen. Ende.

Man reinigte die Stallungen, holte den Mist heraus, gab den Pferden neues Gras, das nach der Vorschrift frisch und fett sein musste.

Die weiblichen Gefangenen spülten das Geschirr der männlichen Gefangenen und frühstückten nun auch. Endlich. Der Tag brach an. Es war sieben Uhr.

Streu, Matten, Lager, Betten, Moskitonetze, Betttücher, Decken, alles war in Ordnung. Das verdiente eine Belohnung: eine Stunde Ruhe.

Jeder kam, seine Verbeugung zu machen und dem Herrn mitsamt seinen Gemahlinnen seine Verehrung zu erweisen, indem er ihnen seinen Gruß entbot. Verbeugung.

Die angesehenen Männer des Stadtviertels kamen zu Höflichkeitsbesuchen. Die vornehmen Herren besuchten sich gegenseitig, erkundigten sich nach den Würdenträgern.

Die Leibeigenen unterhielten sich untereinander in kleinen Gruppen und kehrten dann in ihren Hof zurück.

Die Neuangekommenen und zwanzig Leibeigene gingen mit den Bauernsklaven auf die Felder.

An der Spitze von zehn Dienerinnen begab Tambira sich zum Markt, um die Milch des Herrn, etwa hundert Liter, zu verkaufen.

Kassoumi, der Küchensklave, vom Marabut Hadschi Hassan erworben, belud mit drei anderen Leibeigenen die Esel des Hauses mit siebzehn Säcken Kolanüssen, um sie am gleichen Morgen auf dem Markt in großen Mengen abzusetzen: So wollte es Saïf. Danach sollten sie für den Tagesbedarf der Küche auf den Weiden ein Rind aus der Herde des Saïf schlachten, das Fleisch zerteilen und es, nachdem die Eingeweide geleert und im Yamé gewaschen worden sind, auf den Rücken der Esel heimbringen. Wenn die Haut an den nächsten Schuhmacher oder an den Schmied für seine Blasebälge verkauft und alles Geld bei der Rückkehr genau um zehn Uhr dem Herrn übergeben worden ist, konnte der Sklave dann noch das Grillen der Filets, das Schmoren der Braten überwachen und den Dienern das zum Mahle des Herrn benötigte Fleisch zuteilen. Danach erst kam das Mahl der Leibeigenen, Gefangenen und Sklaven, stets aus den Resten an Fleisch, Eingeweiden, Sehnen und Knochen zubereitet.

An einem arbeitsfreien Freitag hatte Kassoumi sich gegen dreizehn Uhr auf den Weg gemacht. Hitze. Schweiß. Sonne, wie eine Feder gespannt, um jeden zu treffen, der sich unter den Kartätschenhagel ihrer unbeweglichen Macht wagen würde. Vom Hof der Sklaven hatte Kassoumi sich nach rechts gewandt, war langbeinig durch Tillabéri-Bentia gestelzt, seinen Kummer mit sich schleppend. Kaum hatte er die letzten Häuser hinter sich gelassen, folgte er langsameren Schrittes dem staubigen Pfad, der zum Yamé führt.

Er fühlte sich klein, einsam, ausgeleert, verloren in seiner zu weiten und langen Tunika, deren Ärmel seine Hände bedeckten und deren Zipfel an seine graue Hose schlugen, die zu dick gerafft war und ihn darum zwang, breitbeinig zu gehen, wenn er schnell vorankommen wollte. Er war barfuß. Trauriges Gesicht eines Arbeiters ohne Lohn, erschöpft und naiv: von fast tierischer Naivität – mit großen schwarzen, sanften und ruhigen Augen, auf dem rechten Lid ein Muttermal.

Er schien die Sonne nicht zu spüren, ging mit einer Idee im Kopf wie vor sich selber her, denn am Fuße eines Bananenbaumes hatte er ein Plätzchen entdeckt, das ihn an seine Heimat erinnerte. Nur dort fühlte er sich wohl.

An der Wegkreuzung, wo die Spuren der Füße im sandigen Ufer versinken, nahm er die Mütze ab, die auf seine Schläfen drückte, und wischte sich die Stirn.

Außer Atem hielt er einige Zeit auf einem Hügel inne, wie um die das Wasser liebkosende Sonne besser ertragen zu können, bleiches Quecksilber, das den Tag begießt.

Sein Körper blieb ein oder zwei Minuten dort, vom Phosphoreszieren des Nachmittags entzündet, während sein Geist, von vagen Erinnerungen an die Heimat bewegt – naive Bilder –, ein Stückchen Feld, eine Hecke, eine Hausecke, eine Mutter, eine weit zurückliegende Sklavenjagd und den Wohnsitz der Saïfs vor sich sah.

Nachdem Kassoumi bis zum Unterholz gelangt war, pflückte er sich eine Feige und begann, sie langsam zu schälen, wobei er an die Leute von daheim dachte.

Von Zeit zu Zeit zitierte seine eintönige Stimme einen Namen, erinnerte an ein Ereignis seiner Kindheit. Einige Silben genügten, um dem Gedächtnis Nahrung zu geben. Und die Heimat, die ferne Heimat, kam langsam auf ihn zu, sandte ihm über die Entfernung hinweg ihre Formen, Geräusche, vertrauten Horizonte, Düfte und den Geruch grüner Erde, über die ein sanfter Wind wehte.

Er setzte sich unter den Bananenbaum, glücklich und traurig, erfüllt von dem sanften, schleichenden und durchdringenden Kummer eines Tieres im Käfig, und erinnerte sich. So blieb er wortlos mit melancholischem Blick, klopfenden Schläfen, überkreuzten Fingern, als ob er vor dem Herrn stünde, die ausgestreckten schwarzen Beine schwer auf das wild wachsende Gras unter dem Bananenbaum gelagert. Die Weiße seines Boubous und das Metall seines Säbels erschreckten die Spätzlein, die zwitschernd über seinen Kopf flogen.

Er wandte den Blick auf Tillabéri-Bentia und sah Tambira, die zum Fluss wandelte. Die Dienerin drückte ihre halb geöffneten Lippen auf den haarigen Rücken eines Palmwedels, und Kassoumi erfreute sich am Anblick des bernsteinfarbenen Widerscheins, den die Wäschekalebasse unter der flammenden Sonne warf.

Sie war eine große und kräftige Frau, schwarz und geschmeidig, deren schöne mandelförmigen Augen bei seinem Anblick mit dem beschützerischen Wohlwollen der erfahrenen Frau lachten, die Kassoumis Schüchternheit spürte.

Sie fragte: »Was machst du da? Schaust du etwa den Bananen beim Wachsen zu?«

Kassoumi lächelte erheitert: »Mag wohl sein.«

Sie fuhr fort: »*Yééé réti!* Es ist heiß!«

Und er immer noch lachend: »Das ist wohl wahr!«

Sie ging weiter, zehn Meter, überlegte es sich dann anders und kam zurück: »Hast du nichts zum Waschen? Ich wasche meine Wäsche.«

»Nein, danke«, sagte Kassoumi gerührt.

Sie blieb vor ihm stehen, die Hände auf die Hüften gestemmt, die Kalebasse auf dem Kopf balancierend, glücklich, dass ihr Vorschlag so gut aufgenommen worden war.

Sie ging davon mit dem Ruf: »Auf Wiedersehen, bis zum nächsten Mal!«

Mit den Augen folgte er ihr so lange, wie er sie sehen konnte, der schönen Silhouette, die davonging, kleiner wurde, in den blassen Ocker des Flusssandes einzudringen schien.

Am folgenden Freitag trafen sie einander am gleichen Ort.

»Sei gegrüßt, Kassoumi.«

»Glück mit dir, Tambira. Dein Weg möge gerade sein.«

»Dass Gott dich erhöre und es dir lohne: Kommst du also immer hierher?«

Kassoumi stammelte fröhlich: »Ja ... ich komme mich ausruhen.«

Das war alles.

Aber am Freitag danach lachte sie, als sie ihn sah, ihre Augen strahlten plötzlich wie Sterne, ihr Lächeln verlängerte sich wie ein Sonnenstrahl, und mit dem Finger auf etwas in ihrer Kalebasse weisend, schlug sie schamhaft vor: »Willst du ein wenig davon? Es wird dich an die Heimat erinnern.«

Mit dem Instinkt derer mit gleicher Herkunft – sicher war auch sie fern von zu Hause – hatte sie das Richtige erraten. Beide schwiegen. Da ließ sie, nicht ohne Mühe, etwas Honig in einen kleinen hölzernen Schöpflöffel fließen, den sie mit einem weißen, sauberen Tuch umwickelt hatte; Kassoumi trank als Erster mit winzig kleinen Schlucken, hielt nur einen Augenblick inne, um zu sehen, ob er nicht den Anteil überschritt, den er sich selbst zugemessen hatte. Dann gab er Tambira den Löffel.

Sie begann, den Honig zu schlecken, unter der Haut konnte man sehen, wie sie ihn mit der Zunge im Munde herumschob. Er betrachtete sie mit Rührung und Entzücken. Dann verstaute sie den Löffel und schwieg.

Sie setzte sich neben ihn, um ein wenig zu plaudern. Seite an Seite gaben sie sich dem Rausch hin, sich lebendig zu fühlen; die Arme um die Knie geschlungen, erzählten sie kleine Begebnisse aus den Dörfern, in denen sie das Licht der Welt erblickt hatten, während die Kalebasse auf dem Boden als Vorzeichen einer unvermeidlichen Trennung die Wäsche der Dienerin zeigte.

Doch war die Frau bereit, mit ihm einige Bananen zu essen und von der Ziegenmilch zu trinken, die er aus seinem Trinkschlauch fließen ließ.

... Danach brachten sie einander des Öfteren Zuckerwerk, Leckereien, denn es war die Zeit der Hirseernte, und bei den Saïfs buk man Beignets aller Art. Der Gedanke an diesen vom Schicksal bestimmten Platz machte die beiden Sklaven freier, und sie zwitscherten dort wie die Sperlinge.

Eines Donnerstags bat Kassoumi um Erlaubnis, fortgehen zu dürfen, was er sonst nie tat. Er wirkte recht seltsam, tief bewegt und völlig verwandelt. Saïf wusste nicht, warum, hatte einen vagen Verdacht, ohne recht zu wissen, um was es sich handeln könnte.

Der Sklave begab sich zum üblichen Ort, wo das Gras abgenutzt war, weil er so oft dort gesessen hatte; er blieb nachdenklich. Bald begab er sich auf einem langen Umweg zum Yamé, dem er sich, von einem Baum verdeckt, näherte.

Da sah er sie.

Aus ihrem weichen Körper schien das Licht des Mondes zu kommen und aus ihrem Antlitz – die Sonne. Sie hatte Halsketten über dem Busen und ein Kopftuch auf den Haaren, über den Beinen hundert Perlen, und die beiden Arme bildeten, die Taille berührend, eine Liebesschleife.

Sie ging leicht wiegend, wie von einer Barke getragen, und schien beim Voranschreiten eine Reihe geschmeidiger Verbeugungen zu machen. Während er die Augen auf diese Erscheinung heftete, fühlte er in sich eine heftige Begierde nach dieser Frau aufsteigen. Auf dem Rücken brach ihm kalter Schweiß aus, er wurde von dumpfer, rasender Wut, von ohnmächtigem Zorn gepackt. Doch er beruhigte sich wieder, und mit abgeklärtem Blick und sanften Gesten versuchte er, sich weiter zu besänftigen, sich selbst gut zuzureden, um seine Tollheit zu vergessen.

Sie ging voran, geführt von der silberäugigen Sonne. Er hörte sich selbst zu, während er sie mit zitternden Lippen und leuchtendem Blick betrachtete.

Kein Mensch weit und breit. Nichts rührte sich. Kein Vogelschrei, kein Grillenzirpen, kein Geräusch, nicht einmal ein Plätschern, so erschlafft schien der unbewegliche Fluss unter der Sonne. Doch in der kochenden Luft glaubte Kassoumi eine Art Flammenknistern zu hören.

Sie verschwand hinter einem Busch, dann plötzlich erriet er hinter einem halb in den geräuschlosen Fluten stehenden Felsen eine leichte Bewegung. Er stellte sich auf die Zehenspitzen und erblickte Tambira, wie sie, da sie sich zu dieser glühenden Stunde ganz allein glaubte, ihr Bad nahm, nackt, mit den breiten Hüften und – der Himmel segne sie – nur bis zu den Schenkeln im Wasser …

Sie wandte den Blick zum Yamé, und die auf ihrem Körper tränenden Wasserperlen blitzten wie Sonnen: Eva in Gestalt einer durchsichtigen Woge, wie ein Kristall unter spiegelndem Licht.

Sie war wunderschön, diese große – einem Gemälde gleichende – Frau, unter der Liebkosung des Tages, der in ihre ebenso prallen wie herausfordernden Brüste biss.

Sie wandte sich um, stieß einen Schrei aus, halb schwimmend, halb laufend gelangte sie zum Felsen und versteckte sich dahinter.

Da sie jedoch irgendwann einmal wieder hervorkommen musste, setzte Kassoumi sich unter einen Baum und wartete. Da zeigte sie furchtsam ihren Kopf mit den abstehenden Haarsträhnen, die je nach Laune an einen Igel oder die Medusa erinnerten. Ihr breiter, lebhafter Mund öffnete sich weit über der gleichmäßigen Reihe glänzender weißer Zähne, ihre forschenden Augen betonten ihre samtig weiche Haut – in der Farbe alten Mahagonis, fest und begehrenswert, von jener Luft des Yamé gesättigt, die das Blut entzündete.

Sie rief ihm zu: »Geh weg!«, und ihre vibrierende, tiefe Stimme hatte, wie ihre ganze Person, einen verwirrenden, gutturalen Klang. Die Stimme passte zu ihr wie der Sonnenstrahl zum Berg, wie zum frischen Gras der Tau. Kassoumi rührte sich nicht. Sie fügte hinzu: »Das ist doch nicht recht, dass du dableibst, nicht wahr?« Aus ihrem Munde kamen die Silben abgehackt wie Hundekläffen. Doch Kassoumi rührte sich nicht. Der Kopf verschwand.

Die Zeit von hundert Schritten verging, und dann tauchten langsam und vorsichtig erst die antennenartig abstehenden Haarsträhnen, dann die Stirn und endlich die Augen auf, wie bei einem Kind, das beim Versteckspiel nach dem Suchenden Ausschau hält.

Diesmal schien sie verärgert und schrie: »Du wirst mich krank machen, wenn ich hier in der Sonne bleiben muss. Solange du da bist, gehe ich nicht.«

Da erhob sich Kassoumi, voll Selbstmitleid und Bedauern wandte er sich ab, nicht ohne sich beim Fortgehen oft umzudrehen. Als er weit genug entfernt war, sauste sie halb geduckt mit wiegendem Körper – er strotzte vor Leben – aus dem Wasser und verschwand, ihm den Rücken zuwendend, hinter einer Woge, einem Busch, dem dort aufgehängten Hemd.

Am nächsten Tag, einem Freitag, kam Kassoumi zurück. Sie nahm wieder ein Bad – die Schelmin! –, aber diesmal völlig angekleidet. Kraftvoll wie eine Hirschkuh stampfte sie vor boshaftem Vergnügen und begann, kleine freudige Gluckser auszustoßen. Ihre Freude lachte der Sonne entgegen, tanzte unter dem Mond, enttäuscht verließ er die Badestelle. Er setzte sich unter seinen Bananenbaum, legte die Mütze auf die Knie, als brauche er einen frischen Kopf, und sprach laut inmitten der Stille: »Alle Achtung, das ist wirklich eine schöne Frau.« Er dachte daran noch am Abend, als er auf der Matte lag, und am nächsten Morgen beim Erwachen. Er fühlte sich weder traurig noch unzufrieden und hätte nicht erklären können, was in ihm vorging. Irgendetwas zwickte ihn, war in seiner Seele verhaftet, ein Sehnen, das ihn nicht verlassen wollte, das in seinem Herzen einen unerklärlichen Kitzel verursachte, das er weder einfangen noch verjagen noch töten noch zur Ruhe bringen konnte. Er war besessen, irritiert, ganz vom Gedanken an Tambira erfüllt, fühlte sich durch ein tiefes Drängen von Herz und Körper zu ihr getrieben, auf sie zugestoßen. Er hätte sie umschlingen, erwürgen, in seinen Körper aufnehmen wollen. Weil sie aber ihm nicht gehörte, zitterte er vor ohnmächtiger, ungeduldiger, gereizter Wut.

An einem Freitagnachmittag hielt sie unter dem Bananenbaum an. Es war heiß. Nach der Ernte war das Unkraut so hoch geschossen, dass es sie einhüllte. Nachdem sie ihre Wäsche gewaschen hatte, kam sie vom Yamé zurück und hatte nur ein kurzes Hemd anbehalten, das, wenn sie, um die Kalebasse zu halten, die Arme hob, ihre Hüften modellierte: – Wollust! – ein geistvoller Seiltanz: Die Seele des einen schritt über den Körper des anderen, langsam balancierend wie auf einem Seil, das über den Abgrund des eigenen Körpers gespannt wäre.

Kassoumi war so betroffen, dass ihm die Luft wegblieb; er fand sie so begehrenswert, dass es ihn wie ein Blitzschlag traf. Er lud sie zum Sitzen ein, wollte mit ihr reden, begann aber zu stammeln: »So kann das nicht weitergehen, Tambira.«

Sie warf ihm einen kläglichen, sanft betrübten Blick zu: »Was kann nicht so weitergehen, Kassoumi?«

Er fuhr fort: »Dass ich so oft an dich denke, wie der Tag Stunden hat.«

Dann, sich zu einem Lächeln zwingend, sagte sie mit ganz natürlicher Stimme: »Ich zwinge dich nicht dazu.«

Stotternd erwiderte er: »Du ... du ... bist es ... ja; du hast mir den Schlaf gestohlen, den Appetit, alles ...«

Leicht überrascht richtete sie ihre dunklen, tief verängstigten Augen auf Kassoumi und flüsterte leise: »Was ... was soll ich tun, um dich zu heilen?«

Er verharrte betroffen, mit hängenden Armen, ratlos: »Oh meine Sonne ... oh mein Licht!«

Genau über den Bananenbaum flatterte über die dichte Wand des sie umgebenden hohen Grases hinweg ein Vogel und zwitscherte aus voller Kehle. Er stieß Läufe und Triller aus – durchdringende Noten erfüllten die Luft, schienen sich am Horizont aufzulösen, sich am Flussufer entlangzuwinden und in das Laubwerk einzusickern.

Sie waren nahe beieinander, den Blick in Erinnerungen verloren, den Mund bereit: Und langsam sogen sie zwischen ihre zuckenden Lippen die Stille. Kassoumis Arm umschlang Tambiras Taille, umfing sie mit zartem Druck. Ganz ruhig nahm sie diese Hand und schob sie ständig so weit fort, wie sie sich vorgewagt hatte. Diese Liebkosung machte sie auch keineswegs verlegen, es war etwas ganz Natürliches, das sie auf ebenso natürliche Weise zurückwies. Sie horchte auf den Vogel, verlor sich ins Lauschen. Von unendlichem Sehnen nach Glück durchdrungen, von plötzlicher Zärtlichkeit erfüllt – Enthüllungen einer ungeahnten Poesie –, erzitterte sie so unter dem Erschlaffen von Nerven und Herz, dass sie stark die Hand des Mannes presste, der sie jetzt an sich drückte; sie stieß ihn nicht mehr zurück, dachte nicht mehr daran.

So verharrten sie eine Weile. Die Frau schwieg, voll sanfter Empfindung. Kassoumis Kopf ruhte auf ihrer Schulter; plötzlich küsste er sie auf den Mund. Sie schreckte wütend zurück und warf sich, um seinem Mund zu entgehen, auf den Rücken. Er fiel über sie her. Doch rasch schob sie das Gewand über die Schenkel, wollte fliehen. Er streckte sich über ihr aus, bedeckte sie mit seinem ganzen Körper, von den festen, wilden Brüsten der Frau gestoßen und gereizt. Lange verfolgte er den ihm entfliehenden Mund, endlich erreichte er ihn und verband ihn mit seinem. Völlig verwirrt streichelte sie ihn, erwiderte seinen Kuss, berührte seine Lenden; und mit geschwollenen Flanken, ganz vom köstlichen Gefühl ihrer Niederlage durchdrungen, merkte sie, wie ihr Widerstand, wie von einem zu schweren Gewicht niedergedrückt, nachließ ...

Ein leichter Wind erhob sich und ließ das Laub rascheln. Beide lagen nackt im hohen Gras, und ihre Seufzer klangen zusammen. Verwandelt und wie rasend lagen sie und wussten nichts, als dass sie sich besaßen, einander tief durchdrangen; sie umarmten sich, von der Verschlingung ihrer Körper übersättigt, von ihren Gesten berauscht, wahnsinnig, keuchend, irre redend, von Kopf bis Fuß gespannt in leidenschaftlicher Erwartung. Die Frau trug den Mann wie das Meer ein Schiff, auf und nieder, mit sanft wogender Bewegung, die die verborgene Heftigkeit kaum ahnen ließ. Sie murmelten, schluchzten bei dieser Reise, und ihre Bewegungen beschleunigten sich ständig, bis zu einem Punkt, wo sie zu einer unaufhaltsamen Kraft wurden, die von ihnen ausging. Der Mann stöhnte, ließ seine Waffe zwischen den Schenkeln der Frau schneller, tiefer, stärker arbeiten. Das Gift schoss heraus; plötzlich spürten sie, dass sie keine Luft mehr bekamen, dass sie explodieren und sterben würden. Es war eine Sekunde unerträglichen, geistigen und fleischlichen – schrecklichen – Glücks.

Sie erwachten daraus, vibrierend, toll, stumm, erschöpft, ausgeleert, mit dröhnenden Ohren. Erfüllt und betroffen, so sehr fühlte sich jeder noch vom anderen besessen.

Von jenem Tage an begegneten sie einander an den Gräben, in den Vertiefungen der Felder, im hohen Gras unter dem Bananenbaum oder auch gegen Ende des Tages am Ufer des Flusses, wenn er auf Pferden gegerbte Häute oder Ochsenfleisch zurückbrachte und sie Wäsche oder Wasser ins Haus der Saïfs trug.

Natürlich begann man unter den Sklaven, darüber zu klatschen … Man meinte, sie seien füreinander geschaffen. Saïf, dem man davon berichtete, versprach, sie im folgenden Monat miteinander zu verheiraten, und verwandelte so den respektvollen Hass seiner Sklaven in Anbetung: Bei der Masse setzte manchmal auf seltsame Weise das Herz aus.

Auf Wunsch des Saïf vervielfachten die Wächter Wagouli, Kratonga, Sankolo, die Agenten Wampoulo, Yafolè die Arbeitsleistungen der Diener. Sie taten es freudigen Herzens und dachten wohl kaum daran, dass die Hochzeit zwischen Tambira und Kassoumi nur ein Manöver des listigen Herrn war, dem sein gespieltes Patriarchentum hohen Gewinn einbrachte. *Alif minpitjè!* – und der Allerhöchste sei gepriesen ...

Zwei Wochen vor dieser Hochzeit lud der Militärkommandeur von Krébbi-Katséna, der für die französische Kolonie Nakem zuständig war, Saïf auf den Mont Katséna in den Ehrenhof der Gebäude der Kolonialverwaltung ein, die gerade fertig geworden waren. Eine Eröffnungszeremonie vereinigte eingeborene Würdenträger und Ehrenmänner, französische Soldaten und Repräsentanten, darunter Offiziere, die mit großem Pomp den Gouverneur, seine Familie, dreiundvierzig neu angekommene Franzosen empfingen – darunter sieben Missionare und Abbé Henry –, einige Offiziere als Geleit von zehn Siedlerfrauen, die von dreißig Männern flankiert wurden: Abenteurern, Geschäftemachern, Idealisten oder Verwaltungsangestellten.

Als am Nachmittag der Bischof Thomas de Saignac im Nakem an Land ging, wurde er vom Saïf, dem Gouverneur und der gesamten Bevölkerung mit unbeschreiblicher Freude empfangen. Man ließ die Pisten zwischen dem Yamé und der Hauptstadt, also auf einer Länge von drei Meilen, planieren und mit Matten belegen, jedem einzelnen Stamm war für diese Arbeit ein bestimmter Abschnitt zugeteilt worden. So brauchte der Bischof seinen Fuß nicht auf ein Stück ungeschmückten Boden zu setzen.

Einen noch bewundernswerteren Anblick boten aber Felder, Bäume und Hügel beiderseits der Straße, die voll von Leuten waren, die den Bischof sehen wollten, den sie für einen gottgesandten Heiligen hielten – ein so schönes Gewand trug dieser Mann. Man beschenkte ihn überreichlich, hier mit Lämmern, dort mit Ziegen, der da gab Hühner, die da Rebhühner, Wild, Fische und andere Lebensmittel, sodass er gar nicht wusste, wohin damit, und es wohl oder übel den Armen überlassen musste. Darin zeigte sich der große Eifer und Gehorsam dieser neuen Christen.

Unzählige Männer, Frauen, Mädchen, Knaben und Greise kamen ihm entgegen, legten sich vor ihm auf den Weg, um ihn um das Wasser der heiligen Taufe zu bitten, zeigten eigenartige Gesten eines wahren Glaubens und wollten ihn nicht gehen lassen, ohne dass er die Taufe vollzogen hatte. Um ihrem Willen nachzukommen, musste der Bischof sehr viel öfter anhalten und deckte sich also mit Wasser, Salz und anderen notwendigen Dingen ein.

In einer Prozession wurde der Bischof zur Kirche geleitet: Nachdem er zu Gott sein Dankgebet gesprochen hatte, führte man ihn in das für ihn bestimmte Haus. Sofort begann er, die Organisation von Kirche und Geistlichkeit zu regeln: Mönchen und weltlichen Priestern.

Er erhob die Kreuzkirche zu einer Kathedrale, die zu diesem Zeitpunkt achtzehn Stiftsherren mitsamt ihren Kaplänen, einen Chorleiter und Sänger, eine Orgel, Glocken und alle Kultgegenstände besaß.

Anschließend wurden Reden gehalten, die von »militantem Humanitarismus« und »kulturellem Sendungsbewusstsein« nur so bebten, und unbewegten Gesichts hörte Saïf die Erklärung an, dass »die allgemeine Schulpflicht eingeführt werden und dass Straßen, Eisenbahnlinien, Kanäle zum Wohl aller, in Freiheit, Gleichheit und Brüderlichkeit, durch die Kolonie führen sollten«. Da musste man wohl Beifall spenden, und Saïf klatschte.

Nach seiner Rückkehr ließ er insgeheim die wichtigsten Männer des Landes zu sich rufen. Den von ihren Agenten informierten französischen Behörden erzählte er, »es geschähe ausschließlich, um den großen Familien der Schwarzen die ihm vom weißen Volke übersandte Botschaft von Friede, Glück und Kultur zu wiederholen«. Man ließ ihn gewähren.

Diese Versammlung der Würdenträger fand daraufhin am Aschermittwoch im Jahr 1902, für den sie von Saïf ben Isaac El Heït einberufen war, in beeindruckender Pracht statt.

Altem Brauch entsprechend saßen die Würdenträger im Schneidersitz in der zweiten Reihe, vor den Stammeshäuptlingen, hinter den Räten des Saïf, den Blick zum Thron des Herrschers, der, prächtig gekleidet, von seinen Würdenträgern umgeben war. Unter diesen bemerkte man: seinen Sohn Madoubo, »einen Mann, der so stark war, dass er mit einem einzigen Säbelhieb einen Sklaven entzwei spalten oder den Kopf eines Stieres abschlagen konnte«; den negro-jüdischen Wissenschaftler Moïse ben Bez Toubaoui, »einen besonders in der Rechtswissenschaft, dem *Koran* und dem Sohar erfahrenen Gelehrten«; des Weiteren den Fulbeberber Hadschi Dial, einen Kopisten; den reichen Sudanneger Doumbouya mit dem Pferdegesicht, »der besonders gut über den heimlichen Sklavenhandel Bescheid wusste«.

Bei dieser denkwürdigen Versammlung schlug die Hexerei bei allen Antworten durch, die hie und da noch von dem pharisäischen Kult der überlieferten Moral gekennzeichnet waren.

Auf eine Frage, die Saïf ben Isaac El Heït im Zusammenhang mit den Ereignissen zur politischen Haltung von Würdenträgern und Adel stellte, kam es zu einem unvermeidlichen Zögern.

Und da drang Kälte in die Herzen:

Denn plötzlich sah man den Hadschi Ali Gakore, einen idealistischen Fünfzigjährigen, zusammengekrümmt wie ein schlafender Geier, tänzelnden Schrittes sich nähern. Unter dem Gewicht seines riesigen Boubous taumelnd, begab er sich zum Saïf, vor dem er niederkniete, nicht ohne vorher als Zeichen seiner Unterwürfigkeit drei Prisen Staub auf seine schöne seidenumwickelte Kopfbedeckung geworfen zu haben. »Wenn es wahr ist«, zankte er mit Dialektikerstimme, »wenn es wahr ist, dass das Volk von Ham, von dem die Schrift spricht, das verfluchte Volk ist, und wenn es wahr ist, dass wir diesem Neger- und Judenvolk angehören, das von der Königin von Saba abstammt, wie erklärt Ihr dann, dass wir gegen den weißen Mann kämpfen könnten?« Darauf, von seinem Wagemut erstickt, mit bei jedem Wort schwankender Stimme: »Edle Herrn, der Imam Mahmud, der Großscherif von Mekka, hatte doch vorausgesagt, dass bei der Ankunft eines anderen Kalifen, nach Isaac El Heït, Blut und Tränen von dieser Welt verschwinden würden ... ist das wahr oder falsch? Diener und Herren sollten sich gemeinsam dem Dienste Gottes widmen, die Macht werde beständig sein und die Größe sich ständig selbst erneuern wie ... das Meer! Und das Reich würde stark sein und die Völker vereinigt, oh ja, durch eine Anhäufung von Reichtümern, Macht und Ruhm, die eh ... die sie in Gott gefälligen Werken verausgaben würden, hm .... wahr oder ... falsch?«, fragte er mit dem Blick eines Erleuchteten.

Endlich richtete er seine Triefaugen schüchtern auf den imposanten Saïf ben Isaac El Heït: »Ah! Was würde man wohl meinen, edler Kalif, wenn Ihr vergäßet, wie man ein Volk erzieht?«

Die Folgen eines solchen Wagemutes werden von Mahmud Meknud Traré berichtet, dessen Vorfahren Griots waren und der heute selbst in der afrikanischen Republik Nakem-Ziuko Griot ist:

»Dann beschloss Saïf, allein die Söhne von Dienern sollten in französische Schulen, zu den Messen der Missionare, zur Taufe der weißen Patres, zu französischer Kleidung und rasiertem Schädel gezwungen werden, und ihre Verwandten Verschwiegenheit geloben. Die *Heiligen Bibeln* der Missionare sollten ins Feuer geworfen werden, während ein kräftiger Wind vom Yamé die Flammen nährte, die eine geschickte Hand an den Hütten der Soutane tragenden Jesuiten lecken lassen würde. Um anschließend die Würdenträger der das ehemalige Reich Nakem bildenden Nachbarkolonien zum Aufstand anzustacheln, sollten um Mitternacht Tama, die schwärzeste aller bei Saïf aufgezogenen Nattern – und wie giftig sie war! – mit drei anderen, jüngeren, aber nicht minder grausamen, in das Zimmer gesandt werden, in dem der autoritäre Gouverneur mit seiner Familie als Gäste des verheirateten und unerwünschten Verwalters schliefen. Endlich sollte zur allgemeinen Erbauung der Hadschi Ali Gakore, ›ein Mann von vorgetäuschter Unterwürfigkeit, ein in übler Nachrede allzu erfahrener Heuchler‹, dem zwiefachen Gottesurteil der Flammen und des Giftes unterworfen werden. Er starb im Winter 1902, indem er, sobald er das harzhaltige Getränk geschluckt hatte, wie eine Höllenmaschine explodierte: Die Flammen des Gottesurteils brachten seine klaffenden Eingeweide zum Brennen und machten daraus ein Inferno.« Ein Seufzer für ihn.

Wer könnte sagen, wie viele Leben der Saïf auslöschte? Nach dem Autodafé des Hadschi Ali Gakore und dem durch einen »Unfall« verursachten Tod des Gouverneurs, seiner Frau, des Verwalters, von dessen Gattin und Tochter erschien Saïf mit seiner Kohorte von Würdenträgern vor den Kolonialbehörden, um die Verstorbenen zu beklagen, ihre Fahrlässigkeit zu bedauern und schließlich die Feuersbrünste zu beweinen, bei denen sechshundertdreiundfünfzig *Bibeln* verbrannt waren.

Die von Saïf heimlich an die Nachbarkolonien gerichtete Aufforderung stieß nicht auf taube Ohren: Manche ahmten ihn nach, steckten die Wohnungen der Kolonialverwaltung in Brand und warfen *Bibeln* und *Leben Jesu* zum großen Kummer der Missionare zu Hunderten ins Feuer. Unerwünschte Kolonisten und Verwalter wurden regelmäßig von den *Vipern des Übernatürlichen* ermordet. Andere eingeborene Häuptlinge, die entweder zur Mitarbeit bereit oder vorsichtig oder furchtsam oder knechtisch waren, unterwarfen sich stillschweigend den Weißen ...

Am nächsten Tag kam alles wieder in Ordnung: Man hatte telegrafisch vom Tod des Verwaltungspersonales berichtet und auf gleichem Weg Ersatz und neue *Bibeln* verlangt. Da Afrika wild geblieben ist, dachte sich der weiße Mann, ist es da ein Wunder, dass Unvorsichtige, die unvermittelt aus der Wiege europäischer Kultur auf den schwarzen Kontinent geworfen wurden, alle Ratschläge in den Wind schlugen und um sich zu viel Gras wachsen ließen, das »die durch das Feuer aus dem Walde verjagten Vipern«

anzog? Wiederholungen des nicht aufgedeckten und also vollkommenen Verbrechens ließen nicht auf sich warten. *Maschallah! Oua bismillah!* Der Name Allahs sei über und um uns! Und vergib uns, Herr.

Am nächsten Tage – *Ya atrash!* – hätte Saïf Tambira und Kassoumi verheiraten sollen. Da er sich für diese erste Dienerhochzeit jedoch das Recht der ersten Nacht vorbehalten hatte, beanspruchte er, dass »die Braut Jungfrau sein müsse«. Was nicht der Fall war. Also wurde die Hochzeit um einen Monat verschoben; denn nachdem Saïf eine Kuh, drei Schafe, vier Kochtöpfe, Geld und verschiedene Küchenbehältnisse als Geschenke gesandt hatte, schickte er nun zwei alte Frauen, um die Nicht-Jungfräulichkeit der Braut zu bestätigen.

Die Matrone hieß Tambira sich mit ausgebreiteten Beinen auf einen großen Steinmörser setzen, den man bis in ihre Kammer gerollt hatte. Und während die erste Alte die Frau festhielt, schnitt die zweite mit Hilfe eines eher schmutzigen Messers – *bâ'al ma yallah!* – die Klitoris ab, schnitt dann die beiden Schamlippen ein und ritzte sie blutig, kniff sie zusammen und heftete sie in dieser Stellung mit Dornen aneinander. In die kleine Öffnung der Naht (für die natürlichen Bedürfnisse) führte sie ein in braune Butter getauchtes, hohles Stäbchen ein und wickelte schließlich, nach beendeter Operation, um den Unterleib der Frau einen dreieckigen Verband aus Hirsegras. Vom Knie bis zur Hüfte. Bis zur vollständigen Heilung war jede Bewegung untersagt. Nachdem sie Tambira auf eine geflochtene Weidenmatte hatte legen lassen, verbot sie ihr jeglichen Männerbesuch, brachte ihr selbst die Mahlzeiten und führte für sie die Besorgungen aus.

Saïf hatte sich seinerseits mit Würdenträgern, Dienern und sogar den im Dienste der *Flençèssi* stehenden Tirailleure und Dolmetschern verbündet, um ein neues Gewohnheitsrecht zu verkünden, das die Frau endgültig zum Instrument des Mannes machte. Damit die Frau den Mann nicht betrügen könne, erhielt der bisher sehr seltene Brauch der Infibulation (das Zunähen der Geschlechtsteile) nun Gesetzeskraft: Damit sie sich nach der Hochzeit nicht durch Ehebruch rächen könnten, drohte als Strafe die Entfernung der Klitoris, sodass das Temperament der Negerinnen aus Angst davor ganz erheblich gedämpft wurde. Schließlich waren viele Männer, die mit dem zarten Geschlecht im Konkubinat lebten, glücklich, bei der Hochzeit einen neuen, sadistischen Genuss erleben zu können, wenn sie ihre Geliebte mit dornenzerstochenem Geschlecht und blutbespritzten Schenkeln entjungferten, wobei sie selbst vor Schmerzen und Angst mehr als halb tot war.

Unter diesen Umständen war die Bestrafung einer Ehebrecherin unerbittlich; zumindest wurde sie nackt, in Fußeisen, im Palasthof zur Schau gestellt und – aufgrund des Gewohnheitsrechts – einer vaginalen Waschung mit einem mit Pfeffer gekochtem Sud unterzogen, in dem – *ouallahi!* – Ameisen schwammen. In verschiedenen Fällen (wenn die Schuldige schwanger war, zu früh gebar und ein totes Kind in die Welt setzte) wurde die Frau in einer vom Saïf eingerichteten Folter »mit offenen Schenkeln über ein Holzfeuer gehalten, das ihr die Schamhaare versengte«. Eine betrogene Frau konnte hingegen nichts gegen ihren Mann ausrichten, außer festzustellen, dass sie betrogen worden war, ihre Rivalin zu suchen und diese zu beschimpfen und zu schlagen.

Also fand die so lang ersehnte Hochzeit am ersten Freitag des folgenden Monats inmitten fieberhafter Vorbereitungen statt.

Der Sklave Kassoumi hatte sich, um sich dem Brauch zufolge Tambiras Liebe zu sichern, einen Salamander, eine Schabe und ein altes Stück Stoff besorgt, mit dem seine Verlobte sich während ihres Verkehrs abgewischt hatte. Nachdem alles getrocknet und zerstoßen worden war, mischte er es unter die Speisen, die er, nachdem Saïf sein Recht ausgeübt hatte, seiner Frau anbieten musste. Danach verbrannte er auf Rat der Alten abgeschnittene Nägel, drei Wimpern, sieben Kopfhaare, sieben Haare von Geschlechtsteilen und Achseln, bereitete daraus ein Pulver, das er mit Piment gewürzt über die Hochzeitsspeisen der Braut streute. Um endlich während der siebentägigen Hochzeit gut bei Kräften zu sein, zerdrückte er drei Löwenruten, Bockspermien und drei Hahnenhoden, die er in einer scharf gewürzten, roten Soße mit Yamswurzeln verzehrte.

Am Abend des ersten Freitags im Monat März 1902 (die religiöse Vereinigung war am Morgen von den bevollmächtigten Häuptlingen vollzogen worden), während draußen in den Vorzimmern Weihrauch, Kampfersublimat, Aloe, indischer Moschus und graue Ambra brannten, die Geladenen sich die Hände frisch mit Henna und das Gesicht mit Safran färbten und Trommeln, Flöten, Pfeifen, Zimbeln, Tympanons und Xylophone wie an großen Festtagen durch die Lüfte schallten, erhielt Tambira, gestärkt, gebadet, parfümiert, den Besuch der Matrone, um festzustellen, ob die Nähte immer noch unberührt waren. Eine Stunde danach riss Saïf, der glänzende Herrscher, von dem jeder Schritt, wie man sagte, ein Glück war, die Nähte auf, deren Dornen zum Glück für Tambira verfault waren.

Sie erlitt keine Schmerzen. Da dies bei Saïf den größten Zorn ausgelöst hätte, wurde er durch eine List getäuscht: Die Braut, die sich absichtlich zusammenkrümmte, hatte unter sich einen mit Hammelblut gefüllten Beutel, aus dem Spritzer kamen, die der sadistische Saïf aus dem Unterleib der Frau geholt zu haben glaubte. Nachdem das Herrenrecht ausgeübt worden war, zeigte eine Matrone den Zuschauern das blutige Lendentuch, und sogleich zerrissen drei Salven die Nacht, um die gute Nachricht zu begrüßen, worauf die zahlreichen Anwesenden zu singen, zu schreien, zu heulen und zu tanzen begannen: *oyé oyé oyé, gouzi-gouzi!*

Da begab sich Kassoumi zu seiner Gattin, verabreichte ihr symbolische Ohrfeigen und verließ das Haus dann wieder. Diese Gebärde wiederholte er dreimal und gab ihr schließlich zu essen. Spät in der Nacht vollzog er die geschlechtliche Vereinigung, was er, wie es hieß, »während der sechs folgenden Tage oft tun musste, um zu verhindern, dass die Wunde sich wieder schloss«.

Im gleichen Monat wiederholten sich von Provinz zu Provinz, von Kanton zu Kanton tausendsechshundertdreiundzwanzig Hochzeiten. Die Würdenträger gingen zum Angriff über.

Das törichte Volk applaudierte; während die Würdenträger in Wirklichkeit die Zukunft vorbereiteten. All diese neuen, legalen Paare würden bald Kinder bekommen, welche die Würdenträger dann – anstelle der ihren – zur französischen Missionsschule schicken würden. Da das französische Gesetz schließlich für jemanden gemacht war, meinten die Würdenträger, es solle für das Volk sein, das sie in Massen aushoben und in die Werkstätten der Kolonisten, zum Straßen- und Eisenbahnbau und zu allen schweren Arbeiten überhaupt schickten. Und die Weißen hielten sie für Verbündete! Aber diese murmelten dem Volk zu: »*Azim bouré ké-karato warali*: dass der weiße Mann gekommen war, es durch Zwangsarbeit zu knechten und es nur zum Wohle des Kolonialhandels dazu verdammte, Wege, Straßen und Bahnlinien zu bauen.« Das gutgläubige Volk paktierte mit diesen Teufeln von Würdenträgern, und die Aristokratie verbuchte also einen Punkt für sich: die Masse der Eingeborenen verwünschte in unterwürfigem Schweigen die Weißen, diese Halbgötter, die einst ihre so hochverehrten Retter gewesen waren.

Viele eingeborene Gelehrte erzählten leise, was sie die »Wahrheit« nannten: dass Saïf nur ein Betrüger war. Dass er nicht mehr jüdisches Blut in den Adern habe, als der Neger grünes. »Dieser Ungläubige gibt sich als Jude aus, nur um damit zu beweisen, dass er dem Neger durch seine Herkunft überlegen sei und, wie der weiße Mann, es sich zur Aufgabe mache, ihn zu zivilisieren. Denn schließlich können die Neger doch wohl nicht allein mit sich fertig werden, sich selbst anleiten und regieren.«

Gibt es übrigens schwarze Juden? Andere wiederum meinten, Saïf spräche die Wahrheit, er sei ein jüdischer Neger. Danach führte man seine Abstammung von den Geonim aus Kairouan, dem Rabbi Enkaoua aus Tlemcen, Yossef Lackkar, den Gabilou, Amran ben Merouas, Jacob Sasportes ... an. Endlich, als die Liste erschöpft war, erinnerte man an die Königin von Saba ... *Allahou akbar!*: bitten wir also Gott, Er möge uns freisprechen ...

Fünfzehn Tage nach diesen Geschehnissen kam auf dem Mont Katséna eine Depesche aus Paris an (drei Kilometer von der Eingeborenenstadt Tillabéri-Bentia entfernt): Jean Chevalier, der lokale Unterverwalter, war zum Verwalter und stellvertretenden Gouverneur ernannt worden.

Sofort fürchtete er um sein Leben und ließ Bourémi, den Zauberer von Krébbi-Katséna, kommen, einen ehrgeizigen Mann, der die Gondaïten verraten und sich mit dem Saïf verbündet, der den Saïf verraten und sich mit Frankreich verbündet, der Frankreich dann um der Gondaïten willen verraten hatte und schließlich, nachdem er mit allen verkracht war – ein den Okkultismus betreibender verstockter Zauberer –, ein bezahlter Mörder geworden war. Chevalier fragte Bourémi aus, erkundigte sich nach Saïf, seinen Spionen und Mördern.

Dolmetscher war ein Tukulorsklave, Karim Bâ, mit sechs Fingern an der linken Hand, der um des Geldes willen an vielen Raubzügen und Betrügereien der schwarzen Tirailleure teilgenommen hatte: Nichtsdestotrotz blieb er ein unübertroffener Übersetzer, der einzige, der gut das Französische, das Arabische und die sieben Eingeborenendialekte des Nakem verstand.

CHEVALIER: Über wie viele kräftige Männer verfügst du?

BOURÉMI: Achtundzwanzig.

CHEVALIER: Wieso achtundzwanzig?

BOURÉMI: Ich sage achtundzwanzig, mich eingeschlossen.

CHEVALIER: Du Hund, du Sohn eines Hundes! Du bist nur ein Lügner! Von den Männern des Saïf habe ich erfahren, dass sie dreihundert gezählt hätten und damit noch nicht fertig wären.

BOURÉMI: Ich spreche die Wahrheit. Außerdem ist der Beweis leicht zu erbringen, denn in den von Saïf angegriffenen und versenkten Booten hat niemand überlebt; man braucht nur in den Dörfern die Witwen zu zählen.

CHEVALIER: Schweige, du hast Angst vor dem verfluchten

Saïf (*er ohrfeigt ihn*). Dann bin ich also ein Lügner, ich, der Verwalter Chevalier? Ich sage, dass ihr wenigstens dreihundert seid. Wem willst du weismachen, achtundzwanzig Männer könnten sich gegen den Saïf erheben? Seine Männer werden Hackfleisch aus euch machen, Hackfleisch!

BOURÉMI: …

CHEVALIER: Bist du Moslem?

BOURÉMI: Nein, bei der Gnade des Allerhöchsten und seines Propheten Mohammed.

CHEVALIER: Also gut. Dann wirst du mir dienen. Du wirst mich lehren, wie man mit Vipern mordet. Zur Belohnung werde ich dir Gold, Frauen, Pferde, Land, alles geben, was du willst.

BOURÉMI: Die Vipern morden nicht; sie begnügen sich damit zu beißen. Aus Zufall.

DER DOLMETSCHER, *sich einmischend*: Wenn ich deine Worte übersetze, wird dein Kopf fallen …

BOURÉMI, *zum Dolmetscher*: Das ist mir egal. Ich kann ihm die Wahrheit nicht sagen. Alle großen Schlangenzüchter sind bei Saïf. Wenn wir ebenfalls welche abrichten, werden wir von ihnen umgebracht werden und allen Stämmen wird das Geheimnis preisgegeben – auch den Weißen.

CHEVALIER, *gereizt*: Was sagt er?

DER DOLMETSCHER, *zu Bourémi*: Der Gott der Wildnis möge deine Tage verlängern … *Zu Chevalier*: Herr, er sagt, er will es sich eine Nacht lang überlegen.

CHEVALIER: Also gut, führt ihn fort. Du bist für ihn verantwortlich. Aber er soll sich entschließen, sonst wehe ihm!

Und Bourémi wurde abgeführt. Der Dolmetscher Karim Bâ zeigte ihm seine Frauen, Diener, seine Pferde, sein Haus. Er riet ihm, Chevalier gleichfalls zu dienen, um dieselben Vergünstigungen zu genießen und so mit anderen Überläufern die Avantgarde der Gegenspionage des weißen Mannes zu bilden. Bourémi zögerte. Sich so offen mit den Franzosen zu verbinden, hieße, seine Familie zur heimlichen Tötung durch Saïf zu verurteilen.

Bei der neuerlichen Befragung schob Bourémi seine Antwort hinaus, behauptete, er bräuchte die Nacht zum Überlegen. Dann verlangte er, in ein Efeugebüsch geführt zu werden, um dort die für einen Geheimtrank notwendigen Kräuter zu sammeln. Dieser Wunsch wurde ihm gewährt. Als er aus dem Efeudickicht auftauchte, bat er den Wächter, ihn seine natürlichen Bedürfnisse befriedigen zu lassen. Bourémi versteckte sich hinter den Büschen, in dichtem Unterholz am Rande eines Sumpfes, in dem die Unken quakten. Man schlug Alarm. Die Leute kamen ganz nahe an dem Versteck vorbei, entdeckten ihn aber nicht und suchten weiter. Plötzlich fühlte der Zauberer eine Schnauze, ein schleimiges Lecken und erkannte eine – nein! – zwei Hyänen, heulte auf und flüchtete aus dem Lager dieser Tiere, die ihm auf den Fersen blieben. Wieder eingefangen und gefesselt, wurde er dem wütenden Chevalier vorgeführt, der vorgab, ihn zum Tode zu verurteilen, dann aber anwarb.

Damit hatte er einen wertvollen Mitarbeiter gewonnen – möge er im Land der Toten Eselsgedärme mahlen!

Die Ermordung des Saïf wurde für den folgenden Monat beschlossen. Heimliche Gewalt empfahl sich, denn jede offene Maßnahme lief Gefahr, nicht abschätzbare Folgen nach sich zu ziehen.

Doch scheiterte die Geheimhaltung am Fluchtversuch des Zauberers, von dem die Agenten des Saïf blitzschnell erfuhren, die ihrem Herrn darüber berichteten, der sofort zum Häuptling des Dorfes Krébbi-Katséna einen Reiter schickte, der noch in derselben Nacht dem verwitweten Verwalter Chevalier eine herrliche Fulbefrau namens Awa sandte. Dieser Mann ließ sich nämlich über seinen Dolmetscher oder den Häuptling des Dorfes Krébbi-Katséna zweimal wöchentlich eine zärtliche Gefährtin »frei Haus« liefern.

Man wusste aber nicht, dass Awa die Verlobte Sankolos, eines Agenten des Saïf, war und Französisch sprach.

Sobald der Verwalter sie erblickte, wurde er von ihrer Frische, der Samtweiche ihrer Haut, von der Bernsteinfarbe der Berbernomaden, ihren wie Leuchtkäfer glimmenden Augen, den seidigen Haaren und der feinen Nase der Tuaregfrauen für sie eingenommen. Sie war nach ägyptischer Mode mit einem geblümten Satinstoff bekleidet, trug Ohrschmuck, eine dicke Perlenkette und mit Rubinen besetzte goldene Armbänder.

Ihre Locken waren wie Wasserwellen, ihre Augen wie glühende Kohlen, an Statur und Aussehen kam ihr keine andere gleich. Er hieß sie sich setzen und legte ihr leicht die Hand auf das Knie. Die von einem Soldaten gebrachte Lampe schnitt die Dunkelheit des Vorzimmers mit einem Lichtstrahl entzwei; und Chevalier zog, das erwartungsvolle Lächeln seiner Gefährtin bemerkend, rasch seine Hand zurück. Keine unüberlegten Gesten: Ein Missverständnis entsteht so leicht; mit lautlosen Schritten ging er auf die Veranda, die zum Salon und den anderen Räumen des Hauses führte.

»Ich wohne allein hier«, erklärte er etwas umständlich und mit trauriger Miene, »meine Frau ist tot.« Er zündete ein Streichholz an, führte die Flamme in eine Petroleumlampe, und um sie herum kamen weiße Wände zum Vorschein. »Nehmen Sie Orangen, während ich die anderen Lichter anzünde.«

Er kniete vor vier anderen Lampen nieder, und mit einem Zischen entzündeten sich die Flämmchen an der Spitze seines Zündholzes.

»Gar nicht so übel hier«, säuselte Awa unverschämt. »Sie haben aber eine Menge Bücher!«

»Die habe ich alle selbst geschrieben«, log der Verwalter.

»Es muss wundervoll sein zu schreiben.«

»Man versucht, etwas zu sagen. Hm ... Möchten Sie gern das Haus besichtigen? Sehr geschmackvoll, nicht wahr? Natürlich«, fügte Chevalier mit gedämpfter Stimme hinzu, »fehlt das weibliche Element.«

Dann gingen sie von einem Raum in den anderen, der Verwalter entzündete die Lampen. Und überall, wo er eintrat, tauchten, gleich salutierenden Wachposten, weiße Vorhänge, Glasmalereien, cremefarbene Wände, Zimmerdecken in hellem Jadegrün auf ...

Er blickte sich nie um, fühlte nur die stillschweigende Billigung der Frau, deren Geschmack nicht besser hätte getroffen werden können; hier und da gab es, in scheinbarer Unordnung, neben einer zierlichen Sitzgruppe im Stil Louis XVI. auch einen kostbaren persischen Teppich, einige aus Indochina und Nordafrika mitgebrachte Gegenstände, die die Strenge des Salons unterbrachen; im Esszimmer thronten ein Besteckschrank und ein Louis-XVI.-Buffet nicht weit von einer Alabastervase, einem Buddha aus Opalglas und einem arabischen Teeservice.

Der Mann setzte seinen Weg mit kleinen Schritten fort, machte Awa auf nichts aufmerksam, als wolle er diese Frau zur bescheidenen Dienerin seiner Schätze machen. Sein Kopf neigte sich, wie um seinen Wunsch, diese so schöne Kurtisane zu behalten, und seinen Stolz auf seinen vollkommenen Geschmack zu zeigen.

»Mein Schlafzimmer«, sagte er, trat vor einer rosafarbenen Tür beiseite und leuchtete mit einer Lampe hinein.

Beim Anblick der rosafarbenen Tapeten, des halbkreisförmigen Bettes, der seidenen Steppdecke, die wie mit Rosenblättern bestreut zu sein schien, stockte Awa vor Bewunderung der Atem.

»Oh!«, sagte sie angesichts eines Spiegels mit tiefen Reflexen, der ihr besser schmeichelte als alle zärtlichen Worte der Männer.

»Ooh!«, gluckste sie, als sie das einzige Bild an der Wand erblickte. »Wie hübsch sie ist! Wer ist das?«

»Meine Frau«, erwiderte Chevalier, ohne sie anzublicken. Das Bildnis war dem Bett genau gegenüber angebracht. Es war das erste Gesicht, das er beim Erwachen erblickte. Dieses Antlitz wünschte ihm Guten Morgen, schenkte ihm seine Schönheit, seine Bosheit, seine Tugend.

»Wie haben Sie sie lieben müssen!«, meinte Awa, von diesem Antlitz fasziniert.

Einen Augenblick verspürte Chevalier das Verlangen, ihr die Wahrheit ins Gesicht zu schreien: dass seine Frau nicht dort war, weil er sie liebte, sondern weil man das Bild nirgendwo anders hintun konnte, weil es ihn an das einzige Wesen erinnerte, das in ihm klar gesehen hatte.

»Kommen Sie, ich möchte Ihnen die Küche zeigen«, beeilte er sich abzulenken.

Mit ihren weißen Fenstern, ihrem weißen Buffet, ihrer weißen Einrichtung, ihrem emaillierten Kohleherd, ihren Wänden und der Decke in Blassblau glich die Küche einer Traumlandschaft.

Durch die Vorhangspalte erblickte Awa im Nachbarhaus eine herrliche Negerin, die sich nackt vor einem Spiegel die Haare kämmte; ein großes Doppelbett erwartete seine Nutzer; eine Ordonnanz deckte den Frühstückstisch für den nächsten Morgen; in einem anderen Raum schrieb Hauptmann Vandame vor einem Korporal in militärischer Haltung.

»Alle tun sie etwas anderes«, murmelte sie, während ihr Blick wieder auf das Doppelbett fiel und ihre Gedanken erst zu der rosafarbenen Steppdecke in Chevaliers Schlafzimmer, dann zu Saïf zurückschweiften.

Chevalier fühlte, wie etwas seinen Ellbogen streifte, sich zärtlich an ihn schmiegte. Etwas verwirrt wandte er sich um. Er zeigte immer noch dieses aristokratische, leichte Lächeln, hinter dem sich alles verbergen konnte: gespielte Höflichkeit oder simple Verlegenheit. Er betrachtete sie von Neuem, wurde sich bewusst, dass sein Ellbogen Awas Busen berührte und die Frau *wirklich wusste*, dass er sie so offensichtlich berührte. Sie bewegte sich nicht, fühlte, wie ihr spitzer, fester Busen sich durch den Druck seines Ellbogens nach und nach verhärtete.

Beide schwiegen, betrachteten die mit Vergoldungen, Zebrafellen und Bildern bedeckten Wände. Es roch nach Weihrauch und wilden Tieren; zu ihren Füßen lag ein Pantherfell.

Der Verwalter bot Champagner an. Mit weicher, schmachtender Stimme, von der Bereitwilligkeit der Frau überzeugt: »Mit einer Negerin schlafen!«, murmelte er, mit seinen liebestollen Augen auf das Bett deutend, »mit einer Negerin schlafen, ist Unterhaltung für

Könige und Götter des Olymps! Das ist höchste Lust, unvorstellbare Wollust. Komm, Kleine, du wirst von mir etwas lernen.«

Er streichelte die sanfte Wölbung ihres Bauchs, er küsste die langen, schwarzen Seiten ihres Nackens und ging hinaus – kam wieder mit zwei Settern, zwei schönen, kräftigen Hunden, und einem Hemd.

Die Tiere richteten ihre gierigen Augen auf sie. Der Meister pfiff, und Medor sprang Awa mit feuchten, zitternden Lefzen an. »Medor«, brüllte er, »fass!«

Ehe sich die Frau versah, fühlte sie, wie der Setter mit Maul und Klauen ihre Kleider zerfetzte, ihr Lendentuch und ihr Hemd zerriss und sie so, ohne ihre Haut zu ritzen, mit seinen Krallen entkleidete. Medor musste erstaunliche Übung in dieser Art von Tätigkeit haben.

Vor Überraschung gelähmt, zugleich erschrocken und doch willig, sah Awa sich in Sekundenschnelle ihrer Kleider entblößt. Als sie nackt war, neigte Chevalier sich zu ihr herab, zog sie auf die von einem rosafarbenen Seidenschal bedeckten Pelze nieder.

Er legte sie darauf und führte seine Zunge leicht über ihre kupferroten Lippen, ihre eisenblauen Haare, ihre silberschwarzen Augen, ihren Busen, weich und warm wie zwei schöne flaumige Tauben – und plötzlich erscholl ein Stöhnen, wurde lauter, kam über die Lippen der Frau, stieg an und wurde dann plötzlich von Chevaliers Hand erstickt.

Die Finger unter den Achseln, den Leib gehoben, schrie sie, als sie an ihren Lippen das raue, bittere Maul Dicks erkannte, während Chevalier verzerrten Gesichts seine Liebkosungen auf ihrem Unterleib verlangsamte und sie immer noch Medors wie einen klebrigen Knüppel harte, gestreckte Zunge in ihrer Vulva wühlen fühlte.

Das Fieber dieser Bisse zerrte an ihr und verwirrte sie, und sie fing schließlich an, schreiend und um sich schlagend, Chevaliers parfümierte Zunge zu lecken. Nachdem der Mann die Hunde weggeschickt hatte, bearbeitete er die Frau wie ein Brachfeld, wie einen Ozean, der sich am Bug eines Schiffes brach. Und als er sie unter der Erregung dieser Sünde röhren hörte, fragte er, schwerfällig wie ein Rebhuhn im Heidekraut: »Wie geht es meiner kleinen Negerin? Hast du etwas davon gehabt?«

»Oh! So etwas habe ich noch nie erlebt«, stöhnte Awa. Nach einem klatschenden Schlag Chevaliers begann sie zu schreien und rollte sich vor Vergnügen zusammen, sie keuchte unter seiner grausamen Liebkosung und holte ihm wie eine Königin oder eine wissende Hure einen runter. Ihr Mund schien immer noch nach dem prallen, rosa Glied des Mannes zu verlangen, und seine Zunge in ihrem Mund bereitete ihr Lust, eine prachtvolle orientalische Perle zu lutschen ...

Der tiefe Friede der Wollust ertränkte alle Ängste, alle Verwirrungen des Tages; und die Frau gestand, dass ihr nirgends wohler sei als im Bett und in den Armen eines Mannes.

Ein überfließender Kelch – Awa –, ein reich gedeckter Tisch! Eine Eva mit brennenden Lenden, hätschelte sie den Mann, küsste, biss, kratzte, schlug ihn, leckte und saugte so wollüstig an Nase, Ohren, Kehle, Achseln, Bauchnabel und Geschlechtsteilen, dass der Verwalter, das heiße Land dieses weiblichen Königreiches entdeckend, sie bei sich behielt und mit ekstatischer Seele eine fanatische, hemmungslose, atemberaubende Leidenschaft erlebte.

Eine Woche danach löste Awa ihm die Zunge und ließ Saïf die Bestätigung eines Attentats zukommen.

»Oh! Saïf ... weißt du ... Glücklicherweise wird er sowieso nicht mehr lange leben. Und das Volk wird es uns danken«, hatte der Chevalier wörtlich gesagt.

Saïf war also gewarnt und wartete ab.

Drei Wochen später wurde Saïf in der Tat auf einer von Chevaliers Hand geschriebenen Einladung mitgeteilt, dass »er, Chevalier, nach dem Hinscheiden des Gouverneurs und Verwalters endgültig zum Gouverneur ernannt worden und Hauptmann Vandame Kommandant und Verwalter geworden sei. Der gesamte Generalstab sei ebenfalls befördert worden«. Saïf war also zum Diner geladen und kam nach den Ordensverleihungen, deren Zeremoniell den ganzen Tag beansprucht hatte, mit seiner Leibwache, dem einäugigen Hamed.

Es war an einem Maiabend. Die sinkende Sonne, an der sich die zackigen Kämme des fernen Mont Katséna zu entzünden schienen, verlängerte Saïfs unendlichen Schatten schräg über die ockerfarbene, unter einer Staubdecke begrabene Straße. Seine mit einem Turban umwundene rote Mütze ließ gegen die Stämme benachbarter Bäume einen tiefen, großen Schatten fallen, der danach zur Erde fiel, wo er zwischen den Bäumen umherkroch.

Unter den Füßen des Mannes wirbelte eine kleine Wolke feinen Staubes um sein weites Gewand auf, während sich in der undeutlichen Ferne das Gebet des Missionars erhob: »Kommt zu Jesus«, sagte die Stimme. »Kommt zum Herrn.«

Saïf ging mit großen, langsamen Schritten, er wirkte kraftvoll und würdig. Ein Lächeln auf den Lippen befühlte er sein Messer, das unter seinem Boubou an seiner Seite hing, und von einem aus der Savanne kommenden leichten Lüftchen erfrischt, wischte er über seine eckige, von kurz geschnittenen grauen Haaren bedeckte Stirn – mehr die Stirn eines Kriegers als eines Oberpriesters. Als er sich nur noch wenige Schritte von der Schwelle entfernt befand, nahm er seine Kopfbedeckung ab und entblößte auf etwas theatralische Weise einen aristokratischen Kopf, der hübsch und verlebt wirkte, oben auf dem Schädel kahl wurde – Zeichen der Ermüdung oder frühzeitiger Ausschweifung – und der wie die vollen Lippen und die Hakennase aus allen Poren nach Laster stank wie ein Bock nach Tier.

Er ergriff die Glocke und zog mehrere Male an der runden Metallscheibe. Es erklang ein zuerst leiser Ton, der stärker wurde, anstieg, vibrierte, sich überschlug und die Ohren mit der grässlichen Klage geschlagenen Kupfers zerriss.

Die Ordonnanz erschien. Sie zeigte ein verkniffenes Gesicht und warf auf Saïf Blicke verschüchterten Zornes, als ob sie mit dem Instinkt eines Jagdhundes das durch diesen Besuch bevorstehende Gemetzel erahnte.

Die Pforte öffnete sich weit – und Saïf trat ein in Begleitung Hameds, seines Leibwächters.

Saïf beeindruckte die Anwesenden. Verwirrt und entzückt war Chevalier auf ihn zugestürzt: »Aber mein Teuerster, das sollte doch ohne Umstände sein; sehen Sie, ich bin im Jackett.«

Er erwiderte: »Ich weiß, das ließen Sie mir bestellen, doch habe ich die Angewohnheit, abends nie ohne Übergewand auszugehen.«

Er grüßte, die turbanumwickelte Mütze unterm Arm, im Knopfloch ein kostbares Schmuckstück aus massivem Gold.

Chevalier stellte ihm die Anwesenden vor: »Madame Vandame, Kommandant Vandame, der Verwalter; Madame Mossé, Hauptmann Mossé, ihr Sohn Jean; Madame Huyghe, Leutnant Huyghe, ihre Tochter Isabelle, die wir gewöhnlich nur Isa nennen.«

Alle verbeugten sich. Chevalier fuhr fort: »Wir wollen in den Salon gehen und einen Aperitif zu uns nehmen.«

Saïf erwiderte: »Wie liebenswürdig von Ihnen!«

Man nahm ihm seine Kopfbedeckung ab, die er behalten wollte, und sogleich begann er, mit den Augen seinen Leibwächter zu suchen.

Man hatte sich gesetzt, betrachtete ihn bewundernd von ferne und sagte nichts mehr.

Chevalier fragte: »Halten Ihre Nachbarn jetzt Ruhe? Ich finde es furchtbar, dass sie Ihnen so die Aufgabe erschweren.«

Saïf erwiderte liebenswürdig und leichten Tones: »Nein. Aber mit Ihrer freundlichen Hilfe wird auf jeden Fall alles möglich werden. Es ist eine komplizierte Angelegenheit, die uns noch viel Mühe bereiten wird.«

Chevalier glaubte, er müsse die Damen unterrichten, und wandte sich ihnen zu: »Seine Majestät hilft uns bei allen schwierigen Fragen unter den Eingeborenen. Man kann wohl sagen, dass sie den Gouverneur und den Verwalter vertritt.«

Die Ordonnanz trat ein, stieß die Tür mit dem Knie auf und hielt mit beiden Händen Gläser und Flaschen hoch. Nun schenkte Chevalier allen Anwesenden ein.

Wie unbeabsichtigt ergriff Saïf das Glas von Madame Huyghe, die gerade das des Saïf an ihre Lippen heben wollte, als Chevalier sogleich dazwischentrat: »Sie haben die Gläser verwechselt, teure Freundin ...«

Den Erstaunten spielend, sah Saïf den Gouverneur an, der sich sogleich um eine Erklärung bemühte: »Hm ... Madame Huyghe hat, glaube ich, das Ihre genommen ... das voll war ... hm, obwohl sie Alkohol nicht gut verträgt.«

Die Frau wollte dies bestreiten, als sie – *nak gudwa!* – unter dem Tisch einen furchtbaren Tritt gegen den Knöchel erhielt, der sie aufschreien ließ, während ihr Mann sich tausendfach entschuldigte. Saïf lächelte, gab sich liebenswürdig, und ein wenig selbstgefällig, fast herablassend, nahm er das für ihn bestimmte Glas zurück, reichte der Frau das ihre – und blickte seinen Leibwächter aus den Augenwinkeln an.

In Sekundenschnelle hatte Saïf sich überzeugt, dass die anderen Gäste von nichts wussten: Hätte die Frau sonst eben trinken wollen? Und wären sie, um *das* zu sehen, mitsamt ihren Kindern gekommen? Nein ... Die ganze Affäre war also nur im Kopfe Chevaliers gesponnen worden.

Da rief der Gouverneur: »Auf zu Tisch! Setzen Sie sich dorthin, Majestät, zu meiner Rechten, zwischen Madame Vandame und Madame Mossé, Mademoiselle Isabelle gegenüber. Ich denke, die Damen machen Ihnen keine Angst.«

Und das Diner begann. Saïf hatte nichts getrunken. Seiner persönlichen Absichten bewusst, gab Chevalier sich die größte Mühe, er hielt die banale Konversation in Gang, die sich an alle Gemeinplätze klammerte. Er setzte eine strahlende Miene auf, sprach laut, scherzte, goss Champagner nach, bediente die Damen.

»Noch ein wenig von diesem ausgezeichneten Moët, Majestät?«, fuhr Chevalier fort. »Ich will nicht behaupten, dass er etwas

Außergewöhnliches ist, aber er ist vorzüglich, er kommt aus einem guten Keller und ist naturrein; dafür garantiere ich. Ich habe«, log er, »in Frankreich Freunde, die ihn mir regelmäßig zuschicken.«

Mit breitem Lächeln stimmte Saïf zu, und als wollte er einen Toast aussprechen, hob er das Glas in Augenhöhe. Seine Augen leuchteten auf. *Das* war es also, was der Zauberer Bourémi bereitet hatte: feinstes, kaum wahrnehmbares *Dabali*-Pulver, mit Schlangengift gemischt! Die Dosis war ausreichend, um ihn zu töten, nicht etwa auf der Stelle, sondern am übernächsten Tage, durch eine Herzattacke. Das vollkommene Verbrechen.

Saïf setzte sein Glas ab und erzählte irgendeine Jagdgeschichte, kratzte dabei heimlich unter dem Nagel seines linken Daumens und schüttelte den Inhalt – ebenfalls Schlangengift, getrocknet und dort versteckt – in den Sektkelch.

Das Mahl dauerte an, endlos, glanzvoll, ein wahres Bankett. Ein Gericht löste das andere ab. Champagner und Weißwein verbrüderten sich in benachbarten Gläsern und vermischten sich in den Mägen der Geladenen. Saïf entfernte mit seinem Tischmesser von jedem Gericht die es bedeckende Soße, entfernte damit die Gewürze, die ihm Durst gemacht hätten, schmauste und lächelte ungerührt. Das Tellerklappern, die Stimmen, die leise spielende Musik schufen eine dunkle Geräuschkulisse, die in den hellen Himmel aufstieg – wo die Töne der Trompeten schwebten, die zum Zapfenstreich bliesen. Von Saïf fasziniert zog Madame Vandame ihre Korsage zurecht, in der ihre Brüste tanzten, und der Kommandant sprach aufgeregt über Politik, während Saïf speiste, aber nichts dazu trank. Er nahm von allem nach und noch einmal nach, kratzte die Teller leer, als wäre er sich gerade bewusst geworden, dass er geschickt genug war, den Unwissenden zu spielen, die Annehmlichkeit zu empfinden, die es bereitet, den Bauch mit guten Dingen zu füllen, die zuvor schon der Zunge geschmeichelt haben.

Geschickt hatte er seinen Fuß dem von Madame Vandame genähert und streichelte ihn; dann betrachtete er sie stumm, etwas von dem Erschauern beunruhigt, das er bei der Frau fühlte – zärtlich, aufmerksam, genau –, denn er wusste in der gleichen Sekunde, dass er sie langsam, stark und heiter überlegen vergewaltigen würde.

Die Stunde der Toasts war gekommen. Sie wurden zahlreich ausgesprochen und waren des Beifalls würdig. Der Abend zog sich in die Länge. Schon stiegen nah die feinen und milchigen Dämpfe auf – leichte Nachtgewänder der Stille und des Unbekannten.

Ein Kätzchen, das Chevaliers, schlich zwischen den Füßen der Gäste hindurch. Mit einer absichtlich ungeschickten Handbewegung stieß Saïf den vergifteten Sektkelch um, der immer noch vor ihm stand, fing das Glas gerade noch rechtzeitig auf, dass es nicht zerbrach; dann betrachtete er bekümmert die auf den Boden gegossene fatale Flüssigkeit, die bald von der Katze gierig aufgeleckt wurde. Die einen Augenblick unterbrochene Unterhaltung wurde umso lebhafter wieder aufgenommen. Eine Viertelstunde später aber krümmte sich die Katze, geiferte, kratzte, fauchte, miaute, die vier Pfoten in der Luft, und starb schließlich. Da spielte Saïf einen großartigen Zorn. Als Diplomat gab er vor – ja wirklich! Sie soll nur nicht leugnen! –, die Ordonnanz habe ihn vergiften, töten, einen so freundschaftlichen, brüderlichen Abend verderben wollen ... Außer Fassung über dieses Meisterwerk des Schreckens hatte Saïfs Leibwächter sich seinem Herrn genähert, stand hinter der Lampe, die den Raum erhellte, während die vor den betroffenen Gästen von Chevalier mit wütendem Gebrüll beleidigte Ordonnanz wie vor den Kopf gestoßen stillschwieg und sich beeilte, Saïfs Essen abzutragen, und Messer, Gabeln, Teller einsammelte. Plötzlich hielt Saïf den rechten Zeitpunkt für gekommen, einen Mordversuch vorzutäuschen. Als wäre er von der Ordonnanz gestoßen worden, puffte er seinen Leibwächter, der stolperte und die Lampe auslöschte, die gleich darauf unter Explosionsknall zerbrach. Unmittelbar danach heulte Saïf wie verwundet auf und warf zugleich mit einem von einem Schrei begleiteten Klatschen irgendetwas in Chevaliers Auge, wo es dann stecken blieb.

Der Tisch fiel um; großer Lärm der Gäste. Klagen. Stöhnen. Einige Sekunden lang erklang im Schatten das feine Klirren umgestoßener Gläser, zerbrochener Teller; dann war da inmitten des Entsetzens der Frauen und der Stimmen der Männer eine Art Kriechen eines weichen Körpers über den Fußboden zu hören – und dann nichts mehr.

Mit dem Zerbrechen der Lampe hatte sich über sie so prompt, unerwartet und tief die Nacht gebreitet, dass sie davon wie von einem schrecklichen Ereignis überrascht wurden. Der Kommandant befahl, ruhig auf den Plätzen zu bleiben, ging allein hinaus. Er kam nach einer Viertelstunde mit einer anderen Lampe zurück, die er etwa hundertfünfzig Meter entfernt in seinem Haus geholt hatte.

Stille und tiefes Grabesschweigen, nichts schien mehr zu leben, nichts mehr zu atmen. Als Vandame die Tür öffnete, fuhr er entsetzt zurück.

Saïf, an den Tisch gekauert, regte sich nicht mehr; und Chevalier blieb unter seinem Stuhl. Dann riefen die anderen mit klopfendem Herzen und keuchender, leiser Stimme: »Majestät … Gouverneur …«

Niemand antwortete, nichts rührte sich.

»Mein Gott, mein Gott«, murmelte Isabelle, »was haben sie getan, was ist geschehen?«

Sie wagten nicht, sich zu nähern, und wurden von einer wahnsinnigen Begierde, um Hilfe zu schreien, sich davonzumachen, zu fliehen oder loszuheulen gepackt, obgleich ihnen war, als wären ihre Glieder gebrochen und würden auf der Stelle abfallen.

Der Kommandant wiederholte: »Majestät ... Gouverneur ...« Doch plötzlich verspürte er, als Soldat, trotz seiner Angst den instinktiven Wunsch, Saïf und Chevalier zu helfen. Die Furchtlosigkeit des harten Kämpfers, die den waffentragenden Mann zum Helden macht, erfüllte sein Blut mit großer Kühnheit, und er drehte die Körper um.

Alle blickten zuerst auf Saïf, der, gegen den Tisch gestreckt, schlief oder zu schlafen schien, dann auf die zerbrochene Lampe und auf den darüber liegenden Leibwächter mit einer Verletzung am Nacken, dann auf Saïfs Rücken einen großen Riss in seinem prächtigen Gewand.

Mit vor Schrecken klopfendem Herzen und zitternden Händen wiederholte Vandame: »Mein Gott, mein Gott, was bedeutet das?«

Und als er langsam vorwärtstappte, rutschte er auf etwas Glitschigem aus und wäre beinahe gefallen. Als er sich bückte, bemerkte er, dass über den roten Fußboden eine ebenfalls rote Flüssigkeit rann, sich um seine Füße ausbreitete und in Richtung Tür lief. Er begriff, dass es Blut war.

Wie toll rannte Isabelle weg, warf ihre Serviette hin, lief, um nichts mehr zu sehen, und stürzte sich in den Busch, in das Dorf. Von ihrer Mutter gefolgt, hastete sie weiter, stieß sich an Bäumen, die Augen auf ferne Feuer gerichtet und heulte. Ihre hohe

Stimme wiederholte, wie der Schrei eines Tieres, unaufhörlich: »Saïf … Saïf … Saïf …«

Als sie die ersten Wachen erreichte, traten die bewaffneten Männer verstört hervor und umringten sie: Aber sie sträubte sich, ohne ein Wort zu sprechen, denn sie hatte den Verstand verloren.

Nach den schluchzenden Erklärungen der Madame Huyghe verstand man endlich, dass beim Gouverneur ein Unglück geschehen war, und eine Truppe eilte sogleich dorthin, um ihm zu helfen.

Bald zogen Feuer über den Erdboden; durch Bäume, Militär- und Verwaltungsgebäude strebten sie auf Chevaliers Haus zu. Sie wandelten über das Gras, auf das der Staub gelbe Lichter gesetzt hatte; und wenn es plötzlich irgendwo hochprasselte, sahen die knorrigen Baumstämme gewundenen, ineinander verschlungenen Schlangen gleich aus. Plötzlich tauchte das Unglückshaus auf – unter den Feldlaternen leuchtete es rosafarben. Sergeanten, zwei Korporale, sieben Soldaten, traten, die Waffe in der Hand, ein.

Vor der offen gebliebenen Tür zögerten sie einen Augenblick. Dann traten die Männer ein, grüßten den Kommandanten. Madame Huyghe hatte die Wahrheit gesprochen.

Das jetzt geronnene Blut bedeckte den Fußboden wie ein Teppich. Es war bis zu Saïf, bis zu seinem Leibwächter gelaufen – hatte ein Bein des Ersteren und den ganzen Unterarm des Letzteren bedeckt. Chevalier schlief, das rechte Auge offen, rot, leer – und der Augapfel lag wie eine blutige Birne, violett, rund, auf die Spitze eines Tischmessers gespießt auf dem Boden.

Auch Saïf schlief, schlief den heuchlerischen Schlaf der Mörder; nachdem die Soldaten ihn berührt hatten, erwachte er, zeitgleich sein Leibwächter, der durch seinen rückwärtigen Sturz mit dem Nacken auf die Lampe ernsthaften Schaden davongetragen zu haben schien. Verblüfft und verwirrt rieb Saïf sich die Augen; als er Chevaliers Leiche erblickte, schien er plötzlich erschüttert und entsetzt und, wie sein Leibwächter, nichts davon begreifen zu können.

Als man die Ordonnanz, die sich im Hausflur herumdrückte, des Mordes bezichtigte und sofort hereinrief, flüchtete sie. Ein Warnruf folgte, vergeblich. In der folgenden Minute schoss eine Wache sie befehlsgemäß wie einen Hund nieder. Sie hatte ihr Verbrechen gebüßt.

Und diese Ansicht teilten auch alle Leute, denn niemand wäre auf den Gedanken gekommen, dass Saïf der Mörder war und dass sein Leibwächter das prächtige Gewand seines Herrn vielleicht absichtlich zerschlitzt habe, um glauben zu machen, man habe ihn durch einen Dolchstoß in den Rücken töten wollen. Gott erbarme sich unser.

»Majestät«, schrieb der zum Gouverneur ernannte Vandame an Saïf, »ich danke Euch von ganzem Herzen für die große Hilfe, die Ihr uns in diesem Lande gewesen seid und die Ihr dem Gouverneur Chevalier gewährt habt, der unter so tragischen Umständen dahingerafft wurde. Seien Sie überzeugt, dass keiner mehr als ich das große Werk bewundert, das zu vollenden Sie uns unter Gefahr Ihres Lebens so loyal helfen.

Ich hoffe, dass der Minister, dem ich meinen Bericht übersandt habe, Sie so belohnen wird, wie Sie es verdienen. Ich schicke Ihnen hier ein Glückwunschtelegramm, das gewiss nur das Vorspiel der Belohnungen ist, die Sie erwarten und mit denen Frankreich Sie in freudiger Pflichterfüllung ehren wird.

In ergebenster Hochachtung
Gezeichnet: Vandame.«

Zwei Monate später – am 14. Juli des Jahres 1902 – wurde Saïf zum Ritter der Ehrenlegion ernannt und seine Söhne wurden eingeladen, sobald sie das angemessene Alter erreicht hätten, ihre Studien auf Kosten der französischen Regierung in Paris fortzusetzen. Ehre sei Gott dem Allmächtigen.

Neun Monate später gebar Tambira Fünflinge, die sehr christlich getauft wurden: Raymond-Spartacus Kassoumi, Johann ohne Land Kassoumi, Anne-Kadidia Kassoumi, René-Descartes Kassoumi, René-Caillé Kassoumi – alles wohlklingende Namen, die auf Saïfs Veranlassung von den Eltern mithilfe des Dolmetschers Karim Bâ gefunden wurden.

Anderswo, in anderen Provinzen, begrüßten die Würdenträger zur gleichen Zeit andere glückliche Ereignisse – künftige Werkzeuge ihrer späteren Politik. Der Herr der Welten ist mächtig, und zu Ihm müssen wir zurückkehren. Beten wir also, dass Er uns vergebe. Amen.

2

Und die Überlieferung sagt:

»Nach dem Verlöbnis der Wüste hatte Saïf Tag um Tag sieben Jahrhunderte Geschichte dazu verwendet, inmitten seines Volkes einen Kern von Getreuen zu bilden. Und das Volk nannte Saïf ›Seine königliche Herrlichkeit‹ und den Gouverneur ›Hoheit‹. Es kam ein Regen, und es kam eine Trockenheit: erstes Jahr. *Wakoul rabbi zidni ilman!*«

Und die Überlieferung sagt:

»Ihr alle, im Lichte des Saïf ben Isaac El Heït getauft, ihr habt Saïf Isaac El Heït eingesetzt; es gibt weder Juden noch Schwarze mehr, im Glanze seiner Herrlichkeit seid ihr eins.«

Die Dynastie hatte also die Pflicht, sich über die Zeitalter hinweg und in allen Landstrichen zu erkennen zu geben, damit alle Seelen, die guten Willens waren, Kinder des Saïf werden konnten. Geht, geht zu ihm hin, gute Leute. *Alif minpitjè!* Es kam ein Regen, und es kam eine Trockenheit: zweites Jahr.

Und die Überlieferung sagt:

»Also konnte Saïf ben Isaac El Heït, Nachkömmling des lichten und sanften Saïf Isaac El Heït und vom Machthunger des Nakemreiches gezeugt, Helligkeit verbreiten. Er verbreitete auch wirklich Helligkeit, indem er kam, um unter uns zu wohnen, um die Sendung seines himmlischen Ahnen auszuführen – diesen weisen Wunsch, demzufolge alle Menschen errettet und unter einem einzigen Anführer vereinigt werden sollen –, dem alle halfen. *Allah hamdoulilaï rabbi alamin!*

Und Saïf sandte die Kinder des Volkes in die französische Missionsschule, die Frauen ins Hospital, und Saïf erkannte, dass er der Herr und Meister war.«

Saïf sprach: »Die Missionare sollen die Leiden der Bedrängten lindern, mein Besitz soll denen von euch helfen, denen er nützlich sein kann, das französische Gesetz soll dem Land Früchte geben, deren Samen Ordnung und Friede sind.« – Und so geschah es auch. Das Land gab sich staatsbürgerliche Rechte: Daraufhin wurden schwarze Beamte rekrutiert, die ihre Familien mit ihrem Verdienst unterstützten, ein Dialog keimte entsprechend der Güte der Saat – und Saïf sah, wie der Nakem sich nach vorn in Bewegung setzte.

Es kam ein Regen, und es kam eine Trockenheit: drittes Jahr.

Indem er Sträuße an die Türklopfer hängte, spielte sich Vandame seinerseits als Diplomat auf und gründete – *tjok!* – die weltliche Schule für Häuptlingssöhne, deren Besuch für adlige Schwarze obligatorisch sein sollte. In die Enge getrieben, wie eine Hyäne unter einem Dornengebüsch, zitterte Saïf vor Empörung, die er aber, wie von dem weltlichen Charakter dieser unverbesserlichen Frankophonie beruhigt, herunterschluckte. Als Reaktionär duldete er in dieser gewiss weltlichen, aber leider! auch französischen Schule allein Waisen oder adlige Söhne verstoßener Mütter oder auch aus Familien von Würdenträgern, die der Überlieferung zufolge als aufrührerisch galten. Da sollten diese behelmten Makaken von Weißen ruhig Negerbengel, Mulatten und andere Affen aus dem schwarzen Pöbel zivilisieren, die sich als unverbesserliche Kretins im trüben Wasser der »kulturellen Mission« schwimmend bemühten, den Weißen die Stiefel zu lecken, ihren Christus anzubeten und die Predigten des Abbé Henry, den Geist der Söhne des Oratoriums der göttlichen Liebe zu Rom, der Theatiner, der heiligen Angela Merici und ihrer Ursulinerinnen, der Teresa von Ávila und der Karmeliten und aller anderen von der Geschichte Verzeichneten einzusaugen und herunterzuschlucken, die vor Freuden greinende Menschenmassen zur Kirche riefen, deren Gesichter die ewige Glückseligkeit verklärte.

»Paulus, Apostel Jesu«, sang das durch die Taufe nur schlecht gebleichte Negerpack, »ehemals eifriger Christenverfolger, der durch Gottes Willen, durch die Gnade von Damaskus in einen noch eifrigeren Apostel verwandelt wurde. Also hat der Missionar unermüdlich allen, Kleinen und Großen, Reichen und Armen, Männern und Frauen, ohne Unterschied die Heilsbotschaft verkündet ... Und eines Tages geschieht das noch nie Dagewesene, dass die Männer von weit herkommen, aus ihm unbekannten Ländern, und ihn bitten, sie dort zu besuchen, weil es dort viele gibt, die nach dem Worte des großen Gottes dürsten ...«

Dann lächelnd und unterwürfig: »Ich suche nicht«, stimmten die Leibeigenen an, »nach großen Dingen noch nach Glanz über mir; doch habe ich, von meinem Herrn erhellt, meine Seele lieber in Stille und Frieden bewahrt.«

Zimmerleute, Maurer, Schmiede, Weber, Ziegelbrenner, Bauern, Aufseher, Agenten, senegalesische Tirailleure, Boten oder Eunuchen, zahlreiche Leibeigene, die durch die Verachtung der Würdenträger in ihren neuen Glauben gedrängt waren, und ebenso infame Verleumder wie Teufelsbraten, die, von der Kreuztragung des Heilands und allersüßesten Jesus gerührt, feige genug waren, um Saïf mit halben Worten anzuklagen, aber doch so tapfer, dass sie nur seine Helfershelfer nannten und die *Heilige Bibel*, auf die sie schworen, streichelten, enthüllten also dem Abbé Henry, dass Doumbouya, ein Sudanneger, sich nicht damit begnügte, Leibeigene zu halten – ein im ganzen Nakem zu beobachtender sozialer Zustand –, sondern das Negerpack entlegener Gegenden zudem noch süchtig machte und in die Küstenländer schaffen ließ, wo man sie, abgestumpft und wehrlos, an arabische Händler und »Pilger« auf dem Weg nach Mekka verkaufte. Die nicht Verkauften, durch die Maschen des Netzes geschlüpfte kleine Fische, wurden mit rauschgifthaltigen Lebensmitteln und Aphrodisiaka vollgestopft und arbeiteten so ohne Lohn, um als Entgelt hundert Liebesnächte mit öffentlichen Huren zu erhalten, die ihrerseits mit *Dabali*, der Eintrittskarte für farbige Träume und unerhörte Erotik, übersättigt waren. *Djallé! Djallé! Amoul bop! Makoul fallé!*

Die sich nun häufenden Beweise zeigten, dass Doumbouya im gleichen Jahr kurz vor der Trockenzeit innerhalb von sechs Monaten sechstausend Männer nach Ägypten und Mekka verkauft hatte. Offensichtlich stand er nicht allein; wen deckte er? Als guter Christ wollte keiner reden, allen schien plötzlich die Zunge verhext. Von seinen Spionen benachrichtigt, beschloss Saïf, Doumbouya, der in Verleumdungen jesuitisch genug war, um den Stein auf ihn zu werfen, zu Gott zu berufen. Um diese Seele anständig in die wohltätige Starre des ewigen Schlafes zu befördern, sandte Saïf zu dem Schmied Jean Barou seine Meuchelmörder Wampoulo und Kratonga.

Er (Barou), so befahlen die Abgesandten, sollte den Sudanneger Doumbouya töten, »indem er, wie durch *Zufall*, sein Messer über den bloßen Nacken seines Kunden gleiten ließ«. Barou lehnte ab.

Man bot ihm Geld. Er weigerte sich. Man drängte ihn. Er wurde hartnäckig. Hochmütig, würdig. Wollte er handeln? »Nein. Also dann nicht.« Er blieb ungerührt. Man erinnerte ihn daran, dass Saïf kaum je eine Weigerung vergeben hat. Barou schwieg. Dennoch ... Nein. Er weigerte sich zu morden. Er weigerte sich, das war seine Antwort. Man hatte sich um ihn gekümmert, weil er nicht schnell genug mit dem ganzen Eifer des Neulings konvertiert war. Er würde nie wieder von sich reden machen. Im Namen seiner Würde. »Haha, hihi, haha! Töte! So töte doch!« Wampoulo war aufgebracht. »Warum tötest du nicht? He! Warum! Im Namen wessen oder wofür? Tu es für Saïf. Ein Leben ist vergänglich. Man tötet den anderen, weil die Erinnerungen fort sind und weil er plötzlich, in der fatalen Sekunde, ein Stück ungepanzertes Fleisch wird. Das ist dreckig, das stinkt, das ist lästig, widerlich, das wird dir zu viel. Du beschließt, dass diese Fäulnis nicht mehr dein Nächster ist. Da durchdringt dich sogleich brennender Hass. Du tötest.«

»Ich töte ...«

»Du tötest!«, schnitt ihm Kratonga das Wort ab.

»Nein, ich finde eure Gewalttätigkeit komisch, aber urkomisch! Seht. Ich lache Tränen«, schrie Barou, indem er seinen glasigen Blick auf die beiden Männer richtete. »Ich kann, wie ihr es verlangt, diesen Sklavenhändler umlegen, ehe ich selber draufgehe. Ich könnte vielleicht damit das Land retten. Man wird den Weißen vormachen, dass wir anderen Neger zivilisiert sind und der Sklavenhandel schon der Sage angehört. Ein überlebter Mythos. Aber töten. Und lieben. Und töten. Und ausruhen. Dann geht alles von vorn los. Seltsame Heimatliebe ...«

»Aber, Barou, man wird dir ein Denkmal errichten, du wirst im Paradies und unsterblich sein.«

»Das Paradies! Oh, nein ... eine tote Welt. Mit seiner Stille und den Wünschen, die, sobald man sie fühlt und noch ehe sie ausgesprochen werden können, Befriedigung finden. Das gibt es nicht.«

»Aber wenn man ein Bessersein voraussagt, das alle die anzieht, die es verstehen, indem man das Leben, das von überall, das verdienstvollste vielleicht, entdeckt, um auf ewig ein kostbarer, unsterblicher Funke zu werden.«

Iho yamoun! Eyé yami!

Während sein Akolyt fieberhaft diese Litanei herunterleierte, band Kratonga einen Reisesack auf und holte daraus – der Himmel behüte uns! – den gehörnten Kopf einer Viper ... Auf ein Zeichen ihres Dompteurs ist die Aspisviper ganz herausgeglitten, dann, zu halber Höhe aufgerichtet, züngelte sie unheilvoll auf Barou zu. Kratonga bückte sich, und wie ein Herkules, der mit gespreizten Beinen nach den schweren Gewichten greift, um sie dann frei hochzustemmen, bemächtigte er sich des rabenschwarzen Kabels und hob es über seinen Kopf.

Doch erstickte in Barous Kehle ein Schrei, denn das plötzlich aufgerollte Kabel umschlang wie ein geschupptes Halsband die Kehle des vor Angst gelähmten Schmieds. Saïfs Abgesandte hielten sich in Entfernung, redeten schmeichelnd mit der Schlange, die während ihrer seltsamen Umarmung ein modulierendes Pfeifen ertönen ließ, das von ihrer gespaltenen Zunge kam – eine hartnäckige, wilde Klage, während der das Reptil sich an Barous Körper hinabringelte, wie an ihm klebend, pfiff, die Augen zu schmalen Schlitzen geschlossen, immer noch weiterpfiff, während der Dompteur Kratonga immer schneller, immer schrecklicher, immer durchdringender, immer nachdrücklicher zu ihm redete, mit ihm schimpfte: Und das verbrecherische Tier glitt, seine

Umarmung nach und nach lockernd, vom Hals des Mannes bis zu seinen Waden, auf denen es den Abdruck seiner Zähne anbrachte, ehe es sich in den offenen Reisesack bewegte und dort endlich einrollte.

Kratonga schloss den Reisesack; Wampoulo machte Barou verständlich, dass er sich entscheiden müsse, ob er leben und Doumbouya töten oder sich weigern und sterben wollte, weil er zu viel erfahren habe.

Und dann sprach der Dompteur:

»Wir haben das ganze Leben vor uns, um unglücklich zu sein«, spöttelte er. »Denn, wie es im Märchen heißt, hatte das Schicksal sich mit Gott im Lande der Liebe verabredet. Auf dem Wege sieht es, wie Menschen sich auf einem urbar gemachten Felde schlagen. Vergeblich versucht es, sie zu versöhnen. Dann verliert es die Geduld: ›Es gibt‹, sagt es ihnen, ›keine Gerechtigkeit ohne Liebe und keine Ungerechtigkeit ohne Notwendigkeit.‹ Und im Namen der Notwendigkeit metzelt das Schicksal die Männer nieder, schwingt die den Überlebenden – die es segnet – verbliebene Fackel der Vernunft, geht, fliegt und kommt zu der Verabredung. Zu spät. Gott war nicht da. Die Fackel in den Händen der Männer hinter ihm erloschen. Gott hatte gewählt. Das Schicksal auch. Der Mensch desgleichen; verstehst du, Barou …?«

»Was wollt ihr von mir?«, stammelte der Schmied schwach.

»Die Haut Doumbouyas.«

Der Mann nickte zum Zeichen seiner Zustimmung. Wampoulo und Kratonga lachten höhnisch, als sie Barous Entsetzen sahen, als sie sich ihm, den Dolch in der Hand, näherten. Sie würden ihn ermorden … Aber der Dompteur sagte: »Tut mir leid, ich muss dich zur Ader lassen. Nur ein kleiner Ritzer.«

Er schnitt ihm in die Wade über dem Schlangenbiss und führte dann auf dem kahl rasierten Schädel des Schmieds über der Fontanelle Schröpfungen aus. Über diese beiden Stellen sowie in die Nasenlöcher streute er ein Arzneipulver, dass Barou bald zum Niesen brachte und das violette Blut aus dem Körper des Mannes rinnen ließ, der bald, allen Giftes entleert, widerstandslos in eine starre, erschrockene Trance verfiel, die nur von seinem pfeifenden, schluckenden Atem unterbrochen wurde.

»Ich verliere mein Blut«, flüsterte er, den Geist von der schwarzen, klebrigen Masse des Schmerzes vernebelt.

»Der Schmied braucht also Blut. Er müsste einen herrlichen Mörder abgeben.«

»Ich werde es tun, sobald ich kann.«

»Sicher?«

»Ja, Herren.«

»Setz dich.«

»Ja, Herren.«

»Wir haben mit dir zu reden.«

»Ja, Herren.«

»Es ist wichtig.«

»Ja, Herren.«

Und so geschah es.

Doumbouya bot Barou seinen Kopf, damit er ihn rasiere, und auch seinen Nacken, in den der Schmied mit zitternder Hand das Messer senkte und so den Lebensfaden eines Mannes abschnitt, »der selbst über sechshundert Sklaven ermordet hatte«, in dem goldenen Zeitalter, wo dieser schmutzige Handel alle Verbrechen erlaubte. Eine Weihrauchgabe für den Sklavenhalter, dessen Verlust wir beklagen.

Nun, ein Meisterwerk des Schreckens: Um Barou zu »danken«, sandte Saïf ihm einen Patronengürtel, damit er die Lederriemen ausbessere.

Der Sohn Kassoumis und Tambiras, der damals fünfjährige Raymond-Spartacus Kassoumi, trug ihn mit eigenen Händen in die Werkstatt des Schmieds. Wampoulo, der bald ausgeschickt wurde, um Raymond zu holen, und so tat, als wolle er Barou den Blutpreis zahlen, ließ in die heiße Asche, dort, wo der Blasebalg steckte, eine Patrone fallen – dann ging er mit dem Kind hinaus.

In zweihundert Meter Entfernung, noch ehe sie bei Saïf angelangt waren, zerriss eine Explosion den Blasebalg und drückte Barou die Brust ein. Er war sofort tot. Eine Träne für ihn.

Am selben Tag begab sich Abbé Henry zu Saïf, der ihn nicht empfangen konnte, weil er »krank« war. Er kam am nächsten und übernächsten Tag zurück – und wurde erst zwei Wochen nach den Geschehnissen empfangen, als man bereits allgemein darin übereinstimmte, dass dem »so achtlosen, aber doch von allen, bei Saïf angefangen, geschätzten« Schmied jene Patrone todbringend geworden war, die in dem zu locker sitzenden ledernen Patronengürtel fehlte. Der Abbé, dessen wichtigster Zeuge tot war, hatte keinen Beweis mehr. Keine Spur des Goldes, mit dem das Verbrechen belohnt werden sollte. Wampoulo hatte dieses Gold beim Fortgehen wieder an sich genommen.

Als wolle Saïf, der listige Fuchs, dem Abbé zu verstehen geben, dass er sich nicht um ungelegte Eier kümmern solle, bewies er ihm, nachdem er an die theologischen Grundlagen der Missionen erinnert hatte, dass Israels Geheimnis eben in Israels Weigerung liege, das Evangelium anzunehmen. Doch wie er sagte, ging es hier nicht darum zu richten. Denn die Kirche konnte mitsamt ihrer Hierarchie und ihren Credos sehr wohl als Heuchlerin abgelehnt werden: Die Ersten werden die Letzten sein.

Saïf ließ sich noch ein wenig über seine jüdische Herkunft aus und gab listig zu verstehen, »dass Israel da sei, die Kirche zur Wachsamkeit zu ermahnen ...«

Als er sich sicher war, dass der Abbé verstanden hatte, beeilte er sich weiterzugehen, die Spuren zu verwischen: »Wachsamkeit gegenüber der Notwendigkeit individueller Bekehrung: man redet zu Unrecht«, flammte er auf, »über massenweise Ablehnung. Es gibt ebenso wenig eine massenweise Ablehnung Jesu Christi wie einen Massenzulauf. Das ist eine rein individuelle Angelegenheit. Wir müssen uns«, fügte er hinzu, »vor Gemeinplätzen hüten: Ablehnung, Bekehrung Israels; das sind oberflächliche, wenn nicht fälschliche Verallgemeinerungen.

Wachsamkeit auch vor der Gefahr, dass die Kirche sich Selbstzweck wird.

Wachsamkeit endlich gegenüber dem Begriff der ›Verschmähten‹. Er suggeriert, dass die menschliche Treue im künftigen Reich Gottes eine Bedeutung haben würde. Nein, Gott handelt allein in Seiner Gnade. Aber diese im Alten Testament erwähnten ›Verschmähten‹ finden sich auch im Neuen Testament und in der Kirche wieder. Sie stellen eine Verbindung zwischen dem Alten und dem Neuen Testament dar, zeigen ihre Einheit an und bleiben das vereinheitlichende Element zwischen der vorchristlichen und der nachchristlichen Kirche.

Die Missionierung des fetischistischen, muslimischen und negrojüdischen Nakem«, schloss Saïf, »stellt der Kirche die stets aktuelle Frage nach ihrer Existenzberechtigung.« *Alif lam!*

3

Das Durcheinander von missionarischer Machtausübung und angestammten Herrschaftsansprüchen der Eingeborenen hatte schwerwiegende Folgen. 1909 war das entscheidende Jahr. Es geschah so:

»Alle, die diese Staatsurkunde sehen, die von dem allermächtigsten und allerfrömmsten Saïf ben Isaac El Heït, König durch Seine heilige Gnade, kraft seines Mandats und seiner gerechten Machtvollkommenheit ausgefertigt wurde, sollen wissen, dass am Zehnten des Monats April im gegenwärtigen Jahre neunzehnhundertneun, in dieser Stadt Tillabéri-Bentia, im Palast Seiner königlichen Herrlichkeit, der besagte Herrscher befahl, dem Militärrichter und Direktor des staatlichen Gymnasiums, dem Gouverneur Vandame, – in meiner, des Gerichtsschreibers, Anwesenheit – die vorliegende Akte zu übergeben, mit einer Abschrift der Untersuchung und der Zeugenverhöre, die wegen des vom Bischof Thomas de Saignac gegen ihn angezettelten Hochverrates stattgefunden hatten. Seine königliche Herrlichkeit wünschte, dass im Nakemlande der weiße Gouverneur, sein Bruder, die Wahrheit erführe, und befahl, vorliegende Akte zu übergeben.

Ich, Karim Bâ, öffentlicher Notar, Dolmetscher für den Gouverneur, Unsere Hoheit, in der Folge zum Gerichtsschreiber Seiner königlichen Hoheit Saïf ben Isaac El Heït ernannt, habe ohne Auslassungen und wortwörtlich das Folgende abgeschrieben:

Akte und Untersuchung, die Seine königliche Herrlichkeit dem Militärrichter und Gouverneur Monsieur Vandame wegen der Umtriebe schicken ließ, die der Bischof Thomas de Saignac gegen Seine königliche Herrlichkeit anzettelte.

Anno neunzehnhundertacht, am Zehnten des Monats Juli, in der Stadt Tillabéri-Bentia, im Palast Seiner königlichen Herrlichkeit. Seine königliche Herrlichkeit befahl also in Gegenwart aller eingeborenen Würdenträger und meiner Wenigkeit, des oben erwähnten Gerichtsschreibers, man solle bestimmte Zeugen befragen und untersuchen, wie Bischof Thomas de Saignac den zwischen dem Gouverneur, Unserer Hoheit, und Seiner königlichen Herrlichkeit geschlossenen Pakt verriet, indem er nämlich Saïf entführen, sich seiner reichen Ländereien zum Nutzen seiner Diözese, des Bistums und der Pfarren bemächtigen und gleichzeitig das ganze niedere Volk zum Christentum bekehren wollte. Seine königliche Herrlichkeit Saïf ben Isaac El Heït befahl mir, Karim Bâ, dem Gerichtsschreiber, diese Akte anzulegen und alle Zeugen zu befragen, denen Seine königliche Herrlichkeit zu erscheinen befahl; seinen Wünschen wurde vollkommen entsprochen.

Und ich schrieb Folgendes:

Item. Kassoumi, Diener seiner Herrlichkeit, verheiratet und Familienvater, auf die Heilige Schrift vereidigter Zeuge, auf die er die rechte Hand gelegt hat und die ihm von dem Gelehrten Moïse ben Bez Toubaoui gegeben wurde, bekennt, mehrmals gesehen zu haben, wie der Zauberer Bourémi und der Bischof Thomas de Saignac sich unterhielten. Der Zeuge versichert übrigens zu wissen, dass zwischen ihnen viele Beziehungen und enge Freundschaft bestanden, weil sie nur in Abwesenheit dritter miteinander sprachen. Er fügt jedoch hinzu, dass er mehr nicht wisse. Der Zeuge erklärt jedoch unter Eid, den Hadschi Hassan, den großen

Marabut, in die Kirche hineingehen und mit dem Bischof Thomas de Saignac sprechen gesehen zu haben: Sobald sie in ihr waren, versichert der Zeuge, gingen sie in die Sakristei und schlossen hinter sich die Türen. Der Zeuge weist aber noch einmal darauf hin, dass er nicht wusste, wovon die Rede war. Um endlich seine Wahrhaftigkeit zu beglaubigen, unterzeichnete der Zeuge hier seine von mir, Karim Bâ, Dolmetscher und Gerichtsschreiber, verzeichnete Aussage.

Item. Moïse ben Bez Toubaoui, auf die Heilige Schrift vereidigter Zeuge, sagt aus, besagter Bischof Thomas de Saignac habe ihn, den Zeugen, eines Tages gerufen, als er in Bogenschussweite an der Kirche vorbeikam. Der Bischof hatte ihm, dem Zeugen, gesagt, er wolle im Geheimen mit ihm reden. Er verlangte also von Moïse ben Bez Toubaoui, einem weitberühmten Gelehrten, zu schwören, weil er ihm, wie er behauptete, ein ganz großes Geheimnis anvertrauen wolle. Der Zeuge behauptet, er habe hartnäckig mit ihm diskutiert und dagegen protestiert, zu schwören, Thomas de Saignac sich ihm aber ruhig anvertrauen könne, weil er von dem, was der andere ihm gestünde, nichts weitersagen würde.

Und besagter Bischof bat ihn von Neuem, den Eid zu leisten; da schwor der Zeuge, er würde nichts sagen. Da murmelte ihm der Bischof ins Ohr, er habe in Übereinstimmung mit der Obrigkeit beschlossen, Seine königliche Herrlichkeit Saïf ben Isaac El Heït unter dem Vorwand zu entführen, ihm in Begleitung seines Sohnes, der in Frankreich studieren solle, Europa zu zeigen. Der Bischof de Saignac habe dem Zeugen Moïse ben Bez Toubaoui gesagt, er solle sich, um Seine königliche Herrlichkeit nicht misstrauisch zu machen, nicht davon abhalten lassen, sie zu begleiten – oder wenigstens vorgeben, sie begleiten zu wollen; und dass die meisten Getreuen Seiner königlichen Herrlichkeit mitreisen würden. Natürlich würde für die Heimkehr der Letzteren Sorge getragen werden. Der Zeuge leugnet, dem Bischof Thomas de Saignac irgendeine Antwort gegeben zu haben.

Und als besagter Bischof merkte, dass der Zeuge keine Antwort gab, bot er ihm Gold, das der Zeuge ausschlug. Da ließ er den Hadschi Hassan, dann den Zauberer Bourémi kommen, die darüber beratschlagen sollten, wie der Zeuge zu handeln habe. Der Zeuge versichert jedoch, sie nicht angehört und die Kirche verlassen zu haben. Am Morgen des nächsten Tages ließ besagter Bischof de Saignac daher ihn, den Zeugen, und den Marabut Hadschi Hassan rufen und las ihnen eine Verordnung des Präsidenten der Französischen Republik vor, der zufolge Saïf ben Isaac El Heït zur atlantischen Küste abreisen und sich von dort aus nach Europa und Frankreich einschiffen sollte. Solche Vorschläge konnten nur purer Heuchelei und Falschheit entspringen, denn das Ziel war, Seine königliche Herrlichkeit verschwinden zu lassen und einen Teil oder die Gesamtheit ihrer Ländereien zugunsten der Kirche zu beschlagnahmen.

Item. Vor vier Jahren, bei der ersten christlichen Taufe, die von den Missionaren am Ostertag, dem dritten April neunzehnhundertfünf, in Gegenwart von über achthundert Männern, Dienern, ehemaligen Vasallen Seiner königlichen Herrlichkeit Saïf ben Isaac El Heït vollzogen wurde, hatte Seine königliche Herrlichkeit ihnen Glückwünsche übermittelt und ihnen, dem Brauch folgend, um ihren guten Willen zu zeigen, achtzehn Quadratmeilen Felder und vier Quadratmeilen Obstgärten geschenkt. Der Bischof de Saignac kümmerte sich nicht um diese Beweise des Wohlwollens, die Seine königliche Herrlichkeit ihm gab, und wagte es, die

Ratschläge der weißen Händler auszuführen: In einer feierlichen Zeremonie wurden alle Idole der Konvertiten eingesammelt. Von diesen Idol-Masken verbrannte man jedoch nur die ausdruckslosesten und neuesten. Nun konnten Soldaten – ehemalige Diener Seiner Herrlichkeit, die neunzehnhundertsechs von Mangin, dem Obersten des Fußvolkes, das er bis nach Marokko hatte marschieren lassen, rekrutiert worden waren –, die nach Frankreich kamen, zu ihrer Überraschung feststellen, dass die gleichen Masken, die gleichen Idole nicht etwa, wie der Bischof de Saignac vorgab, verbrannt, sondern verschachert und von Antiquaren, Sammlern, Museen, Ladenbesitzern mit Gold aufgewogen wurden. Die Einkünfte waren der Kirche zugeflossen, die angeblich durch die vielen Bedürftigen und die Geringfügigkeit der Kirchenkredite, die zur Befriedigung so vieler Bedürfnisse unzureichend waren, im Nakem ruiniert war.

Item. Viele Agenten Seiner königlichen Herrlichkeit berichten, der Bischof de Saignac habe Seine königliche Herrlichkeit beschuldigt, den Zustrom des gemeinen Volkes zu Christus nur darum zu begünstigen, um die Kirche in unüberwindliche materielle Schwierigkeiten zu stürzen und sie geschickt zu diskreditieren. Nichts in dem Verhalten Seiner königlichen Herrlichkeit erlaubt eine solche Verleumdung. Beweis dafür ist, dass Seine königliche Herrlichkeit der Mission der Kirche so große Aufmerksamkeit entgegenbrachte, dass sie, als sie feststellte, dass einige ihrer Diener die Neubekehrten verhöhnten und beschimpften, ihnen keine Achtung mehr entgegenbrachten, sie sogar verfolgen wollten und bis an die Pforten der Kirche Tumult verursachten, diese hätte töten lassen, wenn die Achtung, die sie für Seine Majestät empfand, und der Wunsch, Unruhen im Volk zu verhindern, sie nicht daran gehindert hätten, denn die Schuldigen waren unter den wichtigsten Persönlichkeiten des Landes zu suchen.

Item. Als aber nach dem Misslingen des vom Bischof de Saignac angezettelten Komplotts Seine Herrlichkeit, die durch Gagol-Gosso gereist war, nach zwei Wochen zurückkam, fand sie fünfzehn ihrer Kinder, ein jedes acht Jahre alt, im Sterben; sie waren vergiftet worden und litten an der Ruhr. Man erwähnte den Zauberer Bourémi; und während man noch nach mehr Beweisen suchte, befand sich das sechzehnte Kind Seiner Herrlichkeit (der ebenfalls achtjährige Hassim, der eines Abends auf einer Terrasse des Palastes schlief) kurz danach ganz mit eitrigen Pusteln bedeckt: Erdbeerpocken – denn man hatte ihm während des Schlafes eine giftige Flüssigkeit über den Körper gesprengt. Neben der extremen Schwäche, die von seinem Eifer kam, seine Seele Gott zu befehlen, bekam er zudem noch heftiges Fieber; nachdem er zweimal bei Morgengrauen in Agonie gelegen hatte, erstarrte in seinen Adern das Blut; und der Tod, dem man nicht Einhalt gebieten konnte, zerriss ihm, nachdem er ihn viel hatte leiden lassen, mit seinen Händen das Herz. Ein Blutstrom floss ihm aus Nase und Mund. Wen der Tod so grausam angreift, der kann ihm nicht widerstehen. So übergab schließlich der gesegnete Sohn seine Seele dem Schöpfer, um dagegen den Lohn für so ruhmreiche Leiden zu empfangen, die er um Seinetwillen ausgestanden hatte. Traurig hielt man Totenwache, sein Hinscheiden erregte bei allen, die ihn liebten und die bei ihm waren, großen Schmerz.

Und das war noch nicht alles. Prinz Madoubo, der älteste Sohn Seiner königlichen Herrlichkeit, der vor acht Jahren zu Gast in Frankreich war, erkrankte plötzlich am dritten Tag, zur Dämmerstunde: Sein Herz schlug heftig, sein Körper wurde brennend heiß, sein Blut stockte; er wechselte die Farbe; er wurde schwarz, dann blau, dann bleich, dann von den verderblichen Pusteln bedeckt, die gerade seinen jüngeren Bruder dahingerafft hatten. Als er sich heute Morgen Seiner königlichen Herrlichkeit im Palasthof zeigte, sagte er offen: ›Ich verstehe wohl, dass man mich nicht so liebt, wie der Tod mich liebt, wie mein Vater mich liebt. Es ist gerade acht Jahre her, dass ihr mich feierlich als Prinzen anerkannt habt; mein Vater hat mich mit diesem Titel beehrt, und danach habt ihr mich dieser Auszeichnung für würdig befunden. Ihr und mein Vater habt mir das Königtum versprochen, ohne dass ich es verlangte. Wenn ihr es mir jetzt wieder wegnehmen und mich in den Tod schicken wollt, mögt ihr das tun, denn mir genügen Gott und mein Recht.‹

Diese kurze Ansprache bewegte den Hof und erschütterte ihn so, dass die Ursache des Übels bald die Namen des Zauberers Bourémi (aber dafür gab es keinen greifbaren Beweis) und des Bischofs de Saignac annahm, auf dem alle Anklagen lasteten, ganz zu schweigen von denen, die von Familien vorgebracht wurden, nämlich dass er drei Negerinnen geschwängert habe.

Sie sehen, Majestät, dass die Dinge, die hier geschehen, und die dafür erbrachten Beweise unzählig sind und keine Geduld sie länger ertragen kann. Wir berichten Euch davon nur, was rechtens ist – und die nach hier entsandten Jesuitenpatres sind gewiss tugendhaft und geben ein gutes Beispiel ab. Wenn sie zum Schluss nicht mehr so sehr geachtet wurden wie zu Beginn, dann, weil sie ein Auge auf die Ländereien Seiner Herrlichkeit geworfen hatten und sich, indem sie sich in die Politik der Eingeborenen drängten und skrupellos die künstlerisch wertvollsten alten Masken und Türen von Eingeborenenhütten raubten, gegen sie verschworen hatten.

Außerdem beschimpfte der Bischof de Saignac von der Kanzel die Würdenträger Seiner Herrlichkeit, nannte sie Ausbeuter, Sklavenhalter und ungebildete Menschen, und als er von der Kanzel herabstieg, fügte er noch hinzu: ›Bisher habe ich noch nicht genug von Saïf ben Isaac El Heït, diesem Juden, gesprochen; jetzt rede ich von ihm, muss ich von ihm reden.‹ Er sagte das auf der letzten Stufe stehend, den Bischofshut auf dem Kopf. Alle waren ärgerlich, dass Seine königliche Herrlichkeit so beschimpft wurde. Eure Hoheit möge besagten Kassoumi als Zeugen vernehmen: Er ist ein ehrlicher Mann und kann die Wahrheit nicht leugnen. Das ist der wichtigste Grund für das Missfallen Seiner Herrlichkeit wie auch der Würdenträger und eines großen Teils des Volkes, nämlich dass man es gegenüber Seiner königlichen Herrlichkeit so öffentlich an Respekt fehlen ließ. Denn wie man bei Elias sieht, erlaubt Gott nicht, dass man Ungläubige oder auch Juden verleumdet: weil dieser erlaubt hatte, dass seine Kinder die Stämme Israels entehrten, ließ Gott zu, dass er plötzlich starb und dass seine Söhne durch das Schwert und seine Schwiegertöchter im Kindbett umkamen. Auch Eure Hoheit dürfte dem nicht beistimmen. Und weiter hat dieser Geistliche sogar auf der Kanzel verkündet, er wünsche, Gott möge es gefallen, dass wir ihn an dieser Stelle töteten, und er bedaure nur eins, dass wir es nicht täten.

Als besagter Bischof de Saignac sich in Goro Foto Zinko befand, sprach er sogar mit dem Kommandanten und veranlasste die Geistlichen, nicht hierherzukommen. In Wirklichkeit waren einige sehr traurig, dass sie nicht kommen durften. Darum sollte Eure Hoheit von ihm die Briefe verlangen, die er von Goro Foto Zinko aus schrieb, und ihn über seine Absichten und Beweggründe befragen. Eure Hoheit wird dann sehen, dass wir die Wahrheit sprechen.

Item. Ein zum Christentum bekehrter Freund Kassoumis, besagter Jean-Pierre Dogo, sagte genanntem Bischof de Saignac:

›Monseigneur, Ihr müsst Euch Geld verschaffen. Jetzt sind sechzehn Kinder Seiner Herrlichkeit tot, und der älteste Sohn ist schwer krank; ein so mächtiger Mann, dem man so viel Ehren erwies, dass alle seine Leute etwas mit sich nahmen – doch jetzt braucht er nichts anderes als Eure Unterstützung, Eure Hilfe. Es ziemt sich, dass dem so sei.‹

Sogleich erwiderte der Bischof de Saignac: ›Dogo, ich habe dafür keinen Heller.‹ Dogo fuhr unbeirrt fort: ›Monseigneur, wenn Ihr auch keinen seiner Heller besitzet, so habt Ihr doch viele, die Euch gehören, die Ihr auf den Ländereien zusammengerafft habt, die er Euch freundlicherweise überließ; Ihr habt von ihm unaufhörlich Reichtümer und Ehrungen erhalten.‹ - ›Dogo, es ist unnötig, ich kann mich weder der seinigen noch der meinigen erinnern; übrigens bin ich kein Bankier, und damit ist die Sache erledigt.‹ Also kam es dazu, dass dem, der alles besessen hatte, das Geld fehlte; trotz der persönlichen Unterstützung durch Eure Hoheit, Eure Gemahlin, Eure weißen Untergebenen, konnten die Bedürfnisse Seiner königlichen Herrlichkeit nicht befriedigt werden, und trotz allem wollte der Bischof Thomas de Saignac von nichts hören; und die Armen, die wenigstens vierzigtausendsechshundert an der Zahl von allen Seiten durch den Nakem herbeigeeilt waren, um zu kondolieren, mussten vergeblich warten. Sie hatten sich fälschlich auf den Brauch verlassen, demzufolge beim Tode königlicher Verwandter reiche Almosen ausgeteilt werden. Eure Hoheit möge uns die Gnade gewähren und jemanden aussenden, der Euch die Wahrheit bestätigt. Dass die Zusammenarbeit, das Leben und der königliche Stand Seiner Herrlichkeit, ihre Freundschaft für Eure

Hoheit und Frankreich und die Größe des Allerhöchsten in seiner unendlichen Güte Euch immer in heiliger Hut bewahren mögen.

In dieser Stadt Tillabéri-Bentia, am zehnten Tage des Monats April, Anno neunzehnhundertneun.

König Saïf ben Isaac El Heït.«

Im Verlauf der gleichen Woche – zum gleichen Zeitpunkt, wo die von Vandame für Saïf verlangten Medikamente in Tillabéri-Bentia ankamen und somit das Leben Madoubos retteten – verbreitete sich die Nachricht, dass der Bischof de Saignac abreise, dass Saïf ein Monatsgehalt erhalten solle, und endlich, dass der Zauberer Bourémi dem Wahnsinn verfallen sei.

Zweifel an seiner Unschuld erhoben sich. Das Gerücht von einem gemeinen Verbrechen, das er gegen die Person des Saïf angezettelt haben sollte (der ihn dafür bestraft habe), gewann jeden Tag an Boden. Saïf war nun beim Volke beliebter denn je, während Bourémi sich plötzlich wahnwitzigen Ausschweifungen hingab.

Nicht etwa, dass er jemanden vergewaltigte oder sich betrank, er beging vielmehr eine Folge von Missetaten und Torheiten, die ihn beschmutzten. Wie es hieß, handelte es sich um Gewalttätigkeiten, sadistische Handlungen aus Müßiggang, menschenfeindliche Taten: Vergiftung von Brunnen; Nachbarn, die er mit Elixieren aus Menschenblut und Lepraeiter krank machte; Getränke, nach deren Genuss die Bewohner eines ganzen Stadtviertels hysterisch wurden; Tote infolge von Gottesurteilen; Verbreitung verschiedener Krankheiten, der Erdbeerpocken und der furchtbaren schwarzen Pest; die Gattin eines Würdenträgers, mit der er einst eine stürmische Liebschaft unterhalten hatte, war von ihm anschließend heimtückisch zur Epileptikerin gemacht worden, ehe er sie in den Selbstmord trieb.

Er führte sich wie ein Aufrührer, ein Raufbold auf, klagte Saïf an, suchte mit allen Streit, blieb seinen Launen treu, liebte sogar seine Krisen und deren Beständigkeit, und das alles nur um des Vergnügens willen, zu provozieren oder zu beleidigen – unerhört!

Die ihn zu kennen glaubten, sahen in ihm einen Idealisten, der in Blitzesschnelle von einer großartigen Idee erhellt wurde, unter deren Einwirkung er oft allzu lange wie geblendet blieb. Wie man sagte, gelang es ihm nicht, seine Idee zu beherrschen, er glaubte fest, leidenschaftlich daran, aber von da an war sein ganzes Leben nur noch die langsame Agonie unter dem Stein, der ihn halb zerdrückt hatte. Ein Aufrührer? Ein Zyniker? Ein Schuft? Der lebendige Mythos eines wandernden Zornes, von seiner neurotischen Legende abhängig? Ein verhinderter Zauberer? Nein. Nicht ausschließlich. Man fand für ihn eine andere Bezeichnung: die eines pensionierten Verbrechers.

Letzte Woche war seine Frau tatsächlich so weit, dass sie zu Saïf gehen, gestehen und um Gnade flehen wollte. Am Tag vor der Abreise wurde sie krank. Dann starb sie. Er aber ließ seine zweite Frau im Stich – sie ließ die erste beerdigen – und behauptete weiterhin, dass Saïf Sklavenhandel betriebe, dass er ihn, Bourémi, durch seine Agenten, seine Giftmischerhorde, vergiftet habe, um sich zu rächen, um ihn wahnsinnig zu machen, ihn nach und nach zu töten, ihn zu ermorden! Weil Saïf aufseiten der Weißen, der Starken, bleiben wolle. Und man sah Bourémi, wie er diese Worte durch die Straßen schrie, heulte und sang, die Passanten anhielt und sie nicht einen Augenblick aus seinen verwaschenen

Augen ließ, als ob er jede Sekunde den Gesetzen, den Leuten, der Ordnung der konformistischen Welt misstraue. »Die Welt und ihre Dummheit, wette ich! Ehe man mit diesem Tier vernünftig redet, muss man es festbinden! Ein Simulant! Ein Verrückter, von der Bosheit so heimgesucht, dass sie schließlich in ihm wohnen blieb!«, spottete beim Vorbeigehen irgendein Parteigänger Saïfs, den Bourémis ausdruckslose, geöffneten, Austern gleichende Augen anekelten.

Bourémi machte das nichts aus; das bliebe für ihn, wie er kreischte, »draußen«, er habe nämlich nur für »seine Wahrheit« Ohren: nämlich, dass Saïf ein verbrecherischer Brandstifter, ein Sklavenhändler, ein falscher Häuptling, falscher Neger und falscher Jude, der Mörder Chevaliers und unzähliger anderer sei! ... »Wenn sich mein Wahnsinn zeigt«, schrie Bourémi, »bin ich kein Mensch mehr, sondern ein Phantom. Teufel zu sein, heißt, nicht zu sein. Wenn er existierte, wäre er nur ein armer Teufel ... Was einen Mann teuflisch macht, ist die Tatsache, seine Seele verloren zu haben. Man wartet, man fühlt das tragische Ereignis nahen, aber es ist niemals gegenwärtig. Das Gleiche gilt für Saïf.

Das Gefühl für das Tragische ist unbestimmt. Man fühlt, wie das Tragische sich mit unendlicher Geschwindigkeit vollzieht, ehe man nur davon Kenntnis genommen hat ...

Ich will verrückt sein. Es ist wahr, dass ich mitten in einem Friedhof zur Welt kam und bei meiner Geburt hunderttausend Sterne aus meinen Nasenlöchern sprangen und wie Feuerwerk in der Nacht zerstoben. Ich ... haaa, Saïf! ... Mir ist kalt, ich zittere, mir klappern die Zähne? Nein, nicht einmal! Ich habe alle meine Zähne während des langen Kampfes verloren, in dessen Verlauf das Leben mich zu Boden warf, und ich zeige dem Himmelsblau das idiotische Lachen meiner durch die Karies von zwanzig Jahrhunderten Geschichte ausgehöhlten Kiefer. Schon seit Langem wollte ich reden, aber Kriege, Feindschaften, Verträge, politische Spannungen zwischen allen Ländern haben mich davon abgehalten, und da spreche ich nun heute, und die Stille wundert sich, dass ich nach so vielen Jahrhunderten galoppierender Unmenschlichkeit noch etwas Hoffnung bewahre ... Aber, wer sagt übrigens dieser Stille, diesen Menschen, diesen Geschöpfen, dieser ganzen Existenz – die mich umhüllt und von der ich mich losreißen werde! –, wer sagt diesen menschlichen Krüppeln von kaum drei Groschen Wert, dass ich vielleicht rede, um Partei zu nehmen oder um nur ganz einfach zu reden, denn auf die Dauer ist das Schweigen unerträglich ... Niemand hier erkennt Saïf in meinen Worten, aber wenn ihr alle sehen gelernt habt, wird das Echo der bewegten und doch müden See aus euren ungewaschenen Augen hervorquellen, und ihr werdet weinen – ihr werdet weinen, meine Brüder. Aber genug.

Auf!

Ich habe gesagt: auf!

Auf, meine Augen!

Es lastet auf meinem Nacken ... Ich weiß nicht, ob ihr mich recht verstanden habt, aber ein Wahnsinn ist schön, ein herrliches Alibi, sanft und doch schrecklich, ihr genießt, werdet euch dessen *bewusst* und heult plötzlich auf! Ich habe das Recht, verrückt zu werden, wer will mich daran hindern? Ich habe weder Vater noch Mutter noch Gott noch Teufel. Der Wahnsinn ist meine Waffe gegen Saïf, andere nennen das einen Sonderling, ein Original, aber meine persönliche Originalität ist nun eben mein Wahnsinn, nicht wahr?«

Und der Zauberer röhrte philosophische Worte über das Elend des Menschentums, rief die Zuhörer an, bettelte, flehte, dass man ihn anhöre, mit vor Zorn überschlagender Stimme ließ er von seinen Lippen schreckliche Worte drängen, schäumte dabei, dass er der Verleumdungen, mit denen man ihn beflecke, überdrüssig sei, dass er »gewiss über hundertzwanzig Unschuldige getötet«, es sich jedoch um »Unfälle« gehandelt habe. *Weil* sich jedoch in ihm etwas aufgelehnt, ihn gepackt und gepeinigt und dazu veranlasst habe, zu kratzen, zu fluchen, zu heulen und um sich zu schlagen, zu schreien, dass es Unfälle gewesen seien. Unfälle! Unfälle! Unfälle! Unf… Man solle ihn endlich in Frieden lassen! In Ruhe! Er wolle seine Ruhe haben … Es waren nur Unfälle, heulte er mit bleichem, hohlem und entsetztem Gesicht. Saïf? Seine Kinder? … Ihr Tod? Er hatte den Kopf nicht verloren … Da man ihn, nachdem er die ganze Wahrheit gesagt hatte, außer sich fand, mit zur Flucht bereiten Schritten, hierhin und dorthin rennend, weil der Ort ihn erschreckte, entsetzte. Er schrie, er wolle damit Schluss machen, aber wie vom Teufel getrieben, kehrte er zitternd und verstört zurück, um Saïfs Verrat zu schmähen. Warum? Der Gouverneur kenne sie, die Wahrheit! Sie hätten keine Beweise. Man habe Zeugen befragt. Er habe Saïf nicht töten wollen! Er war also unschuldig! … Er verkündete sie, seine Unschuld! … Saïf habe plötzlich das Glas umgestoßen … und die Katze … Seine Kinder seien vielleicht tot, weil die Katze getrunken habe oder wegen einer kurzen Unaufmerksamkeit … Man hätte keine Beweise! Er war unschuldig! Aus dem mit Trauer geschlagenen Palast Saïfs habe man das Weinen der Klageweiber gehört, und das ist alles! Aber ihn solle man endlich in Frieden lassen! Es gäbe wohl genug Unfälle, die … Unfälle?

»Oder Schicksalsschläge! Wartet! Hört mich an! Ich muss es euch sagen! Euch erklären ...«

Aber Bourémi erklärte gar nichts, denn alle entfernten sich von ihm. Doch war bei den französischen Behörden und dann einem Teil der Öffentlichkeit durch Bourémis Ausschweifungen, die, wie es schien, nicht alle grundlos waren, ein Verdacht aufgekeimt. Vielleicht. Eine Tat des Zauberers ruinierte nämlich die geringe Glaubwürdigkeit, die seinen Worten neuerdings beigemessen wurde, und brachte ihm den Abscheu aller ein.

Als Bourémi vor Zorn und Erschöpfung schäumend heimkehrte, fand er dort seine zweite und letzte Frau Bintou vor. Er musste schrecklich aussehen, denn als Bintou ihn bat, sich zu beherrschen, um sein Kind zu ehren, kläffte er: »Was?«

»Dein Kind!«

»Wer? Wer! Ich? Ich?«

»Du.«

»Ich?«

»Dank des Himmels ist es unser Kind ... unser Kind«, wiederholte sie fieberhaft, während sie vorsichtig mit der flachen Hand über ihren Leib strich. »Es lebt, mein Liebster; es lebt, Bourémi, ich fühle es, da, wie es sich bewegt, unser ... unser Baby, Bourémi ... unser Baby ... hab Achtung vor ihm ... Die Nachbarn ...«

»He, was? Ein Baby? Du bist von dieser Schlange geschwängert? Haha, deshalb bist du also seit einiger Zeit so aufgequollen und trägst weite Kleider! Und ich hielt das für eine Laune, einen dicken Bauch! Du wolltest ihn also verbergen, diesen Wechselbalg, diesen Wurm?«

»Bourémi! Nein, nein! Nein! Tu das nicht! Das nicht, Bourémi! Bourémi! Bourémi! Nein! Ah! Aaaah...«

Ein, zwei drei, sieben Fußtritte in den Bauch. Sieben Fußtritte hatte dieser Rohling ihr gegeben! Mit aller Wucht. Ist nicht viel, sagte er sich. Er hätte ihr auch hundert gegeben. Gratis. Aber sie regte sich schon nicht mehr und wäre gestorben, wenn die Nachbarn den Gatten nicht gefesselt hätten. Um die Hütte des Zauberers entflammte sogleich der Zorn, das Stadtviertel rottete sich zusammen, beschimpfte Bourémi; er wurde ergriffen, gepackt, hoch über die Masse gehoben, in die Luft geschleudert – worauf man ihn wie einen Mehlsack auf die Erde prallen ließ. Sie machten das dreimal, aber der plötzlich steife Mann kam mit den Füßen auf die Erde, erstickte an Beschimpfungen, stieß Morddrohungen aus und ergriff, von seinen Richtern gefolgt, endlich die Flucht: Diesmal war er endgültig verrückt geworden und warf sich in den Yamé. Ein Schrei, Rufe, brüllendes Entsetzen erschreckten die Menge, denn sogleich wurde der Zauberer von den wuchtigen Schwanzschlägen dreier Krokodile zerspalten und aufgefressen.

Am nächsten Tag starb Bourémis Frau im Kindbett. Das frühzeitig geborene Kind wog nur ein Kilo und wurde David Bourémi getauft. Der politisch erfahrene und großherzige Saïf adoptierte es. Eine Hymne für ihn. *Al hamdoulilaï rabbi alamin!*

4

Es geschah ein Jahr und drei Monate danach – am 13. Juli 1910. Drei Fremde – eine deutsche Familie, die gerade vor fünf Tagen im Nakem angekommen war: Fritz Schrobenius, seine Frau Hildegard, ihre Tochter Sonja – verließen bald Vandame in Krébbi-Katséna und begaben sich mit Koffern und Kisten, Pluderhosen, kurzen Hemden und Tropenhelmen beladen, das Gewehr an der Schulter, auf einem Lastwagen nach Tillabéri-Bentia. Als Saïf durch seine Agenten und dann die Regierungsbeauftragten erfuhr, dass diese Touristen-Forscher Ethnologen waren, drei Tonnen altes Holz zu Höchstpreisen aufkaufen wollten und zahllose Negermasken erwarben, bereitete er ihnen einen glänzenden Empfang.

Er schickte auf der zum Palast führenden Straße den Gelehrten Moïse ben Bez Toubaoui voraus, der ihnen in Begleitung zahlreicher Leute entgegenritt. Zur Stunde, wo sie in die Stadt einziehen wollten, stellte er sich den Fremden mit drei im Schritt reitenden einheimischen Delegationen vor, denen eine größere Truppe von Griots und Dienern folgte. Sie boten einen herrlichen Anblick, Truppen in Harnischen aus Gold, Leder und Erz, mit großem Lärm von Zimbeln, Hörnern und anderen geräuschvollen Instrumenten – sie ritten in Reihen vorbei, sodass die Ordnung der alten Prozessionen eingehalten schien, mit denen man Schlachtensiege feiert. Drei oder vier Gruppen zu Fuß psalmodierten Verse, und der gesamte Chor gab die Antwort; dann stießen alle von Zeit zu Zeit Schreie aus, welche die Luft zu durchschneiden schienen, dazwischen kamen wortreiche Litaneien, die an den Gouverneur,

Seine königliche Herrlichkeit Saïf ben Isaac El Heït oder »wegen ihrer Taten, durch die sie den Nakem geehrt hatten«, auch an die fremden Deutschen gerichtet waren.

Alle Männer des Saïf kehrten in derselben Ordnung zurück, in der sie gekommen waren.

Vor dem Palast angekommen, verließen Fritz, Hildegard und dann Sonja den Lastwagen und traten vor Saïf, der sie im großen Akazienhof erwartete. Dort war das Gedränge so dicht, dass sie sich kaum einen Weg bahnen konnten.

Neben dem Prinzen Madoubo thronte sein Vater auf einer sehr hohen Estrade; man konnte ihn von überall sehen. Sein Thron aus Gold und Elfenbein und einigen sehr fein bearbeiteten Hölzern passte gut zu seinem prächtigen Boubou aus ockerfarbenem, von Silberfäden durchzogenem Samt, unter dem seine damastene Bluse zu sehen war. Auf seinem Kopf eine fein ziselierte Goldkrone; und wie sein Sohn bewegte er mit den Händen lässig einen mit Perlmutt besetzten Fächer. Eine Hose und maurische Pantoffeln vervollkommneten dieses Gewand.

Vor Saïf angelangt, machte Fritz Schrobenius eine Verbeugung, desgleichen seine Frau und Tochter; die königliche Familie erwiderte ihren Gruß, bot ihnen den traditionellen Willkommensschluck Wasser. Dann bat man sie, sich zu setzen.

Nach dem ersten Austausch von Höflichkeiten legte der Ethnologe angesichts des aufmerksamen Volkes – Karim Bâ war sein Dolmetscher – den Zweck seines Besuches dar; bald öffnete er die Wagentür, ein Diener holte verschiedene Stoffballen heraus, mit viel Ergebenheit und Respekt zeigte der Ethnologe Silberstücke, die gültige Währung, Gewänder, Schmuck. Mit ausladender Geste befahl Saïf die Beendigung dieser Inventur und drängte den Gelehrten Moïse ben Bez Toubaoui, die zur Schau gestellten Güter an das Volk zu verteilen. Und die kniende Menge küsste in einem Delirium der Dankbarkeit die Erde – die Gebete flossen ihr von den Lippen in einer zitternden Litanei ersterbender Worte, die sich wie die Flamme eines fast erloschenen Brandes zeitweise neu entfachten.

Inzwischen ließ sich Saïf, der jetzt beliebter war denn je, fern vom Negerpack, in Gegenwart seiner Frauen und höchster Würdenträger, den Rest der Gegenstände noch einmal zeigen – und diesmal sehr langsam.

Außer verschiedenen Aufmerksamkeiten, die für die Gemahlinnen der Würdenträger bestimmt waren, schenkte Schrobenius Seiner königlichen Herrlichkeit noch zwei Kilo Goldbarren. Der Handel wurde geschlossen.

Am nächsten Tage transkribierte der Ethnologe die Aussagen der von Saïf beauftragten Informanten; seine Frau lief ständig mit kleinen Schritten durch die Korridore und verfolgte Karim Bâ mit unablässigen Fragen. Sie wurde von ihrer Tochter und Madoubo begleitet, der, wie sein Vater, acht Tage lang unaufhörlich Mythen zusammentrug, von zahlreichen Symbolen sprach. »Ursache der Nacht der Nakemkultur und der der afrikanischen Geschichte«, leierte der Prinz herunter, »war ein durch den Willen des Allerhöchsten gesandter verderblicher Wind.«

Saïf, der zustimmend mit dem Kopf nickte, bewahrte seine feierliche Miene. Da drangen die Ideen in Schrobenius' Hirn ein und, um den Geist meterweise zu verkaufen, wandelten alle im Akazienhof umher, wo Hildegard – trocken, storchenbeinig – dem Ethnologen auf den Fersen blieb. Er war ein großer, fülliger, stattlicher Deutscher mit roten Bartkoteletten, blühender Gesichtsfarbe, blauen, zärtlichen und ernsthaften Augen und einem schon sichtbaren Bauch, *wèrègue wèrègue!*

Saïf fabulierte, und der Dolmetscher übersetzte, Madoubo wiederholte auf Französisch und überspitzte noch die Feinheiten, an denen Schrobenius sich begeisterte; dieser menschliche Krebs träumte nämlich davon, unter der Flagge der kulturellen Autonomie eine afrikanische Renaissance herbeizuführen, die allerdings zur lebendigen Gegenwart in keinerlei Beziehung mehr stand; mit der augenfälligen Eleganz eines Kolonisten am Sonntag gekleidet, oft lachend, wollte er für alles einen metaphysischen Sinn finden, sogar für die Form des Palaverbaumes, unter dem sich die Würdenträger berieten. Mit großen Gesten breitete er seine »Freundschaft« für Afrika und sein ungeordnetes Wissen mit der Sicherheit eines gerade noch durchgeschleusten Abiturienten aus. Seiner Meinung zufolge war das afrikanische Leben reine Kunst, erschreckend religiöser Symbolismus, eine ehemals grandiose Kultur – die leider unter den verderblichen Einfluss des weißen Mannes geraten war –, aber sobald er die geistige Unfruchtbarkeit verschiedener gesellschaftlicher Erscheinungen feststellen musste, verfiel er, sogar zur Trauer unfähig, in eine Art stumpfsinnige Schläfrigkeit. Wenn ihm die Inspiration ausging, tröstete er sich damit, in Begleitung Sonjas im Lastwagen zum Yamé zu fahren, um Flusspferde und Krokodile zu filmen. Dort belauerte er sie während der heißen Stunden der Siesta, bald von seiner Tochter abgelöst, einer vollen, schönen Blondine von zwanzig Jahren, mit großen Zähnen, die in ihrer köstlichen Frische mit ihrem langen weißen Hals, den mandelförmigen, grünen Augen, den blau getuschten Wimpern, ihren rosigen, festen Lippen von der zarten Farbe perlmuttener Schuppen den in unbekannten Tiefen des Yamé schwimmenden Fischen ähnelte.

Madoubo kam oft, um ihr Gesellschaft zu leisten, er lehnte dann am Lastwagen, lauschte der langsamen Musik ihres Grammofons oder murmelte vor sich hin, warum auf den Inseln der Zobo im Yamé interessante alte Kunstgegenstände zu finden seien, wie sie sich erhalten hätten und aus welchen Epochen sie ungefähr stammten: Er erfand so gut, als ob er bei allem, was er erzählte, dabei gewesen wäre.

Sonja hatte eine so reizende Art, Vertrauen zu gewinnen, eine Arbeit anzupacken, unaufhörlich Notizen zu machen, um zu übersetzen, zu erraten und sich verständlich zu machen, zu lächeln, zwischen mit Germanismen gespickten Sätzen *Ja* oder *Nein* zu sagen, dass Madoubo ihr ewig hätte zuhören oder sie hätte anschauen mögen.

Als sie eines Tages, ohne ihr Wissen von Sankolo gefolgt, etwas abseits des Palastes miteinander spazieren gingen, flüsterte sie plötzlich: »Sie sind sehr nett.« Ihre großen Augen glänzten wie zwei stille Leuchten, ein strahlendes Lächeln öffnete ihre Lippen, und der Sohn des Saïf wurde von stürmischer Begierde erfasst.

Langsam stiegen sie zu den schattigen Ufern des Yamé hinab, bald konnten sie das leichte, eigenartige, beständige Rauschen der zum Ufer eilenden Welle erkennen – sie glitt, platschte, erhob sich, brauste und glättete sich endlich wie ein riesiger Fleck.

Lange blieben sie dort plaudernd, Hand in Hand, und betrachteten zwischen toten, vom Yamé fortgetragenen Bäumen, das gelbe Wasser des Flusses, das zu brodeln, zu kochen und mit den Trümmern wie mit Wasserblumen zu spielen schien, und die fröhlich schnaufenden Flusspferde.

Sonja hatte sich gegen Madoubos Schulter geschmiegt – und die Süße des Schweigens war köstlich wie ein Kuss. Anziehungskraft des Fremden, der Jugend, des Genusses? Ohne zu wissen oder zu begreifen, küssten die beiden jungen Leute sich mit vollen Lippen, ihre harten Zähne hatten den Geschmack süßer Algen, küssten sich lange – so sehr schmachteten sie in ihrem Fieber …

Sie sprachen kein Wort und standen einander gegenüber mit gesenktem Kopf, unsicherem Blick, wie in schwierige Gedanken verloren, rochen Neues in der Luft, atmeten das Unsichtbare ein – eine geheimnisvolle Ankündigung, die ihnen ihre verborgenen Absichten mitteilte, sie in einer Art ungeduldiger Hitze lähmte –, in dieser brüsken Spannung, die bis zu den Fingerspitzen lief, alle Möglichkeiten des körperlichen Empfindens bis zum Letzten ausnutzte, bis zu diesem unsagbaren Drang, Dummheiten zu machen.

Endlich konnten es die beiden jungen Leute nicht mehr aushalten und setzten sich in Bewegung, um nach einem abseits gelegenen, sicheren Ort zu suchen.

Sonja war vorausgeeilt und rannte die Böschung des Yamé hinab.

»Ist es noch weit?«, fragte Madoubo.

»Da unten steht der Lastwagen.«

»Der kann uns nichts nutzen.«

»Oh! Sie werden sehen, er ist sehr groß. Gestern habe ich darin noch Flusspferde gefilmt.«

Lebhaft öffnete sie die Wagentür, kletterte auf den Rücksitz, wobei sie einige Gegenstände umstieß. Vom Inneren des Autos erklang ihre sanfte Stimme: »Kommen Sie doch.«

Madoubo blickte sich um und übersah Sankolo, der sich im Schilf duckte. Er kam hinein, legte seine Hände entschlossen auf die Korsage Sonjas, deren Lippen sich unter den seinen öffneten.

»Eine Sekunde. Mein Rock.«

Als er sie losließ, beugte sie sich nur, um den Saum ihres Rockes zu ergreifen, den sie über den Kopf zog. Der Unterrock – er glich einem *Rhim*, wobei allerdings der Saum des *Rhim* nicht die Verzierungen aufwies, die ihren Unterrock schmückten – folgte nach, und Sonja blieb starr auf der Stelle; sie musterte ihn stolz und angstvoll zugleich. Über ihrem Körper lagen in feinen Bändern der Büstenhalter und die Spitzenunterwäsche aus feinstem Stoff, so glatt wie Seide.

»Wollen Sie, dass ich Strümpfe und Korsett ausziehe oder ... erregt Sie das ...«

Er nickte. Ein Grammofon spielte leise Musik. Sonja schloss sanft ihre Hände vor dem dunklen Fleck zwischen ihren Schenkeln, und ihr ganzer Körper wiegte sich weich im Rhythmus der Wellen. Ihre vollen Brüste wogten im gleichen Rhythmus, ein Schauspiel, dass auch einem völlig Verstümmelten seine Manneskraft zurückgäbe.

»Diese Musik ist wundervoll«, meinte sie am Rande der Ekstase.

»Sie ist ... spanisch«, erwiderte Madoubo.

»Hat sie einen Zweck?«, fragte Sonja interessiert.

»Ich glaube, sie wurde geschaffen, um sich im Rhythmus der Gitarren zu lieben.«

»Guter Einfall«, stimmte sie mit leidenschaftlicher Aufrichtigkeit zu.

Auf weniger als zwanzig Meter Entfernung herangekrochen, sah Sankolo, wie die junge Frau mit über den Kopf erhobenen

Händen im Rhythmus der Gitarren klatschend, eine langsame und suggestive Drehung machte.

»Aber sagen Sie mal«, vernahm er eine ungeduldige Stimme.

»Was für ein Kerl sind Sie eigentlich?«

Madoubo befand sich einen Schritt weit entfernt, und seine Hand bekam reichlich zu tun.

Auf seinem Gesicht fühlte Sankolo die feuchte Liebkosung des Yamé. Sein Herz schlug unruhig wie eine aus der Richtung geratene Kompassnadel. Aus dem Lastwagen drang Stöhnen. Sie küssten sich. Sankolo hätte aufspringen und sich über die Frau werfen mögen. Aber ein lähmender Schmerz hielt ihn auf der Stelle fest. Er sah, wie Madoubo Sonjas Busen beroch, streichelte, mit gierigen Lippen biss, ihn knetete, mit Zungen- und Fingerspitzen betastete. Sie blieb seltsam starr. Dahingestreckt, mit steifem Kopf. Die leicht gerunzelten Brauen waren ebenfalls erstarrt. Sie streichelte den Mann. Sankolo wollte zögernd den Arm ausstrecken. Sein Arm, seine Finger verweigerten den Gehorsam. Plötzlich begab er sich zur Seite, um den Umarmungen des Paares im Rückspiegel folgen zu können. Er zog am Band seiner *Touba* und war sogleich nackt. Er streckte sich auf seinem Boubou aus, und mit vor Furcht und Begierde aus den Höhlen tretenden Augen packte er beim Anblick von Sonjas Leibespracht seine eigene Brust, seine Lippen und wälzte sich, die Augen auf die Paarung geheftet, auf dem Boden. Unter einem heißen, sinnlichen Lachen zuckten seine Flanken, und er verwickelte sich in den baumwollenen Boubou und zerriss ihn. Plötzlich stieß er eine höhnische Lache aus, spuckte in die rechte Hand und umfasste mit ihr sein auf das Paar gerichtetes Glied:

»Noch nie habe ich so etwas erlebt! Ich werde meinen Bauch leiden lassen, ich will total lieben. Sag, mein Schwanz, hast du die beiden weißen Turteltäubchen dort im Taubenschlag gesehen? Los, geh rein, sieh, wie der kleine behaarte Schatz ganz oben über den weißen Beinen sich gegen dich reibt. Komm, verschling mit deinen gierigen Lippen den gespannten Bogen ihres parfümierten blonden und dichten Hains, in dem du, mein Schatz, schläfst. Weiter!«, keuchte er, sich in der Luft aufbäumend. »Oh, weiter, ich flehe dich an, küsse sie! Küsse, lecke, Blitz, der in mein Innerstes trifft und die Glorie meines Bauches enthüllt. Halt meinen Hintern, den magst du doch, mein Kleiner? Mach weiter … da … ja, da, probier ihr Fleisch, lass mich die Wonnen ihres Orgasmus ausspeien. Das gefällt dir doch. Du willst doch, oder?«

Und er schnurrte unter seinen eigenen Liebkosungen, rollte sich zusammen, rieb die Beine aneinander – und sein ganzer Körper vibrierte wie eine geschickt gezupfte, fein gestreichelte Harfe. In ihm war nur noch schneidende Lust, sie ließ seine Finger über den kleinen aufsässigen Kerl, seinen Schwanz, hüpfen und laufen, ergoss über seine Finger einen warmen und reichen Tau, der ihn in einem herrlichen Tohuwabohu des äußersten Genusses vor Lust keuchen und stöhnen ließ. Dann leckte er sich mit seiner rauen Zunge die Hand, beschmierte anschließend seinen Körper mit Speichel und betrachtete im Rückspiegel die blutigen Lippen der Scheide. Leise begann er zu weinen …

Er fühlte, dass jemand hinter ihm war. Er wandte sich um: Awa, seine Verlobte, beobachtete ihn.

Sankolo senkte die Augen auf sie herab. Sofort wusste er, dass die Frau ihn verabscheute. Indem er all seine Kräfte sammelte, um wehzutun, verschloss er die Ohren allen nebensächlichen Geräuschen, dem Atmen des Paares, das sich im Wagen umarmte, dem Speicheltropfen, der von seinem Mundwinkel floss, und blickte seiner Verlobten tief in die Augen, um sich von dieser hasserfüllten Eifersucht durchdringen zu lassen.

Die Kurtisane hob sich von dem unruhigen Yamé ab, von dem aus in weißen Bändern Störche herflogen; er wusste, dass sie verwirrt, verzweifelt war – denn sie brauchte ihn –, dass er Leid bereiten würde.

Sie betrachtete ihn mit Entsetzen, ihn, den ersten Mann, dessen Agonie sie in sich gefühlt hatte. Ein kleiner Schluchzer erstickte in Awas Kehle. Mit einer hässlichen, gewöhnlichen Gebärde drückte er den Daumen auf sein Glied, das er aggressiv schüttelte. Dann erhob er sich, nackt.

Da empfand er eine große Frische in seinem Körper, fühlte etwas in seinen Nasenlöchern tanzen, schmeckte das Blut in seiner Kehle, die sich aufblähte.

Sankolo erfuhr nie, dass er trotz seines Luftmangels höhnisch gelacht hatte; aber da sein Herz bis unter seine Lider pochte und sie sterben würde, kam ihm das Bewusstsein für den Bruchteil einer Sekunde zurück, als wäre sein Hirn ein zerbrochener Spiegel, der einen gleitenden Lichtstrahl auffinge. Sein Entschluss spritzte in Form eines unerträglichen Schmerzes aus ihm hervor. Als ob er diesen Schmerz gebären müsse wie eine Mutter ihr Kind, stieß er einen Schluchzer aus. Dann machte er unversehens einen Schritt, warf die Last ab und folgte seinem Kind in die öde Einsamkeit.

Er gab Awa einen leichten Schlag auf die Wange. Seine Verlobte hob zu ihrem Schutz die Hände. Sogleich schlug er sie hart auf den Mund, wobei er mit einem Auge nach dem Paar schielte, das sich im Inneren des Wagens rollte. So wirkte er auf schreckliche Weise abwesend, als brauche er, um Awa zu vernichten, nur die Hälfte seines Willens.

Er teilte weiterhin Schläge aus, mit voller Wucht, nicht bei der Sache – er hatte weniger die Absicht, eine Züchtigung zu verabreichen, als Blut fließen zu lassen und leiden zu machen. Für Awa waren ihre Hände ohne Nutzen; sie wollte die Schläge nicht zurückgeben, sie liebte ihn und empfand wegen dieses Zweikampfes quälendes Entsetzen und Erniedrigung. Eine Faust landete auf der Nase der Frau, sie fiel zu Boden. Sie sagte kein Wort, dachte nur verzweifelt: »Er wird einhalten, er liebt mich, er will keinen Mord.«

Sankolo wartete ab, bis sie wieder auf den Beinen stand, und streichelte mit spöttischem Lächeln sein Glied. Die Frau stieß ihn in den Bauch. Er taumelte – ein schwarzer Stamm –, fiel in den Schlamm und Vogelkot des Flussufers. Ihre klagende Stimme verlosch, während Sankolo kämpfte, um wieder in den Vollbesitz seiner Wut zu gelangen. Nicht dass er diese Stimme wiedererkannt hätte: Sie konnte ebenso gut irgendeiner Frau gehören, die eine unendliche Klage der Verzweiflung und des Leidens ausstieß.

»Nein! ... Nein ...«, brachte Awa hervor.

Er hieb sie auf den Nacken, drückte Schlamm in Awas Mund, schlug immer noch weiter. Die Frau versuchte zu schreien. Sankolo hörte hin. Es glich nur einem dumpfen Krächzen, das ihm keinerlei Befriedigung verschaffte. Die Frau weinte; der Schmerz glich einem Raubvogel, der im Körper, seinem Gefängnis, immer zielsicherer von einer Ader zur anderen flatterte. Awa öffnete den Mund, als wolle sie den Vogel herauslassen, sie sperrte ihn weit auf, aber die Fänge kratzten ihre Gedärme entlang, kamen zurück, blutend, verletzt, unermüdlich.

»Wenn ich nur ohnmächtig werden oder schreien könnte«, dachte sie. Und ihre Hand fuhr in das kleine Rinnsal schwarzer

Flüssigkeit, das, mit dickem, violettem Blut vermischt, zum Yamé hinfloss.

In ihrem Hirn flatterte der Vogel nicht mehr im Kreis; er hatte sich abgefunden, blieb in einer Ecke seines Gefängnisses hocken. Die Worte, die Sankolo sprach, tröpfelten langsam in diesen Schmerz. Sie fühlte, wie jedes von ihnen die Lippen des Mannes verließ, und ihr Körper verkrampfte sich in Erwartung des Lautes, der sie wie ein Assagai am Kopfansatz durchbohren würde. Als Sankolo sich näherte, erwachte der Vogel; die Mauern um Awas Hirn erzitterten, und der leichte Atem ihres Liebhabers brannte wie Dünger auf einer offenen Wunde.

Sankolo packte Awa am Halse. Zweimal drehte er das Messer in ihrem linken Busen, schlitzte den Bauch von oben bis unten auf. Die rosa Eingeweide quollen hervor, zerplatzten. Er bemerkte nicht einmal, ob die Frau aufgeheult hatte. Er leckte die Klinge. Steckte die Waffe wieder in den Gürtel. Bedeckte den Leichnam mit einer dicken Schicht Schlamm.

Eine Gestalt lief in die Savanne: Kassoumi, der von seinem Bananenbaum heimkehrte und alles gesehen hatte. *Alif minpitjè!*

5

Sankolo wurde von Kassoumi verraten, von den Würdenträgern verleugnet, von Vandame gefangen genommen, von Saïf verbannt, der als geschickter Ideologe (aus Abneigung vor dem von Awas Mord verursachtem Skandal) die Werte an der Börse für Negerkunst steigen ließ, indem er, mit der Soße der Tradition und ihrer »menschlichen Werte«, eine Küche symbolischer, religiöser, reiner Kunst zusammenfabulierte, die er Vandame zuführte, der sie seinen Korrespondenten mitteilte, die sie (Gott segne ihre Unschuld!) an Neugierige, Touristen, Fremde, Kolonisten, Soziologen, die massenhaft im Nakem zusammenströmten, verhökerten. Schluss mit dem unfruchtbaren, anachronistischen Geschwätz, nun wurde die Negerkunst »ästhetisch« genannt und – oje! – in der imaginären Welt des »belebenden Austauschs« verschachert!

»Sehr oft«, dachte Saïf sich aus, »wurden die Werkzeuge, die zum Schnitzen der Maske dienten, siebenundsiebzigmal von einem Priester gesegnet, der sich bis zum dritten Tag vom siebten Jahr der Auswahl des zu fällenden Baumes an gerechnet geißelte und dessen Gesichte ihm den Zusammenhang der Welt enthüllten.«

»Die Pflanze«, fuhr Schrobenius fort, »keimt, trägt Frucht, stirbt und wird beim Keimen der Saat von Neuem geboren. Der Mond geht auf, nimmt zu bis Vollmond, erbleicht, nimmt ab und verschwindet, um von Neuem wiederaufzutauchen. Das Schicksal der Menschen, wie auch der Negerkunst, ist nicht anders: Gleich dem Korn und dem Gestirn wird das symbolische Spiel dieser Kunst von der Erde verschlungen und ersteht geheiligt von Neuem – jetzt mit der zur Erfüllung notwendigen Kraft ausgestattet – auf den erhabenen Höhen des Dramas und der Tragödie des kosmischen Sternspiels.« In der Folklore merkantilistischer Geistigkeit erhielt die Negerkunst ihren Adelsbrief, oje, oje, oje …

Aber die Langmut des Allerhöchsten ist unendlich, und die Wünsche aller erfüllend, gab Er Schrobenius den nachtwandlerisch genialen Einfall ein, Kultur und Vergangenheit des Nakem zu rühmen: »Aber das sind doch bis auf die Knochen wohlerzogene und zivilisierte Leute! Überall breite, ruhige, friedliche Alleen, in denen man die Größe eines Volkes, sein menschliches Genie atmet … Nur weil der weiße Imperialismus dort mit seinen Gewalttaten und seinem kolonisatorischem Materialismus eingedrungen ist, fiel das so zivilisierte Volk plötzlich in den Zustand der Wildheit zurück, wurde des Kannibalismus, der Primitivität beschuldigt, während im Gegenteil – zum Beweis: der Glanz seiner Kunst – die großen mittelalterlichen Reiche das wahre Gesicht eines weisen, schönen, reichen, geordneten, friedfertigen und sowohl machtvollen wie humanistischen Afrikas ausmachten – die eigentliche Wiege der ägyptischen Kultur.«

Dieses Gewäsch brachte Schrobenius nach der Heimkehr einen doppelten Profit ein: Einerseits täuschte er sein Land, das ihn entzückt auf einen hohen Lehrstuhl setzte, anderseits beutete er die Sentimentalität des Negerpacks aus – das nur zu glücklich war, aus dem Munde eines Weißen zu hören, »dass Afrika der Nabel der Welt und die Wiege der Kultur sei«.

Folglich schenkte das Negerpack den Anhängern der »Schrobeniusologie« tonnenweise Masken und Kunstschätze. Ah … Herr, eine Träne für die so berühmte kindliche Mentalität des Negerpacks! Herr ... habe Erbarmen! ... *Makari! Makari!*

Indem er seinen eigenen Mythos absonderte, handelte Schrobenius genial, aber ungeniert, durchtrieben, aber pessimistisch, auf seine öffentliche Wirkung bedacht – doch hielt er eine Gesellschaft zum Narren, die ihm alles gegeben hatte.

Um seine früheren Sinneswandlungen und Launen zu rechtfertigen und seine unklaren Deutungen durchzusetzen, führte sich dieser Händler für ideologische Konfektion nun wie eine Sphinx auf. Als gerissener Ethnologe verkaufte er überdies aus der von Saïf eingehandelten Sammlung und dem, was seine Schüler umsonst aus dem Nakem herausgeholt hatten, über tausenddreihundert Stücke an folgende Schausteller: Musée de l'Homme in Paris; die Museen von London, Basel, München, Hamburg, New York – und verlieh Hunderte von anderen für verschiedene Rechte: Reproduktion, Ausstellung usw. »Man redet vom Reich dieses oder jenes Nakemstammes«, schwafelte er in dem Schloss, das die Negerkunst ihm eingebracht hatte. »Das Nakemreich ist eine vertraute Umgebung, die das Volk ständig in sich trägt, in der es sich wiederfindet und neu kräftigt. So hat der Nakemkünstler kein eigenes Reich. Oder besser gesagt, ist sein Reich eine weite Einsamkeit, nein: eine Abfolge von Einsamkeiten ...«

Kaum wies man auf den Widerspruch zwischen besagter Einsamkeit und der Behauptung einer kosmologischen Religiosität der Symbole hin, aus der Fritz den schwarzen Künstler schuf, da gab der Ethnologe zu verstehen, dass »man seine Absicht nicht verstanden habe«, und beeilte sich überdies, ihr eine andere Gestalt zu verleihen ...

Somit entstand auf der Basis von magisch-religiösem, kosmologischem und mythischem Symbolismus eine afrikanistische Schule: Sie war so bekannt, dass die Männer drei Jahre lang – und was für Männer! Strohmänner, Abenteurer, Banklehrlinge, Politiker, Reisende, Verschwörer, Forscher – in den Nakem strömten. Man nannte sie »Wissenschaftler«, in Wahrheit handelte es sich jedoch um versklavte Söldner, die vor dem Denkmal der »Schrobeniusologie«, dem Pseudo-Symbolismus der Neger, Wache standen.

Der Erwerb alter Masken war bereits zu einem Problem geworden, weil Schrobenius und die Missionare so glücklich gewesen waren, sie massenweise zu erwerben. Also ließ Saïf – der Brauch ist heute noch üblich – Zentner von hastig nach den Originalen ausgeführten Masken vergraben, sie in Moraste, Sümpfe, Seen, Teiche, Lehm und Schlamm versenken – um sie einige Zeit danach wieder auszugraben und sie von Neugierigen wie Laien mit Gold aufwiegen zu lassen. Diese etwa drei Jahre alten Masken waren, wie es hieß, mit dem »Gewicht einer vierhundertjährigen Kultur belastet«.

Den vertrauensseligen Käufer wies man noch auf die Witterungsschäden und bösen Würmer hin, die schon seit undenklichen Zeiten an diesem vom Untergang bedrohten Meisterwerk genagt hatten: Der schlechte Zustand der Statuetten war präfabriziert. *Alif lam! Amba, kouba oumo agoum.*

6

Vor zwei Tagen – *ouassalam!* – ist Sankolo aus dem Gefängnis gekommen. Seit drei Jahren hatte er Saïf nicht gesehen. An diesem ersten Februartag im Jahre des Heils 1913 traf er wieder mit dem Gelehrten Moïse ben Bez Toubaoui zusammen, den er mit der Unschuld des wilden Tieres und der Sanftmut eines Baumes begrüßte. Sankolo weiß jetzt, dass Saïf den besseren Teil erwählt hat: Er hat sich in seinen Palast zurückgezogen, dessen Zugang ihm untersagt ist.

Sankolo, Kratonga, Wampoulo sind wieder zusammengetroffen, haben geredet. Sie haben einander an jenem schweigenden Pausieren erkannt, das so wichtig und bei den Buschläufern üblich ist.

Eine Woche lang sind sie denselben Zickzackpfad am Yamé gegangen, sind im von Steinsplittern durchsetzten Sand gewatet, durch den sich selten Wasserrinnsale schlängeln. Der Himmel war in Bewegung – heiß von Schwefeldämpfen –, und unter ihm schritten plaudernd die drei Männer.

... Und dann eines Tages starb Sankolo im Morgengrauen. Man begrub ihn am selben Abend.

Die menschlichen Massen brodelten. Und im Morgengrauen starben hundert Leibeigene und wurden am gleichen Abend begraben. *Alif minpitjè!*

Ordnung, Ruhe, in der Leibeigene, Diener, auch Tagelöhner, viele kräftige Arbeiter aus dem Volke starben. Eine Träne auf ihre Gräber.

Sechs Monate später kam am Vorabend des 14. Juli um zwanzig Uhr zu Vandame ein kümmerliches, abgezehrtes, schmutziges, einem Manne gleichendes Wesen, das ständig zusammenzuckte und dessen Schlucken beim Sprechen fast durch den ganzen Körper zu fahren schien.

Er behauptete, Sankolo zu heißen und geflüchtet zu sein. Vandame befragte seine Frau aus den Augenwinkeln und bedeutete dem Unbekannten durch ein Zeichen, er möge nicht von der Stelle weichen. Unter dem Siegel der Verschwiegenheit ließ er Kouyati, eine Schildwache, holen, die in diesem menschlichen Wrack Sankolo wiedererkannte. Also war er doch nicht tot! War er denn nicht begraben worden?

»Aber gewiss doch.«

»Also, was soll dieser Unsinn?«

Sankolo wand sich, aber einem Rhythmus folgend, er war sichtbar von Geistern »bewohnt«. Einige Sekunden später rollte er fluchend über den Boden: Getrampel, unaufhörliche raue Schreie – sie kamen schwindelnd tief aus seiner Kehle. Er verlangte zu trinken. Man reichte ihm ein Glas Wasser, das er in einem Zug leerte.

Da wurde er, wie durch ein Wunder, von Wohlgefühl durchdrungen, die Vernunft kam wieder, doch blieb er wie gebannt. Und er erklärte Vandame – Karim Bâ war sein Dolmetscher –, dass er lebendig begraben, dann wieder aus dem Grab geholt, anschließend mit Rauschgift betäubt und nach Osten expediert worden sei, um auf Rechnung eines *Flençèssi*, Dalbard Jean-Luc, zu arbeiten, der ihn mittels Frauen und Rauschgift abrichtete, ihn als Toten ausgab, ihn endlich in den Süden zu Tall Idris schickte, einem Freund Saïfs, dem Tall als Gegenleistung seine Lebend-Toten schicken würde. Außerdem enthüllte Sankolo, dass alle »Toten« der sechs letzten Monate, wie er, *Zombies* gewesen seien: Lebend-Tote, die geknechtet, von Schwarzen und Weißen als unbezahlte Arbeiter missbraucht und endlich, in für den Handel verlustreichen Zeiten, als Sklaven nach Arabien verkauft wurden:

»Ich bin von einer unheilbaren Krankheit befallen. Nichts kann mich mehr retten. Jedes Mal, wenn ich trinke, empfinde ich den klarsichtigen, süßen Frieden, die köstliche Tortur des Rauschgifts. In meinem Körper zittert die Angst wie die Zigarette zwischen den Lippen des zum Tode Verurteilten. Mein Gesicht verzerrt sich. Ich beginne wieder zu heulen. Alle lauschen mir schweigend; ein jeder scheint in sich selbst verloren. Wir erleben die Annäherung unserer Rassen in Musik und Rausch. Einige Schwarze. Einige Weiße; im Hintergrund Schatten. Mestizen. Spieler, ein Hahn; ein Zauberer. Er verteilt Weihrauchschwaden.

Mein Gesicht verkrampft sich, von Zuckungen überlaufen, in denen heftig und sanft die Musik nachklingt.

Wir erkennen einander in dieser Musik. Dalbard Jean-Luc, Huot-Marchand, Eugène Blanchard und Jean Martinon, seine Freunde, eignen sich unsere Empfindsamkeit an. Sie haben Angst. In diesem Kreis, wo das Geschlecht Sünde und Paradies zugleich ist, scheinen sie eine mögliche Unterlegenheit zu fürchten. Darum wollen sie sich geschlechtlich erregen, wenn die Angst unerträglich wird. Sie halten die Schwarzen bei den Brüsten. Mit ebenso romantischem wie gelangweiltem Ausdruck. Sie scheinen zu einer Urform des Lebens zurückkehren zu wollen, wo alles auf den Genuss einiger wesentlicher Lustgefühle zurückgeführt wäre.

Mein Gesicht zieht sich in die Länge. Ich sehe nichts mehr. Ich schreie. Ich falle. Alle lauschen mir schweigend. Ich gerate in

Trance. Krieche zu dem Hahn hin und verschlinge ihn lebendig, ihm mit knirschenden Zähnen die Gurgel zerschneidend. Ich stoße unverständliche Laute aus. In bestimmten Augenblicken schlägt mein ganzer Körper Falten. Ich werde von einem seltsam angenehmen Gefühl durchdrungen: Ich möchte dem Lärm in mir entfliehen, dem ich mich nicht zugehörig fühle. Dem Nichts entfliehen. Aber wie? Die Kraft dazu fehlt mir; ich liebe die Taubheit, die nach und nach in mir aufsteigt. In mir wird es leer. Mein Körper verliert jegliche Schwere. Der Boden, der Saal, die Leute, die Gesichter drehen sich; ihr Bild dringt in mich ein wie Regen in ein frisch gepflügtes Feld. Alte Gewohnheiten packen mein Glied. Eine schöne, nackte, schwarze Frau schreitet voran – ihre Brüste gleichen umgekehrten Blütenkelchen, aus dem abgeschnittenen Stängel fließt nährender, milchiger Saft. Ihr weicher, vor Wollust nachgiebiger Bauch schwingt auf mich zu. Ich besitze sie, wie sie über der rauchenden Glut liegt. Für Schmerz unempfindlich beißt sie mich, sieht mich an unter flatternden Lidern. Sie keucht. Sie kratzt mich, genießt, ihre Stimme ist rau. Auf dem Boden zusammengerollt, zerbeißen wir Vipernwirbel, eine Flaschenscherbe, während ich in ihr stecke. Das Geräusch des Kauens geht im Händeklatschen und Füßetrampeln der Zuschauer unter. Sie verschwindet. Trance. Ich erhebe mich, ein Kind, aus dem Beben ihrer festen Formen geboren, mache einige Schritte und bleibe, überrascht, das Gewicht meines Körpers auf der gestampften Erde zu fühlen, stehen. Einen Schädel zertrümmern, ohne zu sehen, ob er lacht oder weint. Töten, ohne darüber nachzudenken, ob aus Hass oder Gerechtigkeit. Saïf, ich werde dir deinen Götzen entreißen.

Erschöpfung. Mein achtloser Blick schmiegt sich wollüstig um die Leere, wie eine Herausforderung. In mir wird etwas diktiert.

Die dumpfe, tröpfelnde Musik des Trommelfells. Sie rollt über das Schweigen. Unbewusst folgen meine Glieder der Musik, gehorchen dem inneren Diktat, das allen bekannt ist. In den Nebenraum eintreten. Mit ihm verschmelzen und entfliehen. Über das Bekannte hinauszugehen, die Liebkosung der Algen entdecken. Mit meiner Seele, die von flammender Stille, einer grünen Sonne träumte, die über violettem Meer unterging, das einschläfernd gegen goldene Ufer schlägt. Davongehen, zu den anderen, deren von Zuckungen durchlaufene Gesichter, ehe sie im Nebenraum verschwanden, zerquält und verkrampft waren wie das meine. Nichts mehr sehen. Nie wieder. Vergessen. Oder wählen. Aber warum?

Langsam gleiten meine Finger über mein Gesicht. Sie hauchen darüber hin wie eine Liebkosung über einen Frauenkörper. Ein heller Schein fällt über die Schatten meines Gesichts. Das Holzfeuer. Das Ende. Ich gehe in das Zimmer. Nebenan. Friedhof von Stunden der Bewusstlosigkeit ... Auf einmal knallen überall die Türen, ich wende mich um. Ein Lichtstrahl blendet meine Augen. Jemand neigt sich über mich, eine Stimme summt in meinen Ohren, ich erinnere mich an Ängste, die in fernen Korridoren widerhallen. Mit einem Klicken erlischt das Licht. Ich atme Schwarz durch den Mund, durch die Nasenlöcher, ein mit Schreien erfülltes Schwarz.

Fern der leichten Strohhütten und großen rauchenden Feuer erwache ich zu neuem Leben: doch habe ich beim Erdulden des Leids meine Kräfte verbraucht. Ich tauche plötzlich wieder aus der Verzweiflung auf, stürze zu Boden, reiße mir die Haare aus, dann, stehend, lasse ich die Perlen des Rosenkranzes, die mir Kraft zum Neubeginn verleihen, langsam zu Boden rollen ... Neu beginnen, an drei aufeinanderfolgenden Tagen. Mein Leben fängt wieder an.

Mein Kampf geschieht in der Stille. Er beißt immer in die Stille. Die Nacht. Das Schweigen. Wieder Nacht.

... Heute ist endlich die dritte Nacht. Die letzte. Ich warte. Ich lausche. Schritte. Von ferne. Die sich nähern. Ankommen. Eintreten. Halbdunkel im Raum. Ich rühre mich nicht. Der Mann nähert sich. Ich weiß. Ich lasse es mit mir geschehen. Man verbrennt Holz. Man nimmt einen holzgeschnitzten Stier. Im Augenblick befinden sich sieben Personen im Raum. Der Zauberer hält den Stier in den Händen. Der Stier ist Gott. Der Mann nähert sich, ritzt mit dem spitzen Horn mein Handgelenk, den ganzen Unterarm auf. Das Blut rinnt langsam über die Haut. Es tröpfelt nur. Eine kleine Ader ist getroffen. Das Blut spritzt, spritzt ... Es tropft in die reinigende Glut, knistert, prasselt wie ein Schluchzer in einem Gebet. Mein Kopf dröhnt, in meinen Ohren ist ein irritierendes Klingeln, das mir das Trommelfell zerreißt. Dann sammelt sich der Schmerz an einer einzigen Stelle, am Hinterkopf. Ich fühle, dass man mich wegbringt, fortschleift. Meine Nasenlöcher sind vom Geruch meines verbrannten Blutes berauscht. Meine Hände gieren nach Luft, als habe ein Flammenstrahl mir das Blut ausgetrocknet. Ich leide nicht mehr. Es murmelt, alles tanzt, schwebt, schwankt, erhellt sich plötzlich wie ein Feuerstoß, leidet Schiffbruch ... Mein Geist bleibt in etwas Klebrigem stecken.

Eben erst, zu dieser Stunde, habe ich das Recht zu leben erhalten. Saïf, ich werde dir deinen Götzen entreißen!

Ich entkleide mich. Besprenge mich mit Wasser, das meine hohlen Hände schöpfen. Sie zittern. Sind abgemagert. Ich bewege mich langsam, fast gelassen. Bei einem gewissen Grad des Verschleißes und der Niedergeschlagenheit ist es gleich, ob man sauber oder schmutzig ist. Ich wasche mich. Um des Ritus willen.

Ein Mann überwacht mich. Ich weiß das, ohne dass ich daran zu denken brauche. Ich werde noch eine Stunde hierbleiben und dann fortgehen. Das wird das Ende sein. Die Zeugen werden es beschwören. Man wird sie vorher bezahlt haben. Sie werden schwören, dass sie mich sterben sahen und sehr trauerten, als mir der Tod nach der rituellen und orgiastischen Zeremonie, mit der man mich geehrt hatte, die Seele zerriss. Und ich werde zum zweiten Mal tot sein. Man braucht billige Arbeitskräfte. Verkauft, ohne gekauft worden zu sein, da ich ja *tot* bin, werde ich ohne Entgelt arbeiten. Woanders. Beim Freund Saïfs, Tall Idris, der seinen *Toten* hierher zur Arbeit schicken wird. Man hat uns verkauft, wie es sich gehört. Ein Austausch. Das ist alles. Ein Austausch von Dienstleistungen, bei dem wir alle als Wahnsinnige enden werden, mit dieser rasend machenden Musik während der Ruhestunden, dieser Arbeitswut, um jene sechzig sinnlichen Frauen nach Belieben besitzen zu können, mit diesem Rauschgift, das unsere letzten Fasern zersetzt ... Die Naiven, durch die Menschenlist erst erlaubt und berechtigt ist, glauben, es nur mit Fetischismus zu tun zu haben. Vodoo. Oder was weiß ich für Verirrungen. Wahnsinnig. Tot. Ich werde nicht mehr in der Welt sein. Man hat mich verkauft, wie es sich gehört.

Das Wasser ist lauwarm. Ich verlange Seife, mit einer Handbewegung. Ich zerbröckele sie. Das ist heimatliche Seife; schwarz, brüchig, mit den Erzeugnissen des Landes gemacht, fett. Ich reibe mich mit Seife ein. Im Wasserspiegel des Blecheimers erscheint mein Bild. Mager. Schlecht rasiert. Weniger menschlich denn je. Mit geschwollenen Lippen. Ich trübe mein Bild, hebe den Eimer höher, über den Kopf. Das Wasser schwappt über. Seife, Dreck und dieser schmierige Geruch gehen ab. Das Wasser rieselt. Meine

Haut lebt, lebt auf. Mit gebogenen Fingern trockne ich meine Glieder. Ich warte ab. Das Wasser trocknet. Die Sonne trinkt die letzten, über meinen Körper rinnenden Tröpfchen. Jetzt bin ich sauber. Ich ziehe einen weißen Kittel über, den man mir gegeben hat. Ich lasse meine Zehengelenke knacken. Gehe. Mit unsicheren Füßen. Nackt. Aufgesprungen. Setze sie vorsichtig auf.

Ich kehre dem Tonhügel, wo ich mich gewaschen habe, den Rücken. Ich steige zu dem Mann hinab. Unbewegt.

Er gibt mir eine Hacke. Eine Tasche. Mit zerstampfter Hirse gefüllt. Stricke. Feines, weißes Tuch. Viereckig: ein Taschentuch. Mit ihm werde ich, wenn ich unterwegs trinken will, das Wasser filtern. Das Tuch wird den überschüssigen Schmutz zurückhalten. Ich habe keinen Dolch. Aber ein Taschenmesser. Der Mann geht davon. Er gibt einen Befehl. Man bringt mir zu essen. Ich will mich auf den Boden setzen, doch bedeutet man mir, dass ich mich entfernen soll. Auf hundert Meter. Mehr südlich. Ich werde essen und dann die Kalebassen zurücklassen. Ein Diener wird sie holen. Man erklärt mir, dass ich danach losgehen müsse. Immer in Richtung Süden. Den Fluss entlang. Nach drei Nächten werde ich am Ziel sein. Man erwartet mich …

Ich wäge das Wort: verkauft. Und meine Gedanken bewegen sich auf eine Erklärung hin, die ich keinesfalls gelten lassen will. Verkauft … Und wenn ich ausreiße? Ich bin allein.

Hundert Meter weiter habe ich mich niedergesetzt. Ich bin schwach vor Hunger. Ich esse. Langsam. Ich will nicht aufgeben, zu wenig Kräfte haben. Ich will nicht sterben. Nein … Ich schlucke einen Bissen hinunter. Überrasche mich dabei, an dem Erlebten zu zweifeln. Unter Rauschgift. Gefangen gehalten. Ich … es gibt kein Gesetz. Es gibt nur Geld, das diese Leute um jeden Preis wollen, Saïf, ah! Wenn ich meine Nase tief in meine Seele stecke, wenn deine Ladung an Verbrechen sich unverhüllt auftürmt, dann wütet mein sarkastischer Hass und verhöhnt dich.

Ich kaue. Ich denke: *mit Rauschgift vermischt*. Die Pfefferschote regt meinen Appetit an. Meinen Durst. Ich trinke. Esse, knete den Reis zwischen meinen zitternden, gefühllosen Fingern. Meinen Fingern gelingen alte Bewegungen. Mein Bauch entlastet sich. Ein Affe schaut mir zu. Er stößt kurze Schreie aus. Ich kann ihm nicht zuhören. Ich habe Hunger. Ich berausche mich daran, wieder zu Kräften zu kommen, wieder neuen Hunger zu fühlen. Mich nähren meine beweglichen Finger. Ich nehme einen tiefen Schluck Palmwein. Pause. Wieder setze ich an. Dann ist die Flasche leer. Mit einem Schluck Wasser und dem Zeigefinger säubere ich meine Zähne. Noch ein Schluck: Mein Mahl ist abgeschlossen. Ich erhebe mich. Ein Diener kommt, um die leeren Teller wegzutragen.

Der Süden. Ich trage die Hacke. Ich wandere den Fluss entlang …

Immer die gleiche, bekannt erscheinende Landschaft, ihre treibenden Stämme, Tierschreie, Farben, Lichter lenken den erstaunten Blick ab. Man muss einen langen Marsch, den erdrückenden Wald überstehen, in dem die von Hitze und Feuchtigkeit erzeugten Dämpfe tanzen. Das Rinnen des Wassers wird zum einschläfernden Singsang für einen Schlafwandler. Lange Stunden hindurch haben meine Arme mit der Hacke in die Lianen gehauen. Ich laufe. Blind in Richtung Süden. Wie gebannt, hypnotisiert.

Mein Essen war mit *Dabali* vermischt. Aber was macht das? Ich lebe. Ich laufe, das ist alles. Ich gehorche einer inneren Mechanik, einem gebieterischen Diktat. Der Süden. Der Süden. Ich werde erwartet. Ich habe Durst. Alles dreht sich. Meine Zunge ist gedunsen. Der Durst wird unerträglich. Bald werde ich trinken. Gerade genug, um nicht meinen Körper zu schwächen. Da ist Wasser. Da ist der Fluss, kilometerlang. Ich werde trinken, wenn ich Lust habe. Ich muss weitergehen. Das wilde Obst erinnert mich an das Grün, das Grün spricht zu mir von Wasser, das Wasser regt meinen Durst an. Ich werde gleich trinken. Ich muss jetzt noch weitergehen. Wie nach dem Wasser verlangt mein Körper nach der vergifteten Hirse, meinem Beruhigungsmittel. Der Süden. Ich muss gehorchen. Gleich werde ich das Recht haben zu trinken, wenn ich erst über diese Liane hinausgekommen bin. Da. Ich bin angelangt. Nimm dich noch einmal zusammen. Da.

Jetzt kann ich endlich trinken. Ich hole mein Taschentuch heraus. Lege es vor die Lippen. In kleinen Schlucken sauge und genieße ich das Wasser. Ich kaue meine Hirse, trinke … Das tut gut, ist frisch und leicht wie die Liebkosung einer Blume …

Ich erhebe mich. Der Süden. Der Süden. Mein Körper treibt. Meine Beine strampeln. Meine Arme schlenkern. Aber das bin nicht ich. Mir ist wohl. Ein Engel trägt mich. Mir ist wohl. Die Bäume sind blau, das Wasser ist Quecksilber, ich bin Goldschmied. Ich mache Schmuckstücke aus Sonnenstrahlen. Ich schenke sie den grünäugigen, weiß gefiederten Vögeln, die auf Sternen sitzen, und die Vögel folgen mir; sie machen Musik, um meine Sinne zu erfreuen. Zu meinen Füßen kommen inmitten eines Zuges von Trommlern und Flötisten halb bekleidete Frauen, deren Schenkel ein Seidenschal verdeckt. Da sind drei Dunkelhaarige – in weiße Wolle gehüllt; zwei Blonde, die sich mit ihren goldenen Händen bekleiden;

eine Rothaarige ohne Kleid, Schmuck oder Sandalen, die sich mit Blumen, grünen Blättern und Weintrauben bedeckt, Asiatinnen, Schlitzaugen, deren Locken – schwarz von ihrem Schwarz – und Münder – rosa von ihrem Rosa – frei und rund wie Federn um mich wogen ... Ihr provozierendes Lächeln kratzt über mein Glied, das hart wird, sich auf eine von ihnen richtet, eine gespreizte Gabel, die meine Füße im Leeren baumeln lässt – und ich besitze sie eine nach der anderen. Meine Arme kommen und gehen, sprechen zum Wind, ich fliege und schwebe tief über einem mahagonifarbenen Grasteppich, dessen feine Stängel sich unter dem Streicheln des Windes wie Flaum beugen. Von meinen Fingern springen Sterne, Planeten. Ein Windstoß, ein plötzlicher Windwechsel hebt mich hoch in die Lüfte: Und ich sehe, wie Städte, ganze Volksstämme aus allen Himmelsrichtungen sich unmäßig verlängern, Storchenbeine und von mir geformte menschliche Gesichter bekommen. Plötzlich sehe ich den weißen Mann, der mich verkauft und süchtig gemacht hat, und rede zu meinen geknechteten Brüdern. Alle sind ganz klein, ganz schwarz, mit unkenntlichen Gesichtern. Ich rede mit ihnen, sage ihnen, dass ich als standesamtlich für tot erklärt, ein von der Fäulnis der Welt vergifteter Hund, ohne Lohn arbeiten werde – und ich sehe, wie sie Saïf anschauen und weinen. Plötzlich ist ein Zepter in meiner Hand. Ich gebiete dem geheimen Krieg um das Geld Einhalt. Saïf wird von der Lava überflutet. Das Geld ist tot. Ich gebiete allem Einhalt. Ich erhebe mein Zepter: Die Löwen schreiten voran, schütteln ihre Mähnen, in denen alle Frauen, die ich je besessen, alle Männer, die ich je beherrscht habe, umherstolzieren. Auferstehung der Neger. Auferstehung der Juden. Bei der Auferstehung haben alle Unterdrückten das Wesentliche ihrer selbst bewahrt. Der Wind schaut sie an, die Stille hört ihnen zu. Der Himmel ist indigofarben, ich hebe mich vor dem von den Wolken herabfallenden azurblauen Hintergrund ab. Ich gebe Befehle, was ich sage, hat die Macht des göttlichen Wortes. Man holt mich auf die Erde. Ich gehe. Ich laufe voran. Ich lächle, ohne die Lippen zu bewegen. Der Fluss folgt mir. Die Welle folgt mir. Die Sonne tanzt auf meinen Schritten. Meine Schritte sind leicht, tänzelnd, bilden unter meinem riesigen Schatten Muster, Bogen, heilige Stätten, Rätselzeichen, die ich allein vor dem versteinerten Wald löse. Die Bäume halten im Reden inne, nehmen, wenn ich vorbeigehe, ihre Zweige zurück. Meine Hacke kennt kein Mitleid und haut auf die Neidischen: Ein Löwe keucht, weil er so viel gerannt ist: Er ist vor mir. Er brüllt, lässt die Zunge heraushängen, schreitet nach hinten zurück und verliert sich am Horizont. Er hockt oben auf einem Ast, wird zu einem herrlichen Panther mit flammend rosa Maul, auf den eine rote leckende Flamme fällt:

Das ist die untergehende Sonne.

Mein Kopf. Mein Kopf.

Mein Gott, ich habe Schmerzen. Ich bin müde. Was ist im Süden? Meine Zunge ist schwer. Ein riesiger Eisblock. Schmerzhaft werde ich mir meiner eisigen Zunge und meiner in der Kälte kribbelnden Glieder bewusst. Mein Körper ist schwarz. Mein Körper ist eine Höhle, in der eine Lawine schwarzer, an Geräuschfetzen haftender Schauer erfriert. Die Natur spricht; ihr ist warm. Ich bin König; ich lebe als Privilegierter. Wegen der Hitze singen die Heimchen, ich bin ein Eisblock höchster Lust. Ich habe Schmerzen. Ich will nicht das Opfer meiner Wahngebilde werden. Ich bin ein zertretenes Feld. Mein Kopf rollt über die spermafeuchte Erde den Lianen nach. Mein Blick führt die Arbeit des Urbarmachens fort. Einige Bäume in dieser Landschaft lehnen es ab, an ihrem angestammten Platz zu bleiben: Sie legen sich in zahlreiche Gräben, treiben ab, gleiten, halten an der Mauer des Horizontes einen Augenblick inne wie der Schmetterling an der Lampe.

Meine Augen sind auf das Unendliche gerichtet. Die Sonne schläft ein. Sie bleibt fern. Sie hat Angst zu fallen. Sie ist eine schüchterne rosa Pantherin, die hinter Dünen und blauen Tälern zittert. Mein schmerzender Kopf ist ein Hühnerhof. Wild. Mit Schreien, bekannten Gewohnheiten, plötzlichen Flügelschlägen, Gackern. Vor diesem Hühnerhof beginnt eine grüne Einöde. Alles ist plötzlich ungewohnt und monoton.

Ich bitte die Erde stillzustehen, damit ich ohne Angst ruhen kann, ohne dass mein Körper einer in der klaffenden Wunde des Sonnenuntergangs steckenden Faust gleicht. Jeden Augenblick falle ich zusammen, bei jedem Schritt, jeder Bewegung, mit der Sonne im Schädel, mit den Wellen meines Körpers, die sich eine über der anderen brechen. Hinter diesem Zusammenbruch schreite ich voran, still, mit weichen Knien, zitternden Armen. Der Pfad wird zu einer riesigen Scheide. Mein Verschwinden, das Nichts; mein Körper verdrängt den Tag so vollkommen, dass ich nur noch auf Bewährung lebe, nur dank Empfindungen, die mich nie widerspiegeln, aber immer retten. Der Wald scheint aus verlassenen Gliedern zu bestehen. Ein Gummibaum zieht an seinen Wurzeln, um davongehen zu können. Ich bin ein witterndes Tier. Ich schnuppere Wein und das nahe Vorhandensein einer Palme. Ich mache einen Schnitt, trinke den Palmwein, kaue meine vergiftete Hirse, die mir Durst macht. Ich trinke, und schon stehe ich wieder unter Einwirkung des Rauschgiftes. Ich gehe ins Dunkle, schlage, hacke, mit aufgerissenen Augen. Ich sehe nichts. Weder Straße noch Pfad. Es ist Nacht. Ich mag diese Pisten nicht; sie sind gleichgültig und ohne Charakter; mit übergehängtem Gewehr gehen sie auf besondere Weise, mit steifen Beinen, gestrecktem Oberkörper, der Kopf, da unten, auf der Behelfsstraße. Die Stille schläft und träumt vom Himmel oder beneidet die Mondwolken. Da ist das Flussufer des Yamé, mit seinen schwarzen Wogen, seiner Nässe. Der Fluss. Der Süden. Der Süden. Dahin muss ich. Ich werde erwartet. Warum schlafen? Vielleicht bin ich schon angelangt. Ich presche los, um mich zu fangen, folge mir im Trab. Ich bleibe stehen, den Körper hoch aufgerichtet, die Arme nach vorn gestreckt. Ich gleiche einer saftlosen Zitrone. Ich sehe mich nicht mehr. Weder Hand noch Glieder. Schlafen. Ich fürchte die Schlangen. Schlafen. Träumen. Schlafen. Ich fürchte die roten Ameisen. Ich will mich nicht auffressen lassen. Ich möchte ein Tier werden und diesen drohenden Wald, seine Moskitos, Fliegen, alle, alle in der Dunkelheit aus seinem Bauch hervorgekommenen schwarzen Dinge überleben. Feuer. Ich will Feuer. Mit einem Feuer fürchte ich nichts mehr. Die Schlangen werden fliehen. Die Kaninchen werden fliehen. Die Affen werden zanken. Die wilden Tiere werden mich für bewaffnet halten. Ich werde gerettet sein. Ich werde den Tag abwarten und dann schlafen.

Mit ihrem Gefolge unbestimmbarer Empfindungen drückt mich die Nacht so sehr, dass ich der Wind *werde*, die Stille der Natur, ihre Ängste, ihre Schwärze, ihr Warten. Ich versuche, noch mehr Natur zu werden, um mich in ihr aufzulösen, eins mit ihr zu werden und nicht mehr ihre unerträgliche Schwärze zu fürchten. Mein Feuer knistert und kracht. Funken umsprühen mich, verglimmen. Um das Feuer brummen Insekten. Phosphoreszierende Augen blinken. Das sind vielleicht Leuchtkäfer. Oder Augen von Raubkatzen. Blätter reden, rauschen hinter meinem Rücken. Ich habe Angst. Ich halte die Hacke in der Hand. Ich stehe auf, um nicht einzuschlafen. Die Hacke in der Hand gehe ich um mein Holzfeuer. Ich kehre um. Mit weichen Knien mache ich hundert Schritte. Meine Beine gleichen Schwämmen, die der Körper, den ich mit großen Mühen hochzuziehen versuche, zusammendrückt. Die Erde unter meinen Fersen wird jetzt hart, heiß, brüchig. Mein Atem geht kurz. Meine Augen sind zwei Zwiebelkugeln. In ihnen tanzen Tränen, die aber nicht über meine Wangen rollen. Unerträgliche, doch notwendige Schlaflosigkeit. Ich will leben.

Die Landschaft tanzt. Meine Wimpern malen sie, zerteilen sie in Bergspitzen, Granit oder vom Wind zernagte Felsvorsprünge, einen Haufen Laubwerk, aus dem ein Dunst zum Himmel steigt. Ein Schwarm glitzernder Fünkchen verpufft in einem Loch umeinandergewirbelter zappelnder Wolken, die dann aus Ermüdung erstarren.

Der Mond ist nicht gut. Trübe. Verräterisch. Ich fühle etwas kommen. Etwas Lebendiges: das sich verbirgt. Knacken von Zweigen. Nein. Nichts. Es ist der Wind. Fünf Minuten. Ein Geräusch. Da im Dunkel, drei Meter von mir entfernt, eine samtige, kauernde Masse. Ich brülle, schlage sie mit meinen Stricken, springe auf sie drauf. Die Masse rollt zur Seite. Entkommt mir, flucht. Ich werfe mich über sie, suche tastend meine Hacke. Ein heftiger Stoß aus den Hüften lässt mich das Gleichgewicht verlieren, und für einen kurzen Augenblick taucht vor mir ein Gesicht auf: breit, platt, glänzend. Unter dem borstigen Visier verfilzter Haare leuchten wilde Augen, ein Mund, den unregelmäßige Zahnreihen zerreißen. Die Zähne sind spitz. Gelb und hundeartig.

Der Mann ist aus dem Nakem, hat auf dem Gesicht die gleichen regelmäßigen, tief in die Stirn geschnittenen Narben wie ich. Wir gehören dem gleichen Stamm an. Ich rede mit ihm. Er redet mit mir. Er sagt mir meinen Namen: Sankolo. Dann den seinen: Tandou. Schweigen.

Er setzt sich neben das Feuer. Auch er hat eine Hacke, Stricke, eine Tasche, alles wie ich. Aber er geht nach Norden. Er kaut seine mit *Dabali* vergiftete Hirse. Er verzehrt davon große Mengen. Er bittet mich um eine Handvoll von meiner Hirse. Um zu vergleichen, sagt er. Ich weigere mich, behaupte, nichts mehr zu haben. Der Mann handelt. Gegen den Preis einiger Auskünfte über meinen künftigen Chef gebe ich ihm etwas Hirse. Ich will Bescheid wissen, über die Arbeitsbedingungen, die Lebensverhältnisse im Süden, wo er herkommt. ›Du wirst schon sehen‹, sagt er mir, ›sie werden nichts von dir fordern. Arbeite, iss, arbeite: sag kein Wort. Keine Widerrede. Guten Morgen, guten Abend: Das ist alles. Dann bekommst du Frauen und Rauschgift.‹

Der Mann lacht. Er weint. Lange, lautlos. Als wolle er sich mittels seiner Tränen von seiner Erschöpfung, dieser geistigen Betäubung erholen, die ihn einem Tier gleichmachte. Er musste das Wesentliche seiner selbst wiederfinden. Er redet, erklärt mir, hört sich beim Reden zu:

›Man wird nicht drüberkommen.‹

›Wie?‹

›Über diese Mauer.‹

›Was für eine Mauer?‹

›Diese Mauer … da … da …‹, er redet wie irre. ›Versteh doch, ein Neger ist nichts; eine Negerin gerade zum Abschlachten gut. Wir haben nicht die Kraft; das Recht ist nicht auf unserer Seite. Da ist Saïf, und hierzulande gibt es nur wenige Zeugen: Also werden wir verkauft. Verkauft. Wie schrecklich!‹, schluchzt der Mann. Und plötzlich: ›Aber du wirst sehen‹, meint er mit müder Resignation, ›die *Dabali* macht alles vergessen. Ja … auch du wirst vergessen.‹

›Ich werde allein sein. Wenn man allein ist, denkt man. Nie werde ich vergessen können … Niemals!‹

›Du bist tot. *Tot*, hörst du? Du hast keine Beweise, keinen Personenstand, nichts!‹

›Und die Besuche?‹

›Was für Besuche?‹

›Die Volkszählung, die Polizei.‹

›Ja, und?‹

›Es bleibt eine Hoffnung.‹

›Du bist *tot*, verstehst du nicht? Du wirst zwei Jahre lang im Süden arbeiten. Zwei Jahre und drei Monate. Während der Volkszählungen und polizeilichen Untersuchungen wirst du nach Osten geschickt werden. Und du wirst so voll Rauschgift sein, dass du nicht antworten kannst, du wirst wie ein reißendes Tier brüllen, deine herausquellenden Augen werden Frauen wollen, und die Leute werden vor dir davonlaufen. Im Kopf wirst du nur noch zwei Worte haben: *Dabali*-Arbeit, Arbeit-*Dabali*. Ab und zu wirst du mit einer Hure schlafen. Und dann … das Ende kennst du: der Wahnsinn … Bah … Man stirbt nur einmal. Gib mir noch ein wenig Hirse.‹

Ich gebe ihm welche. Mich töten. Warum? ... Vielleicht gehört das irgendwie zum Leben eines Negers. Sklave. Verkauft. Gekauft, wieder verkauft, ausgebildet. Verhökert ... Man braucht billige Arbeitskräfte.

Der Mann steht auf. Wir löschen das Feuer. Schweigend. Das Morgengrauen kündigt sich an. Wir gehen den Fluss entlang, diesen schmutzigen Spiegel, der unsere müden Schatten vergrößert wiedergibt. Der Mann geht nach Norden davon, er nimmt etwas von mir selbst mit. Ich gehe nach Süden, ohne den Kopf zu wenden.«

Aus Sicherheitsgründen behielt Vandame Sankolo in seinem Haus, wies ihm eine Kammer neben seinem Arbeitszimmer zu, wo er selbst Wache hielt. Der zu Vandame zurückgekehrte Dolmetscher Karim Bâ schlang sein Abendessen hastig herunter und eilte dann nach Tillabéri-Bentia, um Saïf zu berichten. Dreiundzwanzig Uhr.

Saïf ließ Kratonga und Wampoulo kommen; sagte dann zu ihnen: »Macht ihn ein wenig fertig.«

Karim Bâ bekam es mit der Angst zu tun: »Wir hatten doch einen Handel geschlossen«, protestierte er.

»Und wenn es eine Falle wäre?«, warf Saïf mit tonloser Stimme ein.

Karim begann, leise zu stöhnen, seine Klage zitterte in der Stille des Windes; in seinen Augen glänzten Tränen.

Er stieß ein angstvolles Krächzen aus und versuchte, in der Hoffnung, Kratonga würde nicht schnell genug sein, dem ersten Schlag auszuweichen.

Karim wurde durch den Angriff überrascht. Kratonga schlug mit verwirrender Schnelligkeit und Präzision. Der Dolmetscher fiel zu Boden, wurde sogleich durch einen Fußtritt wiederaufgerichtet. Und während Kratonga Karim festhielt, nahm Wampoulo Anlauf, schätzte die Entfernung und stieß seine rechte Ferse nach vorn. Mit schmerzverzerrtem Gesicht brüllte der Dolmetscher auf, drückte beide Hände auf den Bauch. Die beiden Männer schlugen auf ihn ein wie auf einen Esel, das Blut sprang ihm aus Nase, Mund und Ohren. Saïf setzte seinen Fuß auf Karims Stirn, und seine Agenten traten beiseite; er tat, als wollte er den Mann mit seinem ganzen Gewicht zertreten, aber nachdem er ihm Furcht eingeflößt hatte, ging er langsam zurück: »Auf jeden Fall hattest du keine Wahl«, bemerkte Saïf. »Ohne seinen lieben Dolmetscher konnte Vandame doch nichts in Erfahrung bringen, nicht wahr? Natürlich hättest du nicht zu kommen brauchen, Karim. Aber da du bei mir vorbeigekommen bist, sehe ich, dass dir deine Familie sehr am Herzen liegt. Nun, jetzt musst du dich doch amüsieren, oder nicht?«, meinte Saïf. »Ich möchte dich lächeln sehen. Dich lachen hören. Los!«

Karim begann, leise, verkrampft und zögernd zu kichern, als handele es sich um eine schwierige Tätigkeit, die er zum ersten Mal ausführe. Aber da Saïf ihn mit den Blicken ermunterte, fühlte er sich ermutigt, und sein Lachen schwoll an – bis es zu einer Art schnaufendem Brüllen wurde. Saïf lächelte, feilte seine Nägel. Nur Wampoulo und Kratonga blieben ernst. Endlich hielt Karim inne, um Atem zu holen. Immer noch in sich zusammengesunken und auf dem Boden kniend, sog er gierig Luft ein. Saïfs Gesicht war plötzlich kalt und ohne Bewegung.

In dem Raum brach plötzlich die Wahrheit hervor, derer Saïf sich versichern wollte. Kläglich vor Kratongas Dolch zusammengesackt, erstarrt, senkte Karim Bâ die Augen, als könne er den blendenden Glanz der Waffe nicht ertragen.

»Also drauflos«, befahl Saïf, »wiederhole, was Sankolo gesagt hat.«

»Ich bitte euch«, stöhnte Karim Bâ, »ich flehe euch an ...«

Kratonga ließ den blitzenden Dolch durch die Luft pfeifen, schabte damit eine Blutkruste ab, die am Mundwinkel des Dolmetschers klebte.

»Es ist wahr, es ist keine Falle«, brüllte Karim hysterisch, »es ist wahr, dass Vandame in seinem Arbeitszimmer Wache hält; ihr müsst mir glauben! Es ist keine Falle ...«

Seine Worte endeten in einem Schluchzer: Er erbrach sein Essen.

»Jetzt sag uns, was wir zu tun haben.«

Langsam hob der Dolmetscher den Kopf, sah Saïf zufrieden, Kratonga seinen Dolch einstecken, und als erwachte er eben aus einem Albtraum, war er überrascht, das Todesurteil des Gouverneurs unterzeichnet zu haben.

Und Saïf: »Da!«, erklärte er, indem er ihm zwei Banknotenbündel zuwarf.

Wampoulo hatte den Hund der Wache, die in fünfhundert Meter Entfernung vom Haus des Gouverneurs schnarchte, mit vergiftetem Fleisch eingeschläfert.

Kratonga grapschte eine Handvoll Kiesel und warf sie gegen Vandames Fenster. Prasseln der Steine. Nichts.

Wampoulo eilte neben seinen Gehilfen, dann warteten beide vor die Schwelle geduckt. Immer noch nichts: Vandame war zu schlau.

Da erhob sich Kratonga und ging rückwärts hinter einen Baum. Von dort aus richtete er den Schein seiner Fackel gegen das Fenster, wo Sankolo schlief. Man hörte Stühlerücken: Ängstlich geworden öffnete Sankolo die Tür, um sich zu Vandame zu flüchten. Wampoulo packte ihn beim Vorbeilaufen und knebelte ihn. Vandame kam heraus. Die Pistole in der Hand. Niemand. Er ging um das Haus. Etwas traf ihn im Nacken: Er verlor das Bewusstsein.

Als er kurz danach wieder zu sich kam, war er auf ein Pferd gebunden, das auf irgendeinem steinigen Pfad, einer kaum erkennbaren Piste, den Yamé entlangtrabte. Die Pferde stolperten um einen Wasserfall herum, der von der Straße aus nicht sichtbar war. Kratonga gebot Wampoulo, Vandame absteigen zu lassen. Dann band er selbst die Pferde an einem Baum fest, legte die Pistole des Gouverneurs auf einen Felsblock und setzte sich.

Plötzlich umhüllte sie das Rauschen des in dicken Strahlen fallenden Wassers, und sie waren der Kultur Tausende von Jahren fern. Im Halbdunkel kreisten Fledermäuse, das leichte Geräusch wirkte unter dem Mondlicht, das den Yamé mit einem milchigen Tuch bedeckte, noch unheimlicher.

Vandame rieb sich den Nacken und zog eine Grimasse. Er trug chinesische Pantoffeln mit dicken Filzsohlen; seine Beine steckten in einer schwarzseidenen Schlafanzughose, und seine Brust bedeckte ein gestickter chinesischer Kimono. Er hielt sich sehr aufrecht, die Knie zusammengepresst. Sein Körper bewahrte militärische Haltung; über dem hocherhobenen Kinn leuchteten zwischen den Lippen die Zähne. Seine Augen waren weit geöffnet. Die dunkle Schieferfarbe seiner Pupillen schien die Iris zu überdecken. Es waren die Augen des Wahnsinns. Noch schlummerte er, war aber doch schon erkennbar.

Vandames Stimme verriet seine Nervosität: »Ich wusste nicht, dass Saïf Frankreichs unwürdig ist«, brach er los.

Kratonga rang sich ein Lächeln ab: »Seine königliche Herrlichkeit regiert hier unten wie Gott der Allmächtige. Ihre Edikte sind in den Himmel geschrieben. Wehe dem, der nicht gehorcht: Eines Morgens wird er zum Allerhöchsten heimberufen.«

Zu seiner großen Überraschung stellte Vandame fest, dass Saïfs Agenten sehr gut Französisch sprachen. Auch Saïf, so erfuhr er, beherrschte diese Sprache glänzend. Doch wollte er das nicht zeigen, denn ihm lag vor allem daran, Karim Bâ zu benutzen.

Und plötzlich sagte Wampoulo: »Entschuldigt mich, aber ich hielt euch Weiße immer für sehr stark.«

»Ich verstehe nicht«, meinte der Gouverneur gleichgültig.

»Erklär uns doch, was du nicht verstehst, Vandame«, entgegnete Wampoulo, indem er sich dem Gouverneur langsam näherte. Zwischen den Zahnreihen kam seine Zungenspitze zum Vorschein.

Vandame machte sichtlich Anstrengungen, um seine Haltung wiederzufinden. Sein Lächeln wurde breiter: »Ich darf wohl annehmen, dass ihr für Geld arbeitet und nicht eines Tages das Los eures Bruders erleiden möchtet ...«

»Welchen Bruders?«

»Sankolo.«

»Stellst du Nachforschungen über Sankolo an, Vandame?«

»Oh! Wisst ihr, das ist ...«

»Aber ganz und gar nicht. Ganz und gar nicht, Vandame.«

Der Gouverneur durchbohrte die beiden Männer mit seinem Blick: »Ihr seid vollkommen verrückt«, stellte er langsam, jedes Wort deutlich aussprechend fest. »Ihr seid wütend, weil man euch kolonisiert hat, weil ihr zusammen mit Saïf so etwas wie Laufburschen für das Werk seid, das wir im Nakem errichten. Darum teilt ihr solche Tiefschläge aus.« Kratonga schien betroffen. »Ihr habt als Söhne von Sklaven, als Gefangene begonnen, die mein Land befreien und zivilisieren will – und nun haltet ihr zu dem Halunken ... wünscht noch, seiner Frechheit Dauer zu verleihen, fürchtet, in Ungnade zu fallen!«

»Daran ist Fortuna schuld«, erklärte Wampoulo gewollt gleichgültig. »Diese Hexe stellt sich nicht gern auf unsere Seite. Immer laufen wir hinter ihr her, und beim Würfelspiel gehen wir ständig pleite.«

»Ihr kriecht um Saïf herum, weil euch das gefällt«, sagte Vandame lässig. »Dieses Leben gefällt euch, aber ihr wollt es nicht zugeben.«

»Das ist wirklich kleinlich von dir, mein Junge. Wie? Du spielst den Moralisten, wenn du mal Gelegenheit hast, dich ein wenig zu amüsieren?«

»Mich amüsieren!«

»Wir sind deine neuen Freunde, Kumpel. Behandle deine Freunde anständig, Vandame.«

»In Ordnung«, meinte er und tat so, als ob er sein Unglück mit Gleichmut ertrüge. »Wenn ihr wollt, können wir einen freundschaftlichen Plausch halten.«

Nun näherte er sich heimlich der Pistole. Kratonga hatte es gemerkt, und Wampoulo zweifellos ebenfalls. Plötzlich machte er eine Drehung und warf sich mit einem Hechtsprung über den Felsen, um die Pistole zu ergreifen. Er nahm sie, legte auf die beiden Männer an, drückte auf den Abzugshahn, schoss, drückte noch einmal und schoss dreimal hintereinander. Dann verlangsamte er die Bewegung seiner Hände, hielt sie unbeweglich. Eine Weile blieb er wie erschöpft halb über dem Felsen liegen. Man hörte ihn keuchen. Dann richtete er sich langsam auf, mit einer Art düsterer Verzweiflung, und lächelte die beiden Männer an, dass es peinlich anzusehen war.

»Das war aber sehr unhöflich, Gouverneur«, urteilte Kratonga, hob die Pistole auf und schob die Patronen hinein, ehe er sie dem verblüfften Vandame zeigte.

Weit weg, im Busch, erscholl das dumpfe Klagen einer Hyäne. Vandame blieb in dem Schattenfleck, den sein eigener Körper warf, wie verwurzelt stehen. Er schwitzte furchtbar. Die Dinge nahmen nun ihren Lauf, den er selbst beschleunigt hatte.

Kratonga ging zu einem der Pferde, zog aus seiner Satteltasche eine dicke Bambusflöte und einen Schlauch. Der Gouverneur wandte sich um, sah ihn und befahl mit einer ganz mechanischen Autorität: »Macht jetzt Schluss.«

Mit einem kräftigen Schwung warf Kratonga die Flöte: Sie beschrieb einen Halbkreis, drehte sich, pfiff unter dem Mondlicht und prallte mit dem Krachen splitternden Holzes gegen den Felsblock. Papierblätter fielen heraus: der Rapport, den Vandame gerade gegen Saïf verfasst hatte.

»Ich kann euch das schriftlich geben. Die Befreiung Sankolos und das Zeugnis meiner Frau. Wir haben nichts gesehen, wir wissen von nichts. Auf diese Weise werdet ihr einen Beweis haben.« Vandame war grünlich, seine Lippen bewegten sich ohne Unterlass. »Ich glaubte, meine Pflicht zu tun. Ich kann euch unterschreiben, was ihr wollt.«

Aber Kratonga öffnete den Schlauch, nahm einen tiefen Schluck und gab den Rest an Wampoulo, der ihn an die Lippen setzte.

»Gib ihn Vandame. Er ist nervös, der Kumpel.«

»Ich habe keinen Durst«, protestierte der Gouverneur mit schwacher Stimme.

»Bis zum letzten Tropfen, Papa! Ex getrunken! Oder wehe! ... Trink, Papa. Milch ist was Gutes.«

Er betrachtete die Männer einen nach dem anderen und kam dann ihrer Aufforderung nach. Er hob den Schlauch mit geschlossenen Augen, als könne er die Qual so leichter ertragen. Man sah die Schluckbewegung seiner Kehle.

Der Sack erschlaffte. Beinah hätte er es geschafft. Aber sein Magen machte nicht mit. Er taumelte und fiel auf die Knie. Der Schlauch fiel ihm aus der Hand; die Milch lief aus. Vandame erbrach sich über den ausgedörrten Sand, richtete sich dann auf die Ellbogen gestützt langsam auf. Sein Gesicht hatte eine gelblich graue Farbe angenommen.

»Du bist nicht in Form«, bemerkte Kratonga. »Du musst dich stärken, nicht wahr? Trink noch etwas, nur einen Tropfen.«

»Ich glaube nicht, dass ...«

»Du wirst Ärger bekommen, Vandame. Los, trink!«

Kratonga kam näher. Also hob Vandame den Schlauch. Er leckte sich die Lippen, öffnete den Mund. Aus dem Leder des Schlauches glitt langsam ein schwarzer, schleimiger Strahl. Mühsam suchte Vandame nach einem Tropfen Milch, da hörte er plötzlich ein Pfeifen, fühlte etwas Kaltes an seiner linken Wade. Er senkte die Augen und erblickte entsetzt eine Aspisviper. Puterrot erstarrte er angesichts des jetzt ganz um seinen Fuß gewickelten Reptils, und als er voller Schrecken zu Kratonga hinschwankte, stieß dieser einen Pfiff aus.

»Dafa ...«

Und die Viper entrollte sich, zog sich auf einen Meter Entfernung von Vandame zurück. Wampoulo befahl dem betäubten Gouverneur, der nichts begriff, den Kopf des Reptils zu lecken. Während er noch zögerte, versetzte ihm Kratonga einen Fußtritt in den Hintern. Er purzelte so rasch um, dass er, nachdem er sich wiederaufgerichtet hatte, immer noch, von der Schlange bedroht, taumelte, um sein Gleichgewicht wiederzufinden. Kratonga pfiff, und die Schlange erstarrte, man hörte das Geräusch ihrer Schuppen. »Los, leck!«

Und der Gouverneur rückte näher, fuhr erschrocken zurück, begann aber, das Schlimmste fürchtend, den dreieckigen gehörnten Kopf zu lecken, während Dafa – ein Nachkömmling der Viper Tama – mit ihrer gespaltenen Zunge ihm schleimige Streifen über das Gesicht zog.

»Wenn du das alle Tage tust, wirst du alt werden«, erklärte Kratonga. »Willst du es alle Tage tun?«

»Ja, mein Herr«, sagte Vandame.

Er hatte jegliche Widerstandskraft verloren. Er hatte sich mit der Demütigung abgefunden; ihm war nicht mehr viel geblieben, außer dem blinden Drang, seinen Henkern zu gefallen, durchzuhalten. Das wachsende Entsetzen, das Saïfs Agenten in ihm erwecken konnten, hatte ihn seit dem Augenblick verwirrt, wo er feststellte, dass seine Pistole nicht mehr geladen war.

»Ich kann euch eine Bescheinigung ausstellen«, wiederholte Vandame.

Dieser Satz war eine Art Talisman, ohne große Hoffnung psalmodierte er ihn wie ein Gebet.

»Ich kann euch das alles aufschreiben.«

Auf einmal wurde Dafa von Kratonga gepackt und auf Vandame geworfen. Die Viper schlug ihm gegen die Brust und fiel dann zur Erde, von wo aus sie den Gouverneur umringelte. »Mach den Knoten auf, Vandame. Gut so. Ich hab' dich gar zu gern, Vandame. Du bist der Gerechte unter den Kolonialisten. Tritt ein bisschen von dem ehrlichen Wampoulo weg. Weiter weg. Bravo, mein Herz. Bist ein prima Kumpel. Jetzt werden wir *Wilhelm Tell* spielen. Es ist ein Uhr morgens. Singen wir die *Marseillaise*. Heute ist der 14. Juli, Gouverneur. Da, nimm deinen Rapport über Seine königliche Herrlichkeit. Ein bisschen schneller. Prima. Mach daraus eine Kugel, Vandame. Leg sie auf deinen Kopf, Kommandant.«

Vandame schienen die Augen aus den Höhlen zu treten: »Ihr könnt doch nicht ...«

»Ruhig, immer ruhig Blut! Ich bin ein Schützenkönig, Kumpel. Los, auf den Kopf! Ich liebe dich, Vandame. Humanist, Gouverneur, Kämpfer für die Befreiung der Schwarzen, Kulturbringer des Nakem, verheiratet und Republikaner!«

Vandame stand mit geschlossenen Augen und hängenden Armen da. Sein Körper war wie Watte. Gegen sein Knie, Dafa.

Kratonga knirschte mit den Zähnen. Der Lauf der automatischen Pistole beschrieb winzige Kreise. Kratonga hielt sie weit von sich ab und zielte sorgfältig.

Das trockene Knallen der Pistole wurde vom Tosen des Wassers übertönt. Vandame zuckte wie ein Besessener, und der Rapport fing Feuer. Wampoulo löschte es, hieß ihn denselben dann wieder auf den Kopf legen. Die Pistole bellte auf. Auf der Stirn des Gouverneurs, nahe der rechten Braue, über der Nasenwurzel, saß ein kleines rundes Loch. Der Rapport fiel zu Boden, Vandame machte die Augen auf, tat einen Schritt, um sich zu erheben, als wolle er einen Fluchtversuch unternehmen. Dann sackte er langsam zusammen, erstarrte einen Augenblick, drehte sich um sich selbst, spie auf den Sand und schlug dann lang hin, auf den Bauch. Seine Füße schürften über den Felsen, man hörte seinen Magen knurren, dann kam aus seinen Lungen ein langes, abgehacktes Röcheln. Er war ein Gerechter.

Saïfs weiteren Instruktionen zufolge brachten Kratonga und Wampoulo die Reste von Vandames Rapport über Saïf und auch den Leichnam des Gouverneurs in dessen Arbeitszimmer, wo sie ihn hinlegten.

Als Sankolo zwischen Kratonga und Wampoulo vor Saïf stand, wusste er, dass man ihn opfern würde. Man hatte den Leibeigenen mit der Drohung erpresst, Bineta, seine ihm von Awa, seiner Verlobten, geborene Tochter, (bei einer Weigerung oder dem geringsten Widerstand) zu töten, und darum kehrte er zum Haus des Gouverneurs zurück.

Die Schildwache Kouyati tat, als ob sie ihn nicht sähe: Kratonga und Wampoulo hatten sie gekauft, ihr gedroht, bei einem Verrat ihre Familie umzubringen.

Alles verlief wie vorgesehen. Sankolo tat, als wollte er das Geld des Gouverneurs rauben, Kleider und Schmucksachen von Madame Vandame stehlen, über die er sich laut begeisterte, wobei er durch das Schlafzimmer der Frau lief, die erwachte und um Hilfe schrie. Erschreckt ergriff Sankolo die Flucht, ließ dabei die Pistole fallen, auf die Madame Vandame sich im gleichen Augenblick stürzte. Er kehrte auf halbem Weg um und warf sich ebenfalls auf die Waffe. Ringen, Schreie, Hilferufe: Der Schuss ging los. Madame Vandame sank zusammen. Sankolo flüchtete, die Pistole in der Faust, nicht ohne vorher Vandames Arbeitszimmer gründlich durcheinandergebracht zu haben, damit man an einen Mord glaube. Er zerschmetterte das Fenster, entkam: Kouyati feuerte auf Sankolo, durchlöcherte ihm den Schädel. Vandames Pistole auf dem Boden klagte den unkenntlich gemachten Mörder an.

Hauptmann Mossé, seine Frau, ihr Sohn Jean, Leutnant Huygue, seine Gattin, die meisten Soldaten erwachten und eilten verstört von allen Seiten herbei.

Kouyati erklärte ihnen genau, »dass er seinen Posten nicht verlassen, keineswegs geschlafen und auf den unbekannten Marodeur geschossen habe, den der Gouverneur, von seinem Elend gerührt, eine Nacht lang beherbergt habe ...« Vergib uns, Herr. *Atchou hacké!*

Die sterblichen Hüllen des Ehepaares Vandame wurden drei Tage lang mit großem Gepränge aufgebahrt – vor ihnen zogen etwa achtzigtausend Personen vorbei, um den Gerechten, die eben wegen ihrer Reinheit am Rande der Politik des Nakem gelebt, sich aber bei den Freigelassenen und der Verwaltung einen unbefleckten Namen erworben hatten, die letzte Ehre zu erweisen.

Die silberbeschlagenen Särge des Paares waren prächtig: Fein ziselierte Engel, auf die der goldene Schein der Kerzen fiel, schmückten sie an den Schmalseiten. Darunter stand auf beide Marmorplatten graviert zu lesen: *Ehre und Vaterland*. Die Beisetzung auf dem Mont Katséna war eine der prunkvollsten, die es im Nakem je gegeben hatte. Die Blumen füllten sechsundzwanzig Wagen, die Hälfte davon war eine Gabe von Saïf ben Isaac El Heït. *Wakoul rabbi zidni ilman!*

Als Saïf wieder heimkehrte, erfuhr er, dass die Familie des Leutnants Huygue, deren Tochter im Irrenhaus von Sainte-Anne in Frankreich lebte, den Hass gegen Afrika im Herzen, den Nakem für immer verließ.

»Vater unser, der Du bist im Himmel«, sprach Saïf, und ihm antwortete das Zwitschern der Vögel.

7

Die Weißen schlugen ihr Lager inmitten der Truppen der Tirailleure, inmitten von Falschheit und Klagen auf. Die Offiziere der *Flençèssi* konnten sich nur mittels strenger Disziplin, Schlägen und Beschimpfungen Gehör verschaffen. Während der allgemeinen Verwirrung, die 1914 begann, desertierten viele Schützen, wurden als vermisst gemeldet oder erschossen. Außerdem gingen große Mengen an Lebensmitteln, Besitzungen und Reichtümern in der Unordnung verloren, als – tanzendes Chaos inmitten des Zornes der Welt – der Erste Weltkrieg ausbrach.

An seiner Autorität zweifelnd, durchaus nicht schlapp, aber entwaffnet, hatte Mossé, Vandames Nachfolger, mit Saïf lange Unterredungen, in deren Verlauf er ihm die größte Hochachtung erwies. Seiner königlichen Herrlichkeit wurden unerhoffte Bedingungen und Gunstbezeigungen gewährt. Sie versprach, das Negerpack für die Armee zu gewinnen. Als die Erregung des Volkes nun ihren Höhepunkt erreicht hatte – *ya atrash!* –, stellte sich Saïf ben Isaac El Heït an der Seite Madoubos, von den Zauberern gefolgt, vor die Menge und behauptete laut, dem eigenen Körper Lebewohl gesagt und vor den göttlichen Geboten verstummt zu sein, deren Geist allein jetzt aus seinem Munde dränge; erhaben verkündete er den Schützen, dass, fielen sie als Spielzeug der unsichtbaren Weisheit des Herrn der Welten, sie im Jenseits dann mit ihren alten Stämmen zusammenleben würden, »mit einer Seele, die siebenmal reiner ist als die Dämmerung beim Morgengebet«.

Da verbreiteten sich Schreie weit durch die Wälder, Gesänge und düsteres Tamtam schickten getrommelte Botschaften, die Milane flogen mit Botschaften in den Krallen, und Saïf, der Wundermann, dessen Worte wie heilige päpstliche Bullen davonflatterten, um über der gleich himmlischen Heerscharen begeisterten Negerherde zu schmelzen, verhandelte, erreichte das Zugeständnis der Weißen, dass den Söhnen der Würdenträger kein Haar gekrümmt und sie von der Musterung befreit wurden.

Um den auf den Glanz des Heiligen Paradieses begierigen Tirailleure Appetit zu machen, erhob sich der Adel zum Retter kriegerischer Seelen: Soldaten, Wächter, Fußvolk und Kämpfer küssten ihre mit grellfarbigen Lendentüchern bekleideten besseren Hälften, behängten ihre Arme mit Talismanen und, indem sie die gewichtigen Amulette, auf die ihr vergoldetes Lächeln fiel, um den Hals schlangen, stürzten sie hin zur Armee, um sich in sie einzureihen. Es kam zu schweren Unruhen, sogar Aufständen, die von klarsichtigen, wenn auch pöbelhaften Geistern angezettelt worden waren – auf sie wartete der Pfahl! –, die brüllten: »Waren die Tirailleure in jenen Momenten nicht mit den frühen christlichen Märtyrern zu vergleichen, die, ihren Glauben an die ewige Auferstehung verkündend, im Zirkus vor die Mäuler der Löwen laufen würden?«

Als Oberster der Gläubigen zeigte Saïf dem erleuchteten Volk jedoch, wie kläglich es war, zu denken, anstatt zu glauben; also schickte er Mossé blutrünstige Tirailleure, hob eine Menge Männer aus, die mit Messern, Hacken, eisernen Stangen, Schleudern und ab und zu auch Gewehren bewaffnet und von den Zauberern fanatisiert worden waren und die alle fröhlich in den Tod rannten, weil sie an ihre Auferstehung glaubten.

Mehr als einer verschwand, »nach Mekka verkauft«, berichtet die Chronik, untergegangen im Lärm ekstatischer Massen, wo (der Himmel beschütze uns!) Männer sich an Kanonenrohre klammerten und sich töten ließen, ohne loszulassen, so eilig hatten sie es, dicht bei dem ewigen Vater zu sitzen, wo der Boden Goldstaub und der Fluss eine Segnung ist; andere wiederum fuhren mit den Armen tief in die Kanonenöffnung, um die Kugeln herauszuholen. Das Offizierskorps musste nachgeben, nahm ohnmächtig Reißaus und ließ Saïf kommen, der das Negerpack beruhigte, Ordnung schuf, den Kommandanten Gehorsam verschaffte und alles Plündern, alles Ausschreiten untersagte, indem er androhte, dass »sonst die Pforten des kühlen Reiches da oben verschlossen blieben. Mögen wir doch eines Tages«, psalmodierte er, »in den Sphären Edens um den Thron des allermildesten Herrn versammelt sein. Diese Gnade erbitte ich von ihm. *Amina yarabi!*« Es wäre ein Leichtes gewesen, im Nakem fromm die Gegenrevolution zu predigen und die Macht der »behelmten Makaken« blutig zu erschüttern. Aber das Negerpack war schon freigelassen, die Würdenträger waren anständig entschädigt worden, und wie Saïf bemerkte, war es problematisch, die Weißen während eines Weltkriegs zu bekämpfen: Jegliche Rückkehr zu irgendeiner Form der auf die Sklaverei begründeten Feudalgesellschaft, für die Würdenträger eine Quelle des Wohlstands, wäre mit einem Bürgerkrieg belastet. Ebenso wunderbar wie bewundert und zum Großwürdenträger der Ehrenlegion ernannt, erhielt Saïf als »Erretter Frankreichs im Nakem« für sich und seine Getreuen königliche Pensionen. In tiefster Zerknirschung beteten die Würdenträger geräuschvoll für die Tirailleure, die Auferstehung der Heiligen, spielten sich als »Hüter ihrer Seelen und ihrer daheim zurückgelassenen Frauen auf«.

»Beeilt euch nicht, um zum Allerhöchsten zu gelangen«, sagte ihnen Saïf, »sonst wird er euch bestrafen: Man kann an der Unsterblichkeit sterben. Bleibt also als Soldaten auf euren Plätzen, kämpft und wartet ab, denn über euch wird der Himmel nicht eher kommen, als bis Gott das Heil über euch ausgebreitet und euch Seinen Segen gewährt hat. Meine sanften Schafe, loben wir den Herrn für die vielen Wohltaten und die Gnaden, mit denen Er uns überschüttet. Er beglückt uns, indem Er uns zu seinen ergebenen Anbetern macht und damit vor dem Bösen bewahrt. *Allahou akbar! Wakoul rabbi zidni ilman!*«

Danach marschierte Saïf gemessenen Schrittes hinter einer Kapelle aus Trommeln, Xylophonen, Tamtams, Becken und Trompeten her, während seine Zauberer seine Unverwundbarkeit verkündeten. Seine Wachen trugen lange Stierschwänze, die angeblich die Kugeln von ihrem Ziel ablenkten. Kratonga und Wampoulo gingen wie Yafolè mit Fetischen behangen, Hähne in der Hand haltend, an der Seite Madoubos hinter Seiner königlichen Herrlichkeit her und murmelten Opfergebete.

... Also kamen die Soldaten zu Mossé, in Klans aufgeteilt, um gegen die Deutschen zu kämpfen; den verschiedenen Stämmen schritt ihr Zauberer mit den Emblemen ihres Aberglaubens voran, die auch ihre Arme und Schädel beschirmten, sie kauten »bearbeiteten«, das heißt vom Großen Geist zubereiteten Tabak; auch ihre Gewehre waren, wie man versicherte, ein Talisman. Mag sein. Erbitten wir vom Herrn der Welt Gesundheit und Schutz sowohl im Diesseits als auch im Jenseits. *Allanéou.*

Und die Überlieferung berichtet:

»Mensch, sprich leiser. Weißt du denn nicht, dass Seine königliche Herrlichkeit Saïf ben Isacc El Heït bei jedem gegenwärtig ist, der nicht ihren Ruhm preist?«

Und also:

Wie die Deutschen gegen die fanatischen Truppen Saïfs zäh und mutig Widerstand leisteten und sich in die Hauptorte von Ruandé und Gnoundéré zurückzogen, wo sie sich erst 1916 den französisch-britischen Truppen der Generäle Dobell und Aymerich ergaben; weshalb die Soldatenfriedhöfe, die noch die durch den Dschungel führende alte Straße zwischen Buanda Félé und Ruandé säumen, von der Härte und Hartnäckigkeit eines aussichtslosen Kampfes zeugen; wie Taruatt sich im Juni 1915, Gnoundéré kurz danach und Ruandé im Januar 1916 ergaben; wie sich in Zora, ganz im Osten des Nakem, dem letzten Vorposten von Fousséri, der seit über achtzehn Monaten belagerte Hauptmann von Raben erst dann ergab, als er vom Gouverneur Ebermayer von der Evakuierung des Gebietes erfuhr; warum man ihn mit kriegerischen Ehrungen auszeichnete; wie es Oberst Zimmermann gelang, die französische Front im Süden Nakems zu durchbrechen, und wie er mit dem Rest der Armee nach Spanisch-Guinea entkam; warum der bewaffnete Gegner in diesem erbarmungslosem Krieg oft weniger gefährlich war als der Wald, das Fieber, das Klima und die Einsamkeit: alles Faktoren, die nichts Gutes verhießen.

Während dieser ganzen Zeit war der Dechant Henry – verworrener Wahnsinn der Liebespflicht, von ärmlicher Schönheit gleich der Verzweiflung einer christlichen Seele –, vom Unglück der Neger bedrückt, von Dorf zu Dorf, von Hütte zu Hütte gegangen. Als erster Arbeiterpriester hatte er mit den Bauern die Erde umgegraben, Kranke gepflegt, Medikamente verteilt und abends aus dem Leben der Apostel vorgelesen.

Während der vier Kriegsjahre, Jahren der Verzweiflung, des Schreckens, der Freuden und beängstigenden Gelächters, säte er unter den vom Krachen explodierender Granaten in Panik versetzten Eingeborenen das gute Wort des aller sanftesten Herrn Jesus, während der lustige Festzug der Würdenträger nicht weit entfernt die Gewalt begrüßte und das Lob des unverwundbaren Saïf sang.

Die Granaten hatten den Wald entzündet, blutige Morgenröte erhellte den Himmel und die grauen Wände der Hütten. Zum ersten Mal seit Menschengedenken hatte die glühende Aprilsonne wegen des Wahnsinns der Menschen Mühe, durch die dicke Rauchwand des Brandes zu dringen. In Tillabéri-Bentia war im Umkreis von zehn Kilometern alles schwarz: ein apokalyptischer Anblick ...

Abbé Henry machte sich von den klagenden Familien los und half weiterhin unermüdlich dem Volk, im ganzen Nakem erbettelte er seinen Lebensunterhalt. In Krébbi-Katséna sammelte er verschiedene Medikamente, Verbandszeug, alte Kleidung von Kolonisten und Tirailleure, belud damit einen Esel und verteilte sie in den vom Krieg am schlimmsten heimgesuchten Ortschaften.

Er streckte den Soldaten auf den Pisten die Hand entgegen, näherte sich mit Verneigungen den Bauern, blieb unbeweglich vor der Umzäunung stehen oder verdingte sich; und sein Gesicht war so erschöpft und sein buckliger Körper so mitleiderregend, dass ihm das Almosen nie verweigert wurde. Aus Nächstenliebe gab er als Armer, was man ihm gegeben hatte, den Witwen und Waisen, stampfte die Hirse derer, die älter waren als er, und vertrat in den Schulen gelegentlich einen kranken oder in die Heimat zurückberufenen Missionar.

Eines Abends sagte er aus Demut im Versammlungshaus von Toula, er habe Sankolo sterben lassen und Barou getötet, der bei ihm habe beichten wollen; da hielten ihn alle für wahnsinnig, liefen davon und schworen auf Saïf. Wenn man ihn in den Dörfern, durch die er bereits gekommen war, wiedererkannte, rannten die Kinder zu ihren Müttern, die ihm Beschimpfungen zuschrien und die Hüttentüren zuschlugen. Die Versöhnlicheren stellten eine Schale mit Hirse auf ihre Schwelle und schoben dann den Riegel vor, um sich von ihm zu scheiden.

Von allen zurückgewiesen verteilte er trotzdem weiter Medikamente, aber wenn sie aus seiner Hand kamen, wollte kein Eingeborener sie mehr nehmen. Nun nährte Henry sich mit Yamswurzeln, Kartoffeln, verdorbenen Früchten, verschiedenen Wurzeln, den von den kämpfenden Truppen zurückgelassenen Resten. Von Zeit zu Zeit stieg er in die Dörfer hinab.

Nun erkrankte ein Sohn Savadogos, des Häuptlings des Dorfes Toula. Aber weder die Kräuter der Zauberer noch das Handauflegen der Magier noch die Gebete der Würdenträger konnten ihm viel helfen. Das Kind hatte die Erdbeerpocken: Durch eine entsprechende Asepsis konnte Henry ihn retten, und die einst errichtete Mauer der Antipathie fiel zusammen. Aus den nahe gelegenen Dörfern wurde nun – ein Bild der Angst und Verzweiflung – unter irrenden Schafen, den Hals mit Amuletten behangen, in kühn gefärbten Kattunen, die dem Wind ihre naiv gezeichneten Palmen, Porträts von Saïf, Masken, Nashörner oder Schiffe boten, von der Volksmenge sowie Freunden und Verwandten eine

Herde von Erwachsenen und Kindern nach Toula getrieben, über Steine stolpernd, zwischen dem abgestandenen Wasser der Rinnen, mit roten Augen, zerfressenen Nasen, Leprakranke; andere mit gelben Flecken, Krusten, fäulnisbedeckt, streckten ihre fingerlosen, schwarzen, rosagefleckten Hände nach Henry aus: ebenfalls Leprakranke; welche, die von sich ein irdenes Gefäß streckten, das auch den Enten diente, und daraus ein mageres Mahl kratzten; Pockenkranke, die *Dabali* kauten, vom Rauschgift waren ihre Lippen geschwollen; Ängstliche, die schon Anstalten zur Flucht machten; riesige Negerinnen mit prallen Lippen, in den Ohren Bernsteinringe, besaßen als einziges Kleidungsstück nur einen abgenutzten Lendenschurz, sie murmelten mit einem Ausdruck von fast adliger Melancholie, an der Syphilis zu leiden; manche behaupteten, von Zauberern oder Hexen verwunschen zu sein, oder dass man sie aus der Ferne ermorden wolle, sie warfen sich zu Boden und sabberten zu Henrys Füßen; Tuberkulosekranke husteten Henry Schmeicheleien ins Ohr, redeten, spuckten Blut und versuchten hartnäckig weiter, die Trennung durch das Wort zu überwinden.

Henry fertigte sich ein Büßerhemd mit eisernen Spitzen an. Auf Knien kroch er in jedes Haus, das mehr als vier Scheunen zählte: Haus eines polygamen Würdenträgers. Dort erhielt er Lebensmittel und Kleidung, bedeckte die Zerlumpten und ernährte die Ausgehungerten. Er wusch diesem kleinen Volk der Enterbten die Füße, deren mit schuppigen Pusteln bedeckte Haut kälter war als die einer Schlange und rau wie eine Feile.

Dann setzte er die Kranken auf von den Reichen gestiftete Maultiere und machte sich mit ihnen auf den Weg ins Krankenhaus von Krébbi-Katséna.

Sein Gesicht war so verwüstet, sein Anblick so erbärmlich, dass die Seinen ihr Mitleid nicht zurückhalten konnten. Sie beteten und weinten, schritten fromm inmitten des Schreckens voran, den der Krieg aussäte.

Abends schliefen sie in einer verlassenen Hütte, aus der dicht wie Nebel ein ekelhafter Atem stieg; Henry teilte ihr Lager, war wachsamer denn je: Saïf, der wegen des Kriegszustandes seine Pension nur unregelmäßig empfing, verkaufte Träger, die nach Khartum, Sansibar und in die arabischen Länder sollten, als Sklaven. Die von den Italienern, den Herren der Küsten, nicht ausreichend kontrollierte libysche Wüste diente vielen seiner Anhänger, die gegen Engländer und Franzosen einen heiligen *Habbo** predigten, als Infiltrationsgebiet.

... Doch kann man die Auswirkungen menschlicher Kämpfe, während sie andauern, nur schlecht ermessen; mit dem geschichtlichen Abstand sind sie leichter zu erkennen.

So geschah es:

»Durch den Pariser Vertrag vom 8. September 1919 und die Londoner Konvention«, so berichtet die Chronik, »wird fast der gesamte östliche Nakem, von Fousséri an, England zugesprochen, Frankreich erhält zweihundert Kilometer Grenzland. Der Ziuko – einschließlich Taria, Souia im Süden, Riboa im Norden vom Nakem annektiert – rundet die endgültigen Grenzen der künftigen afrikanischen Republik Nakem-Ziuko ab.«

Und seitdem singen im Nakem gondaïtische, Fulbe-, N'Godo-, Randigen- und Zoboschüler die *Marseillaise* (Es sei) und preisen den Mord an Jaurès (Gott sei ihm gnädig), die Marne (Er werde erhört), Verdun (Der Ewige), das rasende Europa (Ihm sei Heil), die

* Krieg

italienische Niederlage von Caporetto (Amen), den Rückzug, den Sieg (Ruhm dem Allerhöchsten) und dreizehn Millionen Tote (Gott kühle ihr Lager), unter ihnen auch das Tausende von Kilometern weit verschleppte anonyme Negerpack, das für das nicht zu Rechtfertigende gefallen ist. Vergib uns, Herr. Möge Eure heilige Hut uns vor ähnlichem Übel bewahren. *Amina yarabi.*

8

Inmitten der Trümmer des Krieges träumte Kassoumi unter seinem Bananenbaum. Er ließ seinen trüben Blick über die grauen Blätter der treibenden Knospen bis zum Yamé schweifen, von dem der brackige Gestank der Skelette stieg, die von den Fischern manchmal in ihren Netzen vom Grunde hochgezogen wurden: der Kadaver eines in seiner Uniform verwesten Deutschen, von einem Lanzenstich oder Säbelhieb getötet, den Kopf von einem Stein zerschmettert oder oben von einer Brücke in den Fluss gestoßen. Der Flussschlamm begrub düstere Racheakte, unbekannte wilde Heldentaten, stumme Angriffe, die, gefährlicher als Schlachten am hellen Tag, doch am Tatenruhm nicht teilhatten.

In Kassoumis Herz schlichen sich ganz langsam die frommen Gedanken von früher, die befriedigte Glut seines ersten Glaubens zurück. Die Bildung, die er als Schutz vor der Leibeigenschaft angesehen hatte, erschien ihm jetzt als edler Broterwerb, der seine Kinder vor der anonymen, trügerischen und quälenden Existenz bewahren würde, die er selbst hatte führen müssen.

Er dachte an Henry, der die Schüler beten und lesen lehrte, knüpfte an ihn seinen Kummer und erhob sich sogleich, um jenseits des Yamé in der verdunkelten Kirche niederzuknien, wo hinten im Chor wie ein Pünktchen eine Öllampe, Zeugin der göttlichen Anwesenheit, brannte.

Er beichtete Henry, vertraute ihm seinen Schmerz an, berichtete ihm all sein Elend. Er bat ihn um Rat, Mitleid, Beistand, und wenn er in den folgenden Tagen seine immer inbrünstigeren Gebete wiederholte, legte er eine immer größere Gefühlsbewegung hinein. Sein verletztes, von der Unruhe zernagtes Herz war begierig, seine Kinder mit der Kultur der Weißen zu tränken, um sie so besser unter den Schwarzen zu erziehen; nach und nach erschien ihm – weil er es gewohnt war, in immer tieferer Frömmigkeit zu leben, und er sich an diese geheime Verbindung ergebener Seelen mit dem Heiland hingab, der die Elenden anzieht und tröstet – die Tatsache, dass Henry seine fünf Kinder in die französische Missionsschule aufnahm, als ein Segen: Anne-Kadidia, die schlanke Tochter, die überall wie ein Kaninchen herumhüpfte; Raymond-Spartacus, der Erstgeborene, klein, mit platter Nase, auf der immer Schweißtropfen perlten; Johann ohne Land mit der ergebenen Miene einer verpfändeten Katze; René-Descartes mit der breiten Stirn; René-Caillé mit Raubtierbewegungen und Luchsaugen.

Außer Kadidia trug jedes dieser Kinder ein Amulett um den Hals: Bei dem Mädchen umgürtete es die Taille. Als sie das Schulalter erreicht hatten, war der Schulweg für die Schwester nur ein angenehmer, zu kurzer Ausflug: Nach dem ersten Jahr wurde sie heimgeschickt; für René-Caillé eine Gelegenheit, sich von einer Liane zur anderen zu schwingen; und für René-Descartes der Weg des Rückzugs (das Kind war stets in tiefe Träumereien versunken, aus denen es auch auf der Schulbank nicht erwachen wollte). Nur Raymond-Spartacus sollte den fanatischen Drang zum Lernen haben, es zur Waffe seiner Emanzipation machen; er kam von allen am weitesten.

... Von Kindheit an sollte ihn sein Glücksstern während der ganzen Schulzeit geleiten. Das kam, wie man sagte, von seinem Amulett, das nicht wie die anderen schwarz, sondern aus rotem

Leder (wegen seiner Erstgeburt) war, wie Feuer glänzte und Zauberwirkung hatte: Wenn es auch keine Toten wiederaufstehen ließ, so gab es doch, wie Saïf versicherte, »keine Wunde oder Krankheit, die es nicht hätte heilen können«.

Den ganzen Tag über bis zum Abend streichelte Raymond-Spartacus es mit seinen kleinen Fingern, hob es dann an die Lippen.

Jahrelang bereitete Tambira zur Stunde, wo Nacht und Tag sich trennten, mit Nägeln so zart wie Grillenflügel, für ihre Kinder, die in der Dienerküche selten satt wurden, das Essen. Kaum hatten sie zwei Brote gegessen, da war der Teller auch schon ratzekahl leer.

»Keine Angst, Mutter«, sagten die Söhne, »wir werden zur Schule gehen, dort lernen, um Vater und dich zu ehren und euch ein glückliches Alter zu bereiten.«

Der Vater Kassoumi sagte ihnen:

»Gewiss werdet ihr hingehen; wovor ich Angst habe, ist, dass ihr nicht wiederkommt.«

Noch ganz vom Schlaf befangen, aßen die Kinder im Morgengrauen und legten sich dann wieder hin, so lange, bis das ganze Haus aufstand.

Oder sie gingen mit Schleudern bewaffnet am frühen Morgen zum Ufer des Yamé, brachten einige Turtel- oder Ringeltauben oder Rebhühner mit, die Tambira mit feuchtem Lehm umhüllte und in der Glut briet. Wenn man den hart gebrannten Lehm dann abschlug, hingen innen die vom Vogelkörper abgelösten Federn, und man konnte das gebratene Fleisch – saftiger Genuss! – des Vogels sehen.

Mit einem einfachen Lendenschurz bekleidet, sah ihnen die Mutter beim Essen zu; auf ihrem Gesicht lachten Sonnen, und auf ihren Busen leuchteten Monde. Doch wurde es Zeit, zur Schule zu gehen, und Tambira erhob sich von ihrem Schemel, um ihre Söhne bis zur Schwelle des Hofs zu begleiten, in ihrem Stolz siebenmal schöner denn je.

Der Vater Kassoumi folgte ihr, und sie bildeten ein Paar so harmonisch wie am Himmel Sonne und Mond. So lebten sie Tage, Wochen, Monate, Jahre; aber 1920, am ersten Montag der Trockenzeit, erinnerte sich Tambira, dass ihre Söhne das Abschlussexamen der Grundschule machen mussten, beunruhigte sich und sprach: »Es ist nicht recht, dass ich hierbleibe. Ich muss zum Zauberer Dougouli gehen und ihm für den Erfolg der Kinder ein Opfer anbieten.«

Kassoumi freute sich: »Wenn du Zeit hast, geh schnell; es ist auch nicht recht, dass ich hier noch verweile.«

Sobald die Vorbereitungen getroffen waren, riss sich Tambira drei ihrer schwarzen Haare aus, ließ sie vom Wind entführen und ging dann, während ihr Gatte zu den Feldern und zum Yamé wanderte, zu Dougoulis Haus.

Achthundert Meter von der Place des Flamboyants entfernt, auf der anderen Flussseite, stand Dougoulis Haus. Tambira war so in Gedanken versunken, dass sie den Mann nicht kommen sah.

»Schande über dich!«, meinte der Zauberer. »Kennst du mich etwa nicht? Schließlich habe ich ein ganzes Jahr um das Leben der Früchte deiner Schwangerschaft gebetet.« Tambira erkannte, dass sie Dougouli vor sich hatte. »Frau«, rief er wieder mit seiner hohen, spitzen Stimme, »Frau!« Sie betrachtete den Zauberer und entdeckte auf seinem Gesicht alle Anzeichen eines religiösen

Deliriums. Ihre kleinen schwarzen Augen drückten keine Entrüstung aus, dazu hatte sie kein Recht; Tambiras Mund verzog sich zu einem demütigen, stumpfsinnigen Lächeln; als ob dieses Anzeichen der Schwäche dem Zauberer nun alles erlaube, begann er, ungeniert zu kreischen:

»Bei Gott, Tambira, ich weiß, warum du kommst. Komm mit mir, stimme Dougouli günstig, indem du ihm wohltust.« Sie traten in eine dunkle Hütte, die durch eine kleine Dachluke erhellt wurde. Das schwache Gemurmel des Mannes erfüllte den Raum; sie lächelte demütig; er gebot durch kurze Gebärden Schweigen:

»Oh, du Sonne der Sonnen und Glanz des Himmels, du Licht der Deinen, Schönheit der Welt! Wie lange warte ich schon auf dich ... Warum hast du Kummer? Was ist dir geschehen?«

»Wie sollte ich keinen Kummer haben? Meine Söhne machen ihre Examen, um mein Glück zu begründen, und ich habe nicht die Kraft, ihnen zu helfen.«

»Ich werde ihnen helfen«, meinte Dougouli, »aber unter der Bedingung, dass du gut bist.«

»Warum sollte ich nicht gut sein, damit meine Söhne durchkommen?«, erwiderte Tambira.

Dougouli streckte den rechten Arm aus, und Tambira war sogleich gebannt. Mit der Spitze seines Amuletts klopfte er auf den Boden: Ihm entstieg ein Mörser voller Körner und eine Hirse stampfende Frau, robust wie ein Mann mit den Waden einer Gebirglerin.

»Streck deine Hand aus, Frau!«

Tambira streckte die Hand aus, und der Zauberer berührte sie: Daraus entfiel ein dichter Regen, der den seiner Körner entleerten Mörser umwarf. Mit der Spitze seines Amuletts klopfte Dougouli auf den Boden: Ein weißes Lamm erschien, sah erstaunt und unschuldig drein.

»Streck deine Hand aus, wenn du eine Frau bist!«

Tambira streckte ihre Hand aus, und der Zauberer berührte sie: Heraus kamen sechs Hyänen, die das Lamm verfolgten und seine blutigen Fetzen vor Saïf trugen.

Mit der Spitze seines Amuletts klopfte Dougouli auf den Boden, und hundert Sklaven fingen Feuer. Er sagte zu Tambira:

»Man muss sie retten.«

»Ich habe zu große Angst«, stammelte die Dienerin, »tut Ihr es.«

»Sieh hin«, murmelte der Zauberer.

Mit der Spitze seines Amuletts klopfte Dougouli auf den Boden, und sogleich hoben sich die Gesichter von Tambiras Söhnen von der Erde ab, in der Ekstase versteinerte Leibeigene, singend warfen sie sich nieder und wurden zu weißen Tauben.

Währenddessen floss über den Boden aus einer Kalebasse ein wunderbares Wasser, in dem Tambira, hypnotisiert, von fern ihre Söhne ihre Arbeiten schreiben sah. Lob sei Gott dem Allmächtigen! *Aouyó yéwa!*

»Setz dich und nimm dein Lendentuch ab«, befahl der Zauberer.

Tambira erstickte an einer schrecklichen Mischung aus Abscheu und Entsetzen. Als Tier, ein von der Mutterliebe erschöpftes Tier, entsann sie sich der Liebe und des Elends ihres Gatten und bemerkte nicht die Unruhe der Küsse, die der Zauberer auf ihren Hals drückte, die Weiche seiner Liebkosungen, das Feuer seiner Lippen, den Speichel seines Mundes, die Hitze seiner Brust, Hüften und Achseln, seines Bauches, die Sättigung seines Gliedes, die Begierde, das Zittern seiner Beine: Sie nahm ihren Schurz ab und setzte sich im Schneidersitz auf den Boden, in die Wasserpfütze.

Die Augen vor Begierde weit aufgerissen, mit schweren Lippen und zitternden Händen sahen sie einander an. Tambiras nackte Schenkel spiegelten sich in der Lache.

Doch stammelte der Zauberer Gebete, malte Zeichen, horchte auf ein unbestimmtes Murmeln, und plötzlich kam von seinen im Delirium verkrampften Lippen: »Hehe! Sieh doch! Da sitzt du aufrecht, ohne die behaarte Scham deines Geschlechts zu bewegen. Spiegele dich! Rot wie ein Hahnenkamm öffnet es sich, klafft, tanzt, zittert, wird widergespiegelt! Hehe! Was siehst du?«

Die Lache tanzte vor Tambiras fasziniertem Blick, zog ihre trunkenen Augen gewaltsam an; die Formen wirbelten immer noch, befiederten sich mit Gewalt oder Wollust, in der ihre eigene Schändlichkeit bedeutungslos war. Plötzlich tauchte aus der Lache ein weißer Hahn, dann zwei weiße Schafe mit schwarzen Köpfen, und der Hahn gluckste, und die Schafe blökten, dann erfasste ein Wirbelsturm die Lache, hob sie hoch, sog sie auf, und in dem Wasser segelten Hunderte von Federn des abgestochenen Hahnes, Hälse geopferter Schafe. Und dann kam das Nichts. Nichts mehr als die Spiegelung von Tambiras klaffenden Schamlippen über der Lache. Danach verschwand die Lache selbst, von der gestampften Erde des Fußbodens aufgesogen.

»Steh auf, Frau! Hehe! Ein weißer Hahn, we! Zwei weiße Schafe, hehe! Mir zum Opfer anbieten, we! Und alle deine Söhne werden bestehen«, prophezeite Dougouli.

Tambira zog ihr Lendentuch hoch und rollte es wie eine Garbe über ihre Schenkel, sie war glücklich, wenn auch über den Preis erschrocken: ein Hahn und zwei Schafe! ...

»Noch ehe sich der Morgenstern hebt, in einem Monat, wird das Glück zu dir kommen, Tambira, wie Schwalbenflug: ein Hahn und zwei Schafe, und deine Söhne werden das Examen bestehen. Außer wenn ...«

Das war ein Schrei des Herzens, instinktiv, spontan: »Außer wenn?«

Die Augen des Zauberers schleuderten Blitze, und die Dienerin fühlte sich gegen ihren Willen hypnotisiert. Der Mann begehrte sie. Sie hasste ihn, diesen Zauberer mit dem Schlangenblick, den schlaffen Lippen, den krummen Beinen, dem wiegenden Maultierkopf, seinem Geruch nach Blut und Amuletten aus schlecht gegerbtem Leder. Resolut schloss sie die Augen. Da war das ganze Blendwerk verschwunden. Das dauerte an, solange sie den Blick des Mannes mied.

»So gehst du nicht heraus. Der Hahn und die beiden Schafe oder du sofort. Nein. Zuerst du. Danach sehen wir weiter.« Er schloss das Fenster, näherte sich der Frau.

Eine Ohrfeige hielt Dougouli an.

»Unglück über dein Heim!«, keifte der Zauberer. »Vielleicht werde ich in dieser Welt nie deinen Schoß gegen meine Weichen drücken, aber wenn deine Kinder tot sind, Tambira – dein Weg gehe in die Irre! –, wie willst du mir dann noch entkommen?«

Voller Zorn, aber das Verbrechen und die geheimnisvolle Rache ebenso sehr fürchtend wie die schwarze Magie des Zauberers, schluchzte die Frau leise vor sich hin, streckte sich wie ein treuer Hund auf dem Boden aus und legte selbst das Tuch ab.

Als sie mit gesenktem Kopf und hochgezogenen Schultern wieder herauskam, warteten dort Kratonga und Wampoulo auf sie, die ihr gefolgt waren. Sie drohten, alles ihrem Mann zu sagen:

Auch sie wollten sich rächen: Der Mörder Sankolo (ihr Freund) war ehemals von Kassoumi verpfiffen worden.

Sie befahlen Tambira, ihnen zu folgen, und die Frau ging hinter ihnen her. Sie hatte eine unwürdige, feige Angst, vor allem vor ihrem Gatten, der so gütig und nun von ihr betrogen worden war, und auch Angst um ihn; vielleicht hatte sie auch Angst um sich selbst.

Wampoulo und Kratonga zogen sie hinter die Fälle des Yamé, wo der Boden dicht mit Gras bewachsen war. Sie besaßen sie alle beide. Sie machten ihr Angst und wiederholten den Akt, sooft sie wollten.

Mit gesenktem Kopf und hochgezogenen Schultern ging sie zu Saïf zurück. Die ganze Nacht warteten Kassoumi und die Kinder auf sie, suchten sie, da sie nicht kam, und setzten am nächsten Tag die Suche fort: vergeblich.

Am übernächsten Morgen zitterte Kassoumi, als Wampoulo und Kratonga ihn holen kamen.

Tambiras Leichnam war entdeckt worden. Im Hinterhof hatte man für die Diener des Saïf Latrinen errichtet. Über einer tiefen rechteckigen Grube, in der es von Würmern und Raupen aller Formen und Farben wimmelte, lagen Bretter, auf welche die Diener sich kauerten, um ihre Bedürfnisse zu verrichten. In dieser Grube war der Leichnam gefunden worden.

Da lag er in einer Ecke, noch ganz angekleidet, aus den Nasenlöchern krochen Würmer; der Kopf, mit einer Schlinge an einem der Bretter befestigt, ragte aus dem Kot. Tambira – Mord oder Selbstmord – hielt in der rechten Hand ein Kreuz, ein Geschenk Henrys, und das bei der letzten Preisverteilung gewonnene Lesebuch ihrer Kinder.

Die Diener wagten weder einen Namen zu nennen noch irgendetwas zu behaupten. Schweigend nahm Kassoumi also ein Seil, schob ohne Ekel die Bretter beiseite, zog den klebrigen Körper seiner Vielgeliebten heraus und wusch ihn vorsichtig.

Während der Leichenwäsche sog er des Öfteren an ihrer Nase und spuckte dann einen Wurm aus. Er klagte über nichts, ergeben, selbst zum Weinen zu kraftlos, trug er, vom Zug der Diener gefolgt, Tambira unter den Bananenbaum am Ufer des Yamé, wo er sie an einem heißen Nachmittag zum ersten Mal erblickt hatte. Sie besaß die Liebe der Ihrigen – möge der Allerhöchste sie gen Himmel führen! *Amina yarabi!*

Wenn sich das Abendgebet erhebt, färbt sich der Himmel blutig rot, und wir knien nieder:

Im Juni 1920 bestanden alle Söhne Kassoumis und Tambiras die Abschlussprüfung.

»Also, meine Sonnen, verzweifelt nicht am Ende der Trauer. Der Herr ist da, Er wacht über eure Seelen; lernt, meine lieben Schafe, lernt. Glück und Friede mit euch«, schluchzte Kassoumi, die Augen voller Tränen. »Möge die Milch, die euch ernährt hat, euch Segen bringen. Und du, Raymond, der Erstgeborene von allen, sei leuchtend und brav, dass dein bloßes Erscheinen uns die schwarze Nacht zum hellen Tage mache – und mögen deine Erfolge den Glanz des Degens haben, tiefer dringen als der Pfeil. Ich habe gesprochen.« Also lernten die Söhne, und der Vater arbeitete weiter als Diener. Aber eines Tages kam Raymond in Tränen nach Hause und warf sich so heftig auf einen Stuhl, dass alle vier Beine zerbrachen.

»Was ist geschehen, mein Sohn? Hat man dich beleidigt? Bist du krank, oder hat man dich der Schule verwiesen?«, fragte ihn der Vater.

»Ach, es ist eine Strafe, zu lernen und Waise zu sein. Den ganzen Tag lang hat dieser Junge von Rokia mich lächerlich gemacht, weil ich eine Waise und der Klassenerste bin; er hatte die Lacher auf seiner Seite – alles schlechte Schüler – und hat mich mit Schmähungen überhäuft, ohne dass er mich ein Wort reden ließ. Wie kann ich nach einer solchen Beschimpfung noch in die Schule gehen?«

»Beruhige dich, mein Schmerz; was hat er dir gesagt, meine Freude?«, fragte Kassoumi, der Vater.

»›Hund, Sohn eines Hundes, dessen Mutter im Kot der Leibeignen verendete! Die Milch rinnt dir noch aus dem Mund, und schon willst du dich mit mir messen? Oh, verfluchter Eidbrüchiger, geh doch mit den Deinen.‹ Oh, Vater, was wird man nun von mir denken?«

»Die Verachtung der Leute dauert gewöhnlich zwei Tage, und unsere Schande ist nicht so groß. Ich will dir ein Mittel sagen, wie du sie vergessen machst. Steige rücklings auf einen Esel und reite so dreimal durch die Menge deiner Kameraden. Beobachte sie wohl und sage mir dann, was sie gemacht haben.«

Raymond setzte sich rücklings auf den Esel seines Vaters und ritt mitten durch die Schüler. Alle, die Großen wie die Kleinen, die Ernsthaften wie die Schelmischen, wurden von einem solchen Gelächter gepackt, dass sie sich nicht mehr auf den Beinen halten konnten.

Er ritt noch einmal hindurch. Keiner lachte mehr. »Gewiss steigt er nicht ohne Grund rücklings auf den Esel seines Vaters«, meinten sie, »dahinter muss etwas stecken ...«

Als Raymond heimkam, fragte ihn der Vater vorsichtig: »Wie haben sie sich verhalten?«

»Als ich das erste Mal hindurchritt, wurden sie von solchem Lachen geschüttelt, dass sie nicht mehr aufrecht stehen konnten. Beim zweiten Mal lachten noch einige, andere lachten nicht mehr, und mehr als einer war besorgt, mich, den Musterschüler, bei solch einer Tollheit zu sehen. Das dritte Mal lachte keiner mehr: ›Er ist nicht verrückt‹, sagten sie; ›er steigt nicht ohne Grund rücklings auf den Esel seines Vaters; da steckt gewiss etwas dahinter ...‹«

»Nun, so wird es auch mit unserer Sache sein«, sagte Kassoumi. »Zuerst lachen sie, dann beunruhigen sie sich, und schließlich denkt keiner mehr daran.«

... Wirklich, als die Klassenkameraden sahen, dass Raymond Primus blieb und sein Vater nicht wieder heiratete, spotteten sie zunächst, aber danach dachte keiner mehr daran. Das alltägliche Leben der Familie Kassoumi ging weiter. Lob sei Gott dem Allerhöchsten. Er ist in allen Dingen mächtig und kann all unsere Wünsche erhören. Verehren wir Ihn: *Amina yarabi.*

Tambiras weniger begabte Söhne konnten aufgrund ihres Abgangszeugnisses einträgliche Berufe ergreifen. Sie wurden in Krébbi-Katséna Verwaltungsangestellte und erhielten doppelte Bezahlung: zuerst von Frankreich, dann von Saïf. Nur Raymond besuchte bis zur mittleren Reife, die er 1924 bestand, weiter die Schule – seitdem brauchte er, auf Anordnung Saïfs, keine häuslichen Dienstleistungen mehr zu verrichten.

In jenem Jahr waren die Ferien die schlimmsten, die der Schüler je erlebt hatte.

Mit ganz grauem Gesicht und riesigen Augen, so weiß wie gestampfte Sisalblätter, ging er unter den Bananenbaum des Vaters; gegenüber den Spöttereien der Straßenbengel, die ihn von Weitem anschrien und einen Nichtstuer nannten, blieb er ungerührt. Überdies hatte die Mehrzahl der Leibeigenen seinen Erfolg nie anerkannt, denn bei der Feldarbeit galten Federkratzer als Schädlinge, und die Bauern hätten sich gern wie die Hühner verhalten – und die Schwächeren unter ihnen getötet.

Wenn Raymond den Yamé verlassen hatte, setzte er sich unter den Dattelbaum im Hofe bei Saïf vor die Tür. Er machte keine Gebärde, nicht eine Bewegung; nur seine Lider wurden von einer Art nervösem Leiden bewegt und fielen manchmal über den weißen Fleck seiner Augen. Hatte er eine Ahnung, eine klare Erkenntnis dessen, dass sein Leben zwischen Eingeborenentum und französischer Kultur gespalten war? Einige Wochen lang ging es so weiter. Aber seine Untätigkeit wie auch seine Unbeweglichkeit reizten schließlich die Sklaven Saïfs, er wurde für sie der Sündenbock, eine Art närrischer Märtyrer, Beute der landesüblichen Grausamkeit, der trunkenen Rohlinge, die ihn umgaben.

Kratonga dachte sich alle nur möglichen grausamen Streiche aus, zu denen Raymonds Bildung Anlass geben konnte. Weil er mit der Gabel aß und sich wie die Weißen kleidete, wurden seine Mahlzeiten zu einem Lustspiel für alle. Die Vorstellung wurde selbst von den Leibeigenen der Nachbarhäuser besucht; man berichtete es von einer Tür zur anderen, und Saïfs Küche war jeden Tag voller Leute. Bald setzte man einen Welpen auf den Schemel vor die Mahagonischüssel, die Raymonds Hirse enthielt. Das Tier witterte die Nahrung, näherte sich langsam, stahl ein Maul voll, wobei es gerade noch dem Gabelstich entging, den Raymond ihm auf die Schnauze versetzen wollte. Die an die verrauchten Wände der Küche gedrängten Zuschauer lachten, stießen sich in die Seiten, trampelten mit den Füßen. Raymonds Vater war nie zugegen

– Kratonga hatte ihn mit irgendeinem Auftrag ans andere Ende der Stadt geschickt. Und ohne ein Wort zu sagen, aß Raymond weiter, mit abgerundeten Gesten handhabte er seine Gabel und tätschelte mit der linken Hand den kläffenden Welpen.

Bald gab man vor, dass Saïf nach ihm verlange, bald behauptete man, dass sein Vater ihn suche; wenn der junge Mann sich erheben wollte, stellte man ihm ein Bein, dass er gegen die rußigen Kessel flog.

Dann wurde man selbst dieser Zerstreuungen müde. Aus Wut darüber, ihn gebildeter und für ein anderes Geschick als das seine bestimmt zu wissen, schlug und ohrfeigte Wampoulo ihn ohne Unterlass, spottete mit den anderen über Raymonds vergebliche Versuche, die Schläge zu parieren und zurückzugeben. Dann kam ein neues Spiel auf: das der Augenlider. Diener, Mägde und Köche schlugen ihm rasch mit der Hand übers Gesicht, worauf seine Lider sich schnell auf und nieder bewegten. Er wusste nicht, wen um Hilfe anflehen, und blieb immer mit ausgestreckten Armen – um die Annäherung dieser Schwarzen zu meiden, die mit Geheul zu ihm sprachen, wie Schakale lachten, gierig auf seine Antworten lauschten und sich darüber lustig machten, ihn nie aus den Augen ließen, für ihn Liebesabenteuer erfanden und ihn als Verlobten Tatas, eines rundlichen Mädchens mit vollen Wangen ausgaben, die mit ihren Fäusten riesige, mit Nahrung überhäufte Platten trug und deren klagender Blick die Folter, der man Raymond aussetzte, missbilligte.

Bald kam Kadidia vom Markt zurück, wo sie Holzbündel verkauft hatte, und stammelte den Leuten zu: »*Yourou mendè* – um Gottes willen, habt Mitleid!«

Alle senkten den Kopf, behaupteten, ihren Bruder nur zu necken, und indem sie in erschlafftem Hass Tata einige Scherze zuwarfen, kehrten sie zu ihren täglichen Verrichtungen zurück.

Sie täuschten sich nicht. Man hätte meinen können, alle Anlagen zur Zärtlichkeit und Miseren der Knechtschaft, mit denen Raymond behaftet war, seien von Tata ausgelöscht worden. Stundenlang folgte sie ihm von Weitem auf der großen kiesbedeckten Straße, die in Tillabéri-Bentia vom Akazienplatz zum Yamé hinabstieg. Sie sah ihn an, wie er mit gemessenen Schritten wandelte, die Hände auf dem Rücken, die Stirn gesenkt, und manchmal anhielt und zu ihr zurücklächelte, als ob er verstünde – ihr dafür dankte, dass sie Dinge fühlte, die nicht zu ihrem Alter passten.

Endlich setzten sie sich in die Hirsefelder, die die Flussufer mit ihren grünlichen Ähren bedeckten, denn das Mädchen wäre nie über die Grenze hinausgegangen, die nicht zu überschreiten sie gewohnt war. Sie schwatzte mit Raymond, wusste nichts von der Welt hinter den Bäumen, die ihre Sicht beschränkt hatten. Und wenn die Leibeigenen nach der Mahlzeit, gereizt, sie immer noch am Rande ihres Feldes sitzen zu sehen, ihnen zuriefen: »*Han! Yérago pili bara!* Warum gehst du mit deinem weißen Neger nicht zu den *Flençèssi*, anstatt hier mit ihm rumzufaulenzen? *Bédégué gombo oumo héyé hein!*«, gab sie keine Antwort, rückte aber von Raymond ab, aus einer vagen Angst vor dem Unbekannten, der Angst der Armen, die plötzlich die Bildung des Schülers, neue Gesichter, die Weißen, misstrauische Blicke von Leuten, die sie nicht kannten, fürchtete. Und beim Anblick der Gendarmen, die zu zweit auf der Straße nach Krébbi-Katséna entlanggingen, zog sie sich instinktiv in Büsche oder hinter Steinhaufen zurück. Wenn sie fort waren, ihre Stiefel und weiße Kleidung noch von ferne unter der Sonne leuchteten, wurde sie plötzlich auf seltsame Weise, die eines Tieres, beweglich, um sich in irgendein Versteck zurückzuziehen. Sie rutschte Abhänge hinunter, ließ sich wie leblos fallen, rollte sich zu einer Kugel zusammen, wurde ganz klein, unsichtbar, drückte sich wie ein Hase in den Bau, wobei ihre braunen Lumpen vom Boden nicht zu unterscheiden waren. Nicht dass sie etwa je mit ihnen zu tun gehabt hätte: Doch lag ihr der Schrecken im Blut, als hätte sie ihn von den Eltern ererbt – die bei der Zwangsarbeit gestorben waren.

Von Saïf ermutigt, machte Raymond sie zu seiner Verlobten. *Oum ibem min imbè: ama yéguéré!*

Es war im August 1924, inmitten der Regenzeit. Saïf, der am Morgen zu Mossé gerufen worden war, kam mittags zurück, um nun der Versammlung der Würdenträger zu verkünden, dass Raymond Kassoumi die Erlaubnis erhalten habe, in Paris weiterzustudieren, und sich in einem Monat, kurz vor Beginn des letzten Schuljahres, dorthin begeben würde. Saïf, der ihn aufgrund seiner Geburt, Erziehung, Erbanlagen, Zukunft, als sein Eigentum ansah – als künftigem Werkzeug seiner Politik verschaffte er ihm bei den Leibeigenen Achtung, überschüttete ihn mit Gunstbeweisen –, war so erfreut, dass er, die Hand weit offen haltend, ohne fürchten zu müssen, etwas, das keinen Grund hat, je zu erschöpfen, seine Brüder mit den Dienerinnen des Gelehrten Moïse ben Bez Toubaoui verheiratete und seinen Vater mit Geschenken überhäufte: *oussalam!* Um bei den kommenden Festlichkeiten eine Zerstreuung zu bieten, wollte er Raymond zu seinem Favoriten erklären und ließ, wegen der Verdienste seiner Ahnen – Allah ehre ihre Gesichter! –

auf einer Sandarena, wo sich Spelzen von Hirse, Kapok und Mais häuften, in der linken Ecke des Palasthofes eine *Tchiprigol*, einen Ringkampf, aufführen: durch seine Diener.

Auf seinen Befehl erschienen zwei nackte Männer – Tukulorneger –, das Geschlecht vom rindsledernen Lendenschurz bedeckt, mit Pantherkrallen bewaffnet; sie griffen sogleich an, versuchten, sich gegenseitig in den Staub zu stoßen, während die scharfe Waffe in ihre Haut blutige Striemen riss. Die beiden Ringer stemmten sich in den Boden, zitterten, mit starren, großen, etwas trüben Augen. Und plötzlich begann das Ringen, ein Körper wurde hoch in die Luft gehoben, umkreiste wie eine Wetterfahne den Kopf des anderen, den er jedoch mit einem überraschenden Stoß seines Knies in den Hals wie eine zähe Teigmasse zusammensinken ließ. Inmitten der wilden, leidenschaftlichen Freude der Zuschauer, die mit zappligen Beinen vor Glück umhersprangen, vor Vergnügen grunzten und – unbewusst – alle Bewegungen der Kämpfer nachahmten, begann der Kampf von Neuem, heftiger denn je. Die beiden Männer bestanden nur noch aus offenen Wunden, ihre Haut wurde von dem spitzkralligen Rechen zerfurcht. Der Kleinere hatte eine zerfleischte Wange, bei dem anderen war es das Ohr, das, in drei Teile zerschlitzt, gleich einem blutigen Banner in seinem Schädel steckte. »Schlag doch, schlag zu, *karmadjo! Warmo!*«, das Publikum überhäufte die Kämpfer mit Schmähungen. Der Größere fiel bewusstlos nieder; unter allgemeinem Beifallsgeheul musste man ihn davontragen:

»*Naguè! Naguè! Hockèmo naguè!* Dem Sieger eine Kuh!« Dann ein langer bedauernder Seufzer, aus Kummer, dass alles schon vorbei war, und jeder kehrte heim.

Das Leben, das Raymond von da an führte, glich dem seiner ganzen Generation – der ersten, die Afrikaner in leitende Stellungen brachte und die von den Würdenträgern in vergoldeter Prostitution gehalten wurde –, seltene Ware, düsteres, hinter den Kulissen manövriertes Genie, das gegen die Stürme der Kolonialpolitik mitten in den warmen Geruch von Festen und Kompromissen geworfen wurde – geheimnisvolle Gleichgewichtsübungen, wo der Herr aus dem Sklaven den Sklaven der Sklaven und den unbußfertigen Gleichen des weißen Herren machte und wo der Sklave sich für den Herrn des zum Sklaven der Sklaven gewordenen Herrn hielt ...

Also wurde die Verlobung Raymonds und Tatas öffentlich bekannt gegeben, durch sie sollte der schlecht gebleichte Neger aus Frankreich wieder zu Saïf zurückgeführt werden; denn er war in seine Zukünftige, eine große, füllige, dicke, reife Frau, verliebt, deren schwere, warme, machtvolle Schönheit zum Träumen und Lächeln anregte und sie auf geheimnisvolle Weise begehrenswert machte. Entfaltung des Lebens durch den Glanz des Glückes – durch die Abreise des Studenten abgebrochen.

Viele begleiteten ihn zum Schiff: sein Vater, seine Verlobte, Saïf und mit ihm die Versammlung der Würdenträger, Kratonga, Wampoulo, Yafolè, Henry, Bettler, deren Turbane so durchlöchert waren wie Kornsiebe, und einige Verwaltungsbeamte. Dann kam die Trennung, das Heulen der Sirenen, das Entschwinden des Hafens mit seinen gestreiften Baumwoll- und Seidenstoffen, alten Lendentüchern und Boubous, in das Himmelsblau steigenden Schreien und Liedern zum Lobe Saïfs, den hinterhergebrüllten Ermahnungen, dem Lächeln und den Tränen, den verklingenden Rufen, den Kinderstimmen der Gassenbengel, die sich wie eine

Schar schwarzer Hühner um ihre würdigen Eltern drängten.
Djoulè: *homoh andi djitingal?* Djoulè! *Amina yarabi ...*

9

Doch war es noch zu früh oder schon zu spät. Von Europa betroffen, dem anderen Schatten seiner selbst, hatte Raymond doch die Fieber Saïfs erfahren.

Da der weiße Mann sich in ihm eingenistet hatte, befahl er in seinem Inneren eben die Gesten, die er, als Kind der Gewalt, gegen Europa machen würde. Er verachtete Afrika und verbrannte große Teile, wo er sich von ihm entfernt hatte, des Abgrunds, der ihn von der angesehenen weißen Zivilisation trennte. Doch blieb die gleichzeitige Erfahrung von zwanzig Jahrhunderten Geschichte oder ihrer Überreste ihm noch unzugänglich: Wo er entdecken musste – der Böse bleibe fern! –, nahm er an.

Nachdem Raymond Kassoumi sich also unter den toten Baum der schulischen Überheblichkeit geflüchtet, als Magier des Wissens ohne Herd noch Heim, fast nur unter den Skeletten der Worte lebte und sich mit dem Akzent eines Pariser Straßenjungen unter die Nachäffer begeben hatte, pflegte er das literarische Palaver, machte aus seiner Kultur eine bauchrednerische Demagogie und erlitt damit Schiffbruch.

Monate der Misserfolge, des Fremdseins, der Verwirrung, des Stotterns, Kämpfe mit der Kehle, in denen er sich vor Saïf rechtfertigte: Er kam nicht von Afrika los, nicht mehr als die Pflanze von ihren Wurzeln.

Aber Frankreich faszinierte ihn, seine Lehrer und Professoren, der weiße Mann allgemein, so verschieden von dem im Nakem, der, Henry ausgenommen, ebenso kriegerisch wie kurz angebunden war.

Der Sohn Tambiras wiederholte die Abiturklasse, beschämt, der bei Weitem älteste Schüler des Lycée Hugo zu sein, und doch von diesem fernen, beständigen Lärmen des Bauches von Paris und seinen Frauen entzückt, großen, blonden, dunkelrot- und braunhaarigen Mädchen, die hinter dem Ehrenhofgitter des Pensionats ihre kleinen festen Busen und Hintern herausfordernd zur Schau trugen und mit intensiven Blicken und roten Lippen seine vom Duft ihres Parfüms und Reispuders angeregte männliche Begierde noch weiter aufreizten ... Sein Leben verging, sesshaft, ebenso trübe wie der Winter, der lang und rau war. Dann brachten die ersten Frühlingstage dem Lyzeum frisches Grün: Und wieder machten sich die Schüler, gleich fleißigen Ameisen, an die Arbeit, wiederholten stundenlang das Gelernte, plagten sich vom Ehrgeiz besessen in abgelegenen Winkeln der Studiensäle, umklammerten Bücher aller Formate, die das Wissen der Kandidaten und die Bewunderung der Eltern erzeugten, die, vom Oberaufseher hereingeleitet, gekommen waren, um diese Larven der Kultur, ihre Kinder, im Sprechzimmer zu ermutigen.

Nach den Worten der Sprachhändler, der Professoren, entwickelte das Jahr sich günstig. Die Fieberhaftigkeit ihrer Ratschläge, Aufgaben, Wiederholungen, verliehen ihnen Existenzberechtigung und hoben sie über die Ängste des geistigen Pöbels, ihrer Zunft, hinaus.

Sie lauschten auf ihre Schüler wie ein Dirigent auf seine Musiker und klopften dauernd mit einem ärmlichen Lineal auf das Pult: »Monsieur Bertrand, Monsieur Bertrand, Sie verstoßen gegen die Syntax! Welche Funktion hat x, Monsieur Kassoumi?

Meine Herren, Sie müssen das Wesen einer Sprache erfassen ...«

Die Aufführung des Konzertes fand nicht umsonst statt. Denn plötzlich, einen Monat nach der Prüfung, erscholl aus allen Mündern ein unendlicher Schrei der Freude, während die jungen Leute fluchten, heulten, ihre Zukunftspläne heraushusteten und -spuckten, über ihre Aufsätze sprachen, wie der Sohn eines Dichters oder Malers im Alter von zehn Jahren von Malerei oder Dichtung sprechen würde: Alle – zu drei Vierteln Provinzler, die aus der Charente gekommenen Schafhirten glichen – hatten, einschließlich Kassoumi, das Abitur bestanden.

Als Raymond an Henry und Saïf ein Telegramm schickte, fühlte er sich in den Augen des Nakem, des Lyzeums und seiner selbst nach so vielen Monaten des Schweigens, in denen er sich verloren, seine Karriere zerstört geglaubt und sogar seine Eltern vergessen hatte, bestätigt. Vom Erfolg berauscht, beschloss er, mit einigen Kameraden am gleichen Abend nach dem Essen auszugehen, um sich irgendwo zu amüsieren.

Es wurde dunkel, die Place Pigalle erhellte sich. Die sechs Klassenkameraden gingen in der lauen Frühlingsluft des Samstags je zu zweien los wie in einer Prozession.

Von einem Hunger nach Frauen getrieben, der während der letzten Examensmonate ihre Köpfe in Brand gesetzt hatte, gingen sie durch die von Hotels umsäumten Gässchen. Pierre Duval und Philippe Bourdeau gingen voran, geführt von Lamotte, genannt »Dédé Wirrkopf«, einem intelligenten, durchtriebenen, kräftigen und arbeitsamen Burschen, der jedes Mal, wenn ein Mädchen sie ansprach, als Vermittler auftrat. Er erriet die Freudenmädchen, näherte sich ihnen und verhandelte, wobei sein Hosenschlitz wie der Türvorhang einer Kneipe klaffte.

Nachdem sie fast durch alle düsteren Straßen gegangen waren, die zur Place Blanche herabführen und von denen eine Art Atmosphäre des Genusses aufstieg, wählte Dédé eine holprige Passage, wo Neonlichter über den Türen die Namen der Kneipen ankündigten, klangvolle, farbige Namen, die im Dunkeln zuckten ... Auf dem Bürgersteig erhoben sich die beschürzten Gendarmen gleichenden Frites-Verkäuferinnen beim Anblick der Passanten, um ihnen laut schreiend eine bereits drei Tage alte Ware anzubieten.

Hie und da klebten Aktfotos, wurden von uniformierten Portiers angepriesen; und weiter hinten sah man durch den Eingang hinter einer Glastür eine Schar Mädchen, die unter einem spärlichen, grellfarbigen Kleidungsstück füllige rosa Busen zur Schau stellten; alle lächelten, zeigten Schenkel der verschiedensten Kaliber. Woanders glänzte eine im grünen Seidenkleid, das mit den Rundungen des Körpers und dem mageren Gesicht kontrastierte, das lang, trocken, rot und von einem blonden Chignon gekrönt war, während über die Schläfen dicken Bartkoteletten gleichende Strähnen fielen, wie ein lebendes Sandwich, eine in Form eines menschlichen Kopfes geschnittene Schinkenscheibe zwischen zwei Haarkissen. Die in einem unbequemen Loch hockende alte Kröte rief ihnen zu: »Kommt, Kinder, lasst euch lecken!« Sie kam selber heraus, um sich an Kassoumi zu klammern, nannte ihn ihren Doudou, streichelte seinen Nacken, schmeichelte ihm in Gebärde und Stimme, mit der ganzen Energie einer verschuldeten, ruinierten, geizigen Frau klammerte sie sich an ihn wie der Wucherer an seinen Schuldner. Raymond war verblüfft, und als einziger Neger der Gruppe leistete er lässig Widerstand, während die Kameraden, unentschieden, ob sie nach dem Preis fragen oder das schlüpfrige Abenteuer woanders suchen sollten, zusahen. Dann, nachdem die Frau sich selbst und auch ihren Kunden auf die Nerven gegangen war, befahl Dédé, der Pigalle kannte, den Abzug.

So schlenderten sie weiter, von den Beschimpfungen der wütenden Frau verfolgt, während in allen anderen Hotels die Prostituierten gegen die Scheiben klopften und ihnen verheißungsvolle Blicke zuwarfen. Also gingen sie erregter weiter, zwischen den Lockungen der Pförtnerinnen der Liebe auf der einen und den Beschimpfungen der Älteren, deren Körper verschmäht worden war, auf der anderen Straßenseite. Von Zeit zu Zeit begegneten ihnen Gruppen von Soldaten, Matrosen, hartnäckigen Junggesellen, bartlosen Jünglingen, sittenlosen Familienvätern, in deren Blick ungehemmte Vorfreude lag.

Sie gingen immer noch. Überall öffneten sich unbekannte Passagen, gewundene Gässchen mit Neonleuchten übersät, die sich auf dem öligen Pflaster spiegelten, während aus den Hausmauern der Geruch weiblicher Körper stieg. Endlich hielt Dédé alle mit einer Handbewegung nicht weit vom Moulin Rouge vor einem eleganten Hotel an.

Die Orgie war vollkommen! Die Ersparnisse von vier Monaten gingen drauf. Um sich gegenseitig besser anzuregen, hatten sie ein einziges Zimmer verlangt und drei Stunden lang, bis zum Exzess erregt, ihre Gefährtinnen durchwühlt, deren mit Mascara umrandete Augen stets vor Leidenschaft zu leuchten schienen; ihre geöffneten Münder, ihre Zähne, ihr Lächeln hatten schon etwas Fremdartiges, wild Sinnliches; ihre langen, harten, aufrechten Brüste – spitz wie fleischige Birnen, elastisch wie auf Stahlfedern montiert – verliehen ihren Liebkosungen, die von den Spiegeln auf den seidenbespannten Wänden und der Decke wiedergegeben wurden, etwas

Tierisches, machten sie zu herrlichen Weibchen, Geschöpfen der wilden Liebe.

Alle sechs im gleichen Zimmer betrachteten sich bald gegenseitig in den Spiegeln, bald kniffen sie ihre Gefährtinnen, ihre Liebesbezeigungen waren heftig, ihre Orgasmen von Schreien, Zähneknirschen, Verrenkungen und Bissen begleitet, auf die sogleich ein Schlaf, tief wie der Tod, folgte. Aber sobald jemand nieste oder hustete, erwachten alle zwölf sogleich, zu neuen Umarmungen bereit. In ihrem Geist war alles einfach, wie eins und eins macht zwei, ein röchelndes Keuchen ersetzte ihnen das Denken.

Die Mädchen waren instinktiv auf ihre Körper stolz und zögerten nicht, alle Stellungen einzunehmen, vorzuschlagen, zu fordern und zu variieren, die seine unerschöpflichen Möglichkeiten bereicherte: auf der Seite, auf dem Rücken, am Bettrand, auf den Knien liegend oder auch mit gespreizten Knien, die Beine in der Luft, ließen sie sich nehmen, beugten sich lachend bis auf den Boden zurück; dann wanderten, liefen, spazierten sie mit wissender, kühner Schamlosigkeit über die erogenen Stellen der jungen Leute. Wenn sie endlich von der Liebe gesättigt, von Schreien und Bewegungen erschöpft waren, knabberten sie feine Kekse und tranken Champagner, während die ausgiebige Umarmung ihnen winzige Schweißperlen auf die Haut trieb. Und alle strömten sie aus ihren geheimen Winkeln diesen Geruch von Wildheit und Geschlecht aus, der der Paarung die Würze verlieh.

Als alle Champagnerflaschen geleert waren, begab ein Mädchen sich bis zur Tür, die sie einen Spaltbreit öffnete, um sechs neue Flaschen, drei Pakete feiner Kekse und Kaviar zu bestellen.

Jeder Mann umarmte seine Gefährtin, die oft den Partner wechselte. Man hatte die erstaunlich breiten und hohen, holzgeschnitzten Betten zusammengerückt. Und nach dem letzten Schluck begann die von den Wandspiegeln wiedergegebene sechsfache Paarung von Neuem auf den zerwühlten Betttüchern, während durch das kleine, auf das Kontor führende Fenster die schrille Musik des Plattenspielers drang. Endlich hielt man inne, um zu essen und zu trinken; dann begann man von Neuem; dann aß und trank man wieder. Alle waren schon beschwipst und lustig. Jeder sang oder plärrte, seine Gefährtin an sich drückend, warf knallende Küsse in den Raum, wunderte sich über den Champagner in seiner Kehle, ließ dem Tier im Menschen freien Lauf.

Kassoumi hatte inmitten von ihnen auf seinen Oberschenkeln im Reitsitz eine niedliche, rundliche Negerin, betrachtete sie leidenschaftlich. Er war nicht so betrunken wie die anderen; nicht dass er weniger getrunken hätte, aber er war auf andere Gedanken gekommen, war zärtlicher und versuchte zu plaudern. Seine Gedanken verhöhnten ihn ein wenig, verflüchtigten sich, kamen im Reigen wieder, umtanzten ihn, ohne dass er das, was er sagen wollte, in Worte fassen konnte.

Er gluckste, stotterte: »Hei ... hei ... eh... also bist du schon lange hier, hm, hei ... eh ... ech! ...«

»Zwei Monate«, antwortete das Mädchen.

Er schien zufrieden, summte irgendeine Melodie und fragte: »Das gefällt dir, was du hier machst? ech! ...«

Sie schwieg, dann ganz leise: »Man muss sich eben damit abfinden. Ist nicht schlimmer, als irgendetwas anderes. Dienstmädchen oder Hure, das ist doch so ziemlich gleich, nicht wahr?«

Er schien mitleidig. Dann plötzlich: »Bist du nicht von La Martinique?«, riet er.

Wortlos schüttelte sie den Kopf.

»Also bist du in Frankreich geboren ... heu ech!«

Sie schüttelte den Kopf.

»Also kommst du von weit her?«

Sie nickte.

»Von wo?«

Sie schien zu zögern, zu überlegen, eine Anstrengung zu machen, dann wie außer Atem: »Von Nakem-Ziuko.«

Er lächelte beglückt von Neuem und küsste gierig das Mädchen. Dann: »Das ist gut, ich bin wirklich glücklich ... hee ... hee ... eh ... ech! ...«

Sie riet nun ihrerseits: »Bist du Tirailleur?«

»Nein, Liebling, Student.«

»Kommst du von weit her?«

»Das kann man wohl sagen! Ich bin vorangekommen, Schulen, Examina, Universitäten.«

»Du hast Glück.«

»Wahrlich! Das braucht man auch zum Leben, he!«

Von Neuem schien sie angespannt, furchtsam. Nach einem Moment stellte sie ihr Glas auf den Boden: »Hast du zufällig jemanden aus Tillabéri-Bentia kennengelernt?«

Er schlug sich auf die Schenkel und krümmte sich vor Lachen: »Gerade am heutigen Tage!«

Sie zuckte zusammen, stieß unvermutet eine Flasche um:

»Wahr? Wirklich wahr?«

»Wahrlich! Eh ... eh ... eh ... wo ich es dir doch sage!«

»Sind das auch keine Lügen?«

Er hob die Hand: »Bei dem Haupte meines Vaters!«, schwor er.

»Weißt du also, ob Raymond-Spartacus Kassoumi immer noch zur Schule geht?«

Er war betroffen, beunruhigt, wurde von plötzlichem Entsetzen gepackt; doch wollte er, ehe er antwortete, noch mehr wissen: »Kennst du ihn?«

Sie betrachtete ihn misstrauisch.

»Oh! Nein, was denkst du«, gab sie vor. »Da ist so ein Kerl, der das wissen will.«

»Ein Weißer?«

»Nein.«

»Wer also?«

»Eben jemand!«

»Von hier?«

»Nein, von da unten.«

»Wo, da unten?«

»Eben irgend so ein Kerl, jemand wie ich, eine Frau zudem!«

»Was will die Frau denn von ihm?«

»Fragt doch ...«

Beide beobachteten sich, unbehaglich, vor Angst erstickt, witterten sie etwas Schreckliches, das über sie kommen würde.

Er wiederholte: »Kann ich diese Frau sehen?«

»Was willst du ihr sagen?«

»Hm, ich werde ihr sagen ... ich werde ihr sagen ... dass ich Raymond-Spartacus Kassoumi gesehen habe.«

»Ihm war doch hoffentlich nicht kalt?«

»Nein.«

»Er war doch nicht hungrig? Kam er mit dem Lernen voran?«

»Ja, ja.«

Sie schwieg wieder, mied seinen Blick, suchte nach Worten.

»Wo sind die Studenten von Tillabéri-Bentia?«

»Aber in Paris, zum Teufel.«

Sie konnte einen schwachen Schrei nicht unterdrücken:

»Was?«

»Aber ja ...«

»Und du kennst Raymond-Spartacus Kassoumi?«

»Wo ich es dir doch sage!«

Sie zögerte mit starrem Blick, spielte mit dem mit Fingerabdrücken bedeckten Champagnerkelch: »Hör, du sagst ihm ... nein, nichts!«

Er musterte sie, von furchtbarer Angst gepackt. Endlich wollte er sich Gewissheit verschaffen: »Also, was willst du nun von ihm?«

»Ich, nein, nichts! Ich versichere dir ...«

Plötzlich fasste sie einen Entschluss, machte sich nackt davon, um Unterhose, Hose, Hemd und Jacke des Mannes und auch ihr eigenes Kleid einzusammeln. Sie kam damit zurück: »Zieh das über.«

»Warum. Ich habe bezahlt.«

»Zieh das an, sage ich dir. Ich rede später mit dir.«

Gehorsam zog er sich an, sah zu, wie sie ihren Büstenhalter über ihre schönen Brüste deckte, den Slip hochzog, das Kleid über die Schultern gleiten ließ und sich endlich setzte. Die anderen setzten ihre Liebkosungen fort.

»Gut, also jetzt höre ich dir zu.«

»Aber eines zuerst; du musst es mir schwören: Du sagst niemandem, dass du mich gesehen hast, nicht wahr? Auch nicht, dass ich als Hure arbeite. Versprich es.«

»Versprochen.«

»Bei deinem Vater?«

»Bei meinem Vater.«

»Also, dann sag ihm, dass seine Verlobte Tata, von Saïf angeklagt, zu viel zu wissen und Raymond nicht wieder zurückholen zu wollen, tot ist, dass sein Vater verkauft und mit dreihundert Leibeigenen in den Süden geschickt wurde, zu Dalbard, dass seine beiden Brüder Johann und René, Verwaltungsangestellte, die den Würdenträgern nicht gehorchen wollten, von Saïf vor zwei Jahren rauschgiftsüchtig gemacht wurden und danach dem Wahnsinn verfielen.«

Er fühlte sich schwindlig, in seinen Hirnlappen bewegte sich Luft, und er war vor Überraschung so betäubt, dass er keine Worte fand; endlich behauptete er, ungläubig: »Du redest irr! ...«

»Es ist die Wahrheit.«

»Wer hat dir das gesagt?«

Sie legte die rechte Hand auf den Schädel des Mannes und blickte ihm tief in die Augen: »Schwöre, dass du nichts sagst.«

»Ich schwöre es.«

»Ich bin seine Schwester!«

Mechanisch sprach er den Namen aus: »Kadidia?«

Sie betrachtete ihn von Neuem, mit starren, riesigen, runden Augen, in denen der Schrecken stand, und stotterte ganz leise, zwischen den vor die Lippen gelegten Fingern: »Was ... was? ... Bist du es, Raymond?«

Sie regten sich nicht mehr, jeder hatte die Augen auf den anderen geheftet. Um sie herum stießen die zehn anderen verhaltene Laute aus. Das Geräusch ihrer Flanken, das Hin und Her der Körper, das skandierende Atmen, der dumpfe Lärm der Umarmungen vermischten sich mit dem Knirschen des Plattenspielers. Sie setzte sich an seine Seite, und er entsann sich, dass er sie besessen, sich an ihr wie sie sich an ihm berauscht hatte, beide, Bruder und Schwester!

Also klagte Kassoumi ganz leise, aus Angst, ein Kamerad könne ihn hören: »Oh Gott ... Gott ... Gott ...«

Eine Sekunde lang verschleierte die Reue ihre Augen, und sie stammelte: »Es ist meine Schuld, nicht wahr?«

Aber Kassoumi plötzlich: »Also ist sie tot, sie wurden süchtig gemacht, er verkauft!«

»Ja.«

»Die Verlobte, die Brüder, der Vater!«

»Alle vier in drei Monaten. Gerade in der Winterzeit. Ich war allein geblieben, mit nichts anderem als meinem Hemd und Lendentuch. Ich bin geflüchtet und unserem Vater von Weitem gefolgt. Er wollte nicht, dass ich kam, er hatte Angst um mich.

Ich trat als Dienerin bei Dalbard Jean-Luc ein, dem französischen Händler, der unter anderem auch mit kostbaren Hölzern handelt. Vater hat dort sechs Monate gearbeitet, ohne Lohn. Dieser Mann erhielt von Saïf und Tall Idris die *Dabali*. Er mischte irgendein scheußliches Gebräu zusammen, das in das Essen der Arbeiter kam. Die armen Leute hatten danach nichts anderes mehr im Kopf, als wie die Sträflinge zu schuften, um ein Körnchen Rauschgift oder Frauen zu bekommen, die teilweise von Wampoulo besorgt wurden. Um sie der Volkszählung zu entziehen, schickten diese Banditen sie im rechten Augenblick davon, schoben sie anderen zu, die sie nach Mekka verfrachteten. Wallfahrer, so hieß es! Aber doch mit einem Unterschied: Die Würdenträger kamen von diesen sogenannten Wallfahrten zurück, aber die süchtig gemachten Arbeiter nie. Sie waren eben schon verkauft und wiederverkauft worden.

Und dann stehe ich eines Morgens auf. Vater ist nicht mehr bei der Arbeit, man hatte ihn bis aufs Blut gepeitscht, weil er mit niemandem hatte schlafen wollen. Da habe ich begriffen, dass er geflüchtet war. Er hatte mich nicht mitnehmen wollen ... Vielleicht hat man ihn umgebracht. Oder wieder eingefangen. Ich weiß nicht. Ich bin weiter nach Süden gegangen, und ein anderer Weißer, Polin, ein Apotheker hat mich verführt. Man ist ja so dumm, weißt du? Dann ging ich als Dienstmädchen zu einem alten Kaffeepflanzer, der mich vergewaltigte und dann nach Grosso in eine Kneipe führte, weil ich von ihm schwanger war. Dann ist der Kerl nie wiedergekommen; vier Tage lang hatte ich nichts zu beißen, und da ich nicht mehr arbeiten konnte, bin ich wie viele andere auch auf den Strich gegangen. Im nächsten Monat hatte ich eine Fehlgeburt. Auch ich habe viele Länder gesehen, einen weiten Weg zurückgelegt! Afrika, der Ozean, Tanger, Gibraltar, Toulon, Marseille, Le Havre, Paris, da bin ich nun!«

Tränen quollen ihr aus Augen und Nase, flossen über ihre Wangen, rannen in ihren Mund.

Sie fuhr fort: »Ich hielt auch dich für tot! Du schreibst ja nie, mein armer, armer Raymond.«

Er sagte: »Ich konnte dich nicht wiedererkennen! Früher warst du ganz anders, jetzt hast du Pausbacken, bist verändert. Aber wie kommt es, dass du mich nicht wiedererkannt hast?«

»Ich begegne so vielen Tirailleuren«, sagte sie mit einer verzweifelten Gebärde, »und du bist so groß, so anders geworden ...«

Von einer ohnmächtigen und so durchdringenden Verzweiflung gepackt, dass er sich am liebsten in die Fäuste gebissen hätte, sah er ihr immer noch tief in die Augen. Er hielt sie noch auf seinen Knien, seine Hände lagen noch flach auf dem Nacken der Frau, und nachdem er sie lange beobachtet hatte, fiel ihm plötzlich die Ähnlichkeit mit der in der Heimat verbliebenen Kadidia, mit allen anderen auf, die wahnsinnig gemacht, gestorben und verkauft worden waren. Da drückte er den wiedergefundenen Körper an sich, wie man den Körper einer Schwester umarmt, und neigte seine Brust gegen die ihre; die Schluchzer des Besiegten erstickten wie Übelkeit seine Kehle, wurden von Schlucken unterbrochen.

Er stammelte: »Da bist du wieder, Kadidia, meine kleine Kadidia.« Plötzlich machte er sich steif, sprang auf die Füße, begann, mit furchtbarer Stimme zu heulen und mit dem Kopf gegen die Wand zu hämmern, wobei der Spiegel in Scherben ging. Dann machte er zwei Schritte und sank, wie eine weiche Masse, mit dem Gesicht auf dem Boden, zusammen. Fluchend rollte er sich hin und her, hackte mit den Zähnen auf den Boden und stöhnte so jämmerlich, dass man ihn für einen Sterbenden halten konnte.

Alle schauten ihm zu, die Mädchen kreischten vor Lachen: »Er ist wirklich schwarz«, spottete eine Blonde.

»Wir müssen ihn hinlegen«, schlug eine andere vor. »Wenn er nur die Nase raussteckt, kommt er in die grüne Minna.«

Da Kadidia für ihn bezahlt hatte, gab ihm die Besitzerin ein Bett, und die Kameraden, die selber so schlapp waren, dass sie noch nicht einmal eine Fliege mehr erkennen konnten, schleppten ihn bis zur Dienstbotenkammer hoch, wo seine Schwester, zu seinen Füßen, mit ihm bis zum Morgen weinte.

Als Raymond acht Tage später den freien Sonntag ausnutzte, um seine Schwester zu besuchen, erfuhr er, dass ein sadistischer Kunde eine Rasierklinge in Kadidias Bidetseife gesteckt hatte und sie sich beim Waschen so tief und heftig damit geschnitten hatte, dass die Blutung nicht aufzuhalten war und sie so viel Blut verlor, dass sie vor Eintreffen des Arztes tot war.

Kadidias Bruder lebte allein, ganz allein. Er hatte zum Lernen nicht mehr viel Lust und bestand den zweiten Teil des Abiturs nur mit Mühe. Während der zwei ersten Semester an der Hochschule für Architektur wurde ihm nach mehreren Fehlschlägen sein Stipendium entzogen. Das Erstaunen über sein neues Leben hinderte ihn daran, sich allzu sehr zu beunruhigen. Er hatte wieder die Gewohnheiten von Tillabéri-Bentia angenommen, das frühe Aufstehen, lange Wanderungen, unregelmäßige Mahlzeiten. Da er die Rückkehr abgelehnt hatte, lebte er von mühseligen Arbeiten; um zu essen, schrieb er auf Briefumschläge Hunderte von Adressen, pfuschte ein wenig in der Buchführung oder arbeitete nachts in den Markthallen. Doch beim Gedanken an seinen Misserfolg, seine verkauften oder toten Verwandten, an Henry im Nakem schlug ihm sogleich das Herz – am nächsten Tag ließ Kassoumi seine Arbeit fahren, holte sich schnell ein Schulbuch, in der Hoffnung, vielleicht gerade die Aufgabe zu wiederholen, die bei der nächsten Prüfung »drankommen« würde.

Wenn sein Traum verflogen war, erhob er sich von dem Rohrstuhl, setzte sich auf sein Bett und dachte stunden-, tagelang an sein Elend. Es war kaum mehr als eine Angst, aber auch und vor allem ein nervöses, körperliches Bedürfnis, seinen eigenen Narzissmus zu verehren, die Schwere seiner eigenen Verzweiflung wiederzukäuen. Dann verließ er vom Hunger getrieben das Zimmer.

Er ging über die mit rostfarbenen Blättern besäten Bürgersteige, unter Lampen entlang, die seltsam an Mottenfraß erinnerten; dann schloss er die Augen, und mühsam, als fühle er auf sich die Blicke Tausender von unsichtbaren Würdenträgern, trank er die Nacht, den langen, an seinem Körper haftenden Kälteschauer, gab sich endlosen, verborgenen Fragen hin, die plötzlich als Schneisen durch das Laubwerk, die Straßen, zwischen den Steinen der Mauern, in der Stille der Umgebung auftauchten, sich von der Erde erhoben, von den Blättern fielen, über seine Ängste krochen, die auftauchten, sich umklammerten, kreuzten, überkreuzten, verschwanden, im Reigen zurückkamen und wirbelten, sich verflochten und unmerklich zu menschlichem Staub zerbröckelten.

... Wenn er vor Müdigkeit nicht mehr weiterkonnte, die Hymne der Leibeigenen zum Lobe Saïfs in der Trauer der Dämmerung sang – fiel auf sein Herz ein Regen des Kummers, eine Überschwemmung der Verzweiflung, die ihn zu den Menschenmengen, den lärmenden Straßen des Quartier Latin trieb.

Er gewöhnte sich auch daran, sich in Kneipen aufzuhalten, wo das Nebeneinander der Trinker, der fette Rauch der Pfeifen, das dicke Bier seinen Geist betäubten, sein Herz beruhigten.

Er lebte da. Gleich nach dem Aufstehen suchte er sich Nachbarn, um Herz und Gedanken zu beschäftigen.

»Das ist eine Feigheit.

... Eine Überzeugung.

... Eine Feigheit«, wiederholte er für sich.

Wenn er im *Chez François* saß, langsam eine Zigarette rauchte, die ihm ein Viertelstündchen Betäubung verschaffte, kämpfte er gegen sich selbst. Doch dann neigte er seinen Kopf über das Bockbier.

Zuerst erschien in seinem Blick ein Zucken, ging wie ein Tick über seine nervösen Wangen, öffnete seine Lippen, blähte seine Nasenflügel, entriegelte seinen Mund mit schnellen Schluckbewegungen, die auf seinem Zahnfleisch das gelbe Getränk mit dem hellen Speichel mischten: eine Kaskade lebhafter Bewegungen wie ein stilles Vogeltrillern, dessen Schlussnote voll Andacht warm und weich in seinen Magen fiel.

Kassoumi schlief bei der schrillen Musik der Plattenspieler und erwachte eine Stunde später, mitten am Nachmittag. Sogleich streckte er die Hand nach dem Bier aus, das die Kellnerin während seines Schlafes dorthin gestellt hatte; nachdem er es hinuntergegossen hatte, band er seine Krawatte, strich die Bügelfalte seiner Hose glatt, ebenso Jackenkragen und Manschetten, um sich dann auf die gleichen Zeitungen zu stürzen, die er schon am Vortag gelesen hatte.

Er las sie von Anfang bis Ende, Überschriften, Annoncen, Reklametexte, Witzzeichnungen, Werbung, Börsenberichte und Theaterseite. Zwischen vier und sechs Uhr begab er sich in den Jardin du Luxembourg, um, wie er sagte, frische Luft zu schnappen; dann kam er auf seinen reservierten Platz zurück, bestellte sein Bier und unterhielt sich mit den Stammgästen, mit denen er Bekanntschaft geschlossen hatte. Man sprach über Gesellschaftsklatsch und Politik: So überbrückte man die Zeit. Mit der Untertasse schlug er gegen sein Glas, und schon brachte ihm die Kellnerin Teller, Glas, Serviette und die Speisekarte.

Sobald er mit dem Essen fertig war, schloss er sich eiligst einer zwei Meter von ihm entfernten Gruppe von Schwätzern an, die den Abend wie den Nachmittag verlaufen ließen, bis zur Polizeistunde. Das war für ihn der gefürchtete Augenblick, wo er wieder in seine Studentenbude zurückmusste, in der er nicht studierte, sondern nur über all die Schwierigkeiten grübelte, die er seit einem Jahr hatte, seit er dieses Leben führte.

Da man also in einer halben Stunde sowieso schließen würde, beschloss Kassoumi, der nur bleiben wollte, um sich selbst zu vergessen, keine neue Bestellung aufzugeben. Mit ungeduldigem, verächtlichem Mitleid warf ihm die Kellnerin, damit er nur endlich ginge, heftig seine Nachtschwärmergewohnheiten, seine einfachen Vergnügungen vor; seine Neigungen, sein Verhalten, die Kleinlichkeit seiner Trinkgelder und die Eintönigkeit seiner Redeweise.

Kassoumi tat, als ob er nicht hinhöre. Er murmelte: »Schon gut, schon gut«, und ging auf die Toilette.

Sobald er drin war, schob er den Riegel vor, um allein, ganz allein zu sein. Er war jetzt so sehr daran gewöhnt, heruntergemacht zu werden, dass er sich nur hinter vorgeschobenen Riegeln in Sicherheit fühlte. Wenn er nicht gegen Lärm und Beschimpfungen die Sicherheit des umgedrehten Schlüssels hatte, wagte er nicht einmal mehr, zu denken, zu überlegen, mit sich selbst zu rechten.

Während er, um sich zu erleichtern, auf dem Klo hockte, dachte er daran, dass er früher oder später sein Budget aufbessern musste, um endlich in aller Ruhe studieren zu können.

Der Gedanke, auf unmoralische Art Geld zu verdienen, schien ihm so schrecklich, dass er sich nicht einmal bei ihm aufzuhalten wagte. Als Arbeiter oder Tagelöhner zu arbeiten, war auch nicht möglich; und es würde nicht einmal mehr einen Monat dauern, bis seine Lage völlig unhaltbar geworden war.

Er saß da, mit hängenden Armen, suchte verworren nach einer Möglichkeit, alles ins Reine zu bringen, und konnte keine finden ... Da stammelte er: »Glücklicherweise habe ich einige Diplome ... ohne sie ginge es mir gar zu schlecht.«

Ihm kam der Gedanke, in den Nakem, an Henry zu schreiben. Er fasste den Entschluss. Aber sogleich ließ ihn die Erinnerung an die Feindschaft zwischen dem Kirchenmann und Saïf fürchten, dass die Würdenträger ihn als Diener des Kolonialismus ansähen; also verlor er sich wieder in seine Ängste und Unsicherheiten.

Die Kellnerin klopfte an die Tür. Er fuhr zusammen. Jemand wartete draußen, und er hatte sich noch nicht erleichtert! Gehetzt und verwirrt trocknete Kassoumi sich die Stirn, kleidete sich hastig wieder an, als hätte man ihn wegen einer wichtigen Sache in den Salon gerufen. Dann ging er gemessenen Schrittes, enttäuscht, aber gelassen zurück, glücklich, nichts mehr fürchten zu müssen. Er warf einen Blick auf seine Zeitung, schaute sich die Ware des Austernhändlers an und setzte sich wieder; aber da öffnete sich eine Tür, und die Kellnerin kam auf ihn zu.

Verzweifelt gab er eine neue Bestellung auf. Dann plötzlich fühlte er das Blut in seinen Schläfen schneller klopfen, vor Hitze und Nervosität kleben, und irgendwo brannte auf ihm ein Blick, den jemand von der Straße her auf ihn richtete. Er blickte auf.

Da war er, der Mann, der ihn betrachtete; er sah bürgerlich aus, nicht mehr jung, hatte schöne weiche, ergraute Bartkoteletten, deren Spitzen die Aufschläge seines Überziehers berührten. Er rauchte eine Zigarre. Betrachtete Kassoumi, der vor seinem Glas hockte. Folgte mit Liebe jeder seiner Gesten, schien mit gespitzten Lippen Küsse auf seine Kraushaare, dann die Augen, die Wangen, den Mund, die Hände und, tiefer, auf die Lenden zu schicken, auf die sich seine Aufmerksamkeit mit all der verschämten Zärtlichkeit der Begierde konzentrierte.

Kassoumi war zuerst überrascht und begann dann, sein Bier zu trinken. Er nahm dem Mann sein Verhalten nicht übel, fürchtete aber, dass die Kellnerin (die von den Schlichen des Fremden nichts bemerkt hatte) alles, was geschehen konnte, voraussähe. Ein Missverständnis von einigen Sekunden würde ausreichen, um einen Skandal hervorzurufen: laute Beschimpfungen gegen die Homosexualität, Verweise, die wie Kugeln durch den Saal flögen, während er und sie sich tief in die Augen sähen und in einem Kreuzfeuer von Rechtfertigungen einander verletzende Bemerkungen an den Kopf würfen, die ihnen Herzklopfen machen, den Mund austrocknen, sie schlapp und weich wie Lumpen machen würden.

Das Telefon läutete. Irgendjemand schrie: »Für dich, Gilberte!« Die Kellnerin ergriff den Hörer. Sie war nicht mehr ungeduldig, aber ihre bösartige, kalte Entschlossenheit wirkte noch schrecklicher. Sie blieb nicht lange am Telefon und kam zu Kassoumi zurück:

»Monsieur«, sagte sie, »hier ist kein Absteigequartier. Wir schließen in einer Viertelstunde. Entweder bestellen Sie noch etwas, oder Sie gehen. Anders geht es nicht.«

Sie erwartete eine Antwort. Kassoumi stotterte: »Aber gewiss, Mademoiselle.«

Sie wiederholte: »Das wäre also für Monsieur?«

»Das Gleiche noch einmal.«

Sie bediente ihn. Er bezahlte, gab ihr seine letzten Centimes als Trinkgeld. Es war Mitternacht.

Als sie fort war, näherte sich der Unbekannte Kassoumi: »Guten Abend«, schnurrte er. »Schönes Wetter, nicht wahr? Hm ... Sie gestatten?«

Er schob einen Stuhl beiseite und streichelte im gleichen Augenblick schon Kassoumis Nacken. Der Student sank auf seinem

Stuhl zusammen, starrte den Weißen verdutzt an. Er verstand nichts mehr; fühlte sich betäubt, gefühllos, blöd, als wenn er auf den Kopf gefallen wäre; kaum entsann er sich der schrecklichen Dinge, die ihm eine Sekunde lang durch den Kopf gezuckt waren. Dann begann sich seine Vernunft nach und nach zu beruhigen und zu klären; und das Abscheuliche bearbeitete sein Herz. Er, ein *Neger*. Was kann ein *Neger* schon erhoffen. Der Mann hatte ihn mit solcher Kraft, Sicherheit und Offenheit berührt, dass er nichts fürchtete, sich jedoch bemühte, an seiner Klarsicht zu zweifeln, sich hartnäckig die fünf Sekunden lange Übereinstimmung mit dem anderen ins Gedächtnis zurückrief und alles, Geste um Geste, mit von der Angst geschärfter Erinnerung zu rekonstruieren suchte: Und jede neue Erkenntnis drang wie ein Wespenstachel in sein Herz.

In ihm stieg ein fremdes, grauenhaftes, durchdringendes Kältegefühl auf, die Erinnerung an sein Elend, seine im Kot der Leibeigenen verendete Mutter; seine Glieder und sein ganzer Körper erschauerten, als ob seine Knochen plötzlich aus Eis wären. Er blickte auf, sah den Unbekannten bestürzt an; seine Gedanken schweiften ab wie die eines Irren; unter seinem Blick wandelte sich das Gesicht des Mannes, nahm bizarre Formen, unwahrscheinliche Ähnlichkeiten an. Kassoumi behielt die Gebete für sich. Er hatte keine Wahl. Man begehrte ihn, und er musste leben.

Seine Schläfen pochten in fragenden Schlägen, unter dem Blick des anderen kochte sein Blut, er wurde von Übelkeit und Dankbarkeit geschüttelt. Der Student erhob sich: Er hatte eingewilligt, sich zu verkaufen.

Sein Kopf, die verzweifelte Saat unberührter Hoffnung, Unvernunft der Weltordnung, wollte zerspringen. Demütig auf seinem

Schatten stehend, erkannte Kassoumi in diesem abgenutzten Bildnis weniger eine geheimnisvolle Ähnlichkeit mit sich selbst als eine stillschweigende Bedeutung, eine unaussprechliche Verbrüderung seines Wesens mit dem unglücklichen Gewissen, das vor seinem ungeheuerlichen Durst nach Selbstbestätigung am Boden lag.

»Komm«, murmelte der Weiße, »hab keine Angst. Ich weiß, wie es einem Mann ohne Frau zumute ist, was es heißt, an eine Frau zu glauben, einer Frau zu gehören und sie nicht zu bekommen, lange zu schweigen und selbst mit einer Frau kein Mann mehr zu sein und dann, statt der Liebe, zu zweit den stummen Schrei des Durstes auszustoßen. Komm, komm, Liebster, ich habe lange hinter allen Körpern gesucht. Schon ehe ich dich kennenlernte. Ehe ich selbst die anderen kennenlernte ... Mit deiner Liebe und der meinen wünsche ich mir einen Tag ohne Angst. Einen einzigen Tag. Willst du? Einen Tag, der uns beide rettet. Dich und mich. Mich und dich. Du bist widerstandsfähig, gesund ... Du und ich zusammen, selbst wenn du nichts von mir weißt. Ich werde dich lehren, den schwarzen Sand der Liebe zu machen, unserer Liebe, mein Kleiner. Schwarzer Körper, ich will keinen Stein mehr auf meinem Kopf, sondern Frieden – aus dem du mir ein Ruhekissen machen wirst. Du allein kannst mich retten. Du allein mich vernichten. Ich wünschte, dass du mich immer brauchtest, jede Stunde, jede Minute, jeden Augenblick, wo ich nicht da bin, und trotzdem werde ich die ruhige Wärme, in die ich dein Herz versetzen möchte, mit meiner Abwesenheit bevölkern. Ich liebe dich. Geh nicht davon. Ich habe zu viel gelitten. Meine Leiden. Ich möchte sie vom klaren Blick deiner Augen auflösen lassen. Komm; in dem Augenblick, als ich die rechte Hand auf deinen Arm gelegt habe, wusste ich, dass du nie jemand anderen als mich gesucht hast, du, meine schmerzhafte Zuflucht unter dem Entzücken meiner liebenden Zärtlichkeiten. Komm. Wir sind da. Bei mir zu Hause werden wir Tropfen um Tropfen in leichten Sandalen den Morgentau sammeln, der diese Verwirrung aus uns waschen wird, mein Kleiner. Komm, mein Garten.«

Und sie folgten einander, gingen, von einem unsichtbaren Band gehindert, mühsam und etwas im Zickzack unter den Straßenlaternen.

Der Wind rauschte. Das leichte Geräusch seines Wehens streichelte das Ohr und vermischte sich mit dem Murmeln des Mannes, dessen Worte in Kassoumis Kopf wirbelten; dann verstreuten sie sich erschlafft zu Bildern, deren Stille eine andere Stille wob, einen Traum sentimentaler Ruhe und Einsamkeit. Ein leerer Augenblick, wo das Herz sich bis zur Ekstase mit Blut füllte. Seltene Süße, die aus ihren schmachtenden Blicken sprach. Sie gingen; ihre Stimmen waren leise, im Ton klang die Sanftheit ihrer Verzweiflung und auch ihre Einsamkeit an, sie hatte den ganzen Reichtum einer einzigen, ausgehaltenen Note, die in ihrer makellosen Schönheit die Wollust einer Agonie zu zweit und auch die Andacht enthielt. Sie standen unter dem hypnotischen Zauber einer Glückseligkeit, deren Einzigartigkeit man durch den Genuss entdeckt.

Auf einmal waren sie stehen geblieben. Der Mann holte einen Schlüssel aus der Tasche, öffnete die Tür. Er drückte irgendwohin: Klicken und Licht.

Die Wohnung war reich und bürgerlich ausgestattet. Nachdem Kassoumi ein Bad genommen und zu essen bekommen hatte, gingen sie zu Bett.

Er machte ein paar kurze Bemerkungen über die Farbe des Lichtes, dann war Stille. Beide atmeten nach und nach die aufsteigende Gliederschwere ein, deren Flut sich über sie ausbreitete, sie mit Wohlgefühl erfüllte. Langsam löste die Zeit sich in Massen weicher grau verschwommener Gefühle auf, während das Herz bis zum Wahnsinn klopfte. Und darüber hinaus das latente Bedürfnis des anderen, dass auf eine Bitte deren Gewährung folgen möge; auf Tüchern hell wie eine Spiegelung, gegen die halb geschlossenen Augen trank die Begierde des Weißen die Form in sich hinein, die er an seiner Seite erahnte. In seinem Rausch fühlte er die von Kassoumis Nacken, seinem Körper, seinen Hüften aufsteigende Wärme … Kassoumi wollte schlafen.

Es gelang ihm, die Augen lange geschlossen zu halten. Unmerklich drängte der Mann sich ihm auf. Er öffnete die Augen. Der andere betrachtete leicht gebeugt die Rundungen seines Rückens. Eine aufsteigende Hitze ging von ihm aus. Endlich stützte er sich auf den Ellbogen. Kassoumi lag schlaftrunken an seiner Seite, halb entkleidet. Die Begierde nahm ihnen den Atem. Mit der großen Zehe berührte, streifte der Mann Kassoumis Hacke; zögerte, führte damit leichte Liebkosungen aus … Schüchtern küsste er seinen Partner, dessen Mund sich belebte und ihm den Kuss zurückgab. Sie rückten näher aneinander.

Die Betttücher waren seidig, raschelten gegen ihre Haut. Berauscht von dem ihnen wohlbekannten Duft, atmeten sie nur noch ganz leicht; Kassoumi kam näher und berührte dann langsam, von oben bis unten, den glatten Körper. Stumme Umarmung ihrer vor Ungeduld zitternden Körper, wo ihr weiches, schwaches und wie unerfahrenes Herz sie in diesem Traum innehalten ließ, in dem die Minuten verrannen ... Sie umklammerten einander, mit sanftem Druck, um sich besser zu spüren; genossen – gleichgültige Lässigkeit – die ausgewogene Wonne des Klopfens ihrer Herzen. Sanftes Röcheln, liebkosender Druck der Kehle, Duft der Haare, deren moosige Weiche sie im Vergessen ihrer Sinne berauschte ... Von Zeit zu Zeit wurde ihre Erstarrung durch ein Zucken, eine konvulsive Bewegung unterbrochen – und sie öffneten die Augen. Dann erlosch alles ganz friedlich und verschwand ...

Sie waren nicht mehr Mann und Mann, Liebhaber und Partner, sondern ein besonderes Wesen, aus einer seltsamen Kraft des Lebens geboren – und sie waren der Höhepunkt der natürlichen Ordnung der Liebe, ein unendliches Wasser, das sich in einer Hängematte ausgebreitet hatte und nicht sprach, sondern nur bebte. Der Länge nach mit ihren warmen, guten Körpern aneinandergeschmiegt, atmeten sie gleichmäßig die vom Geräusch ihrer Paarung bewegte Luft.

Von Zeit zu Zeit wechselten sie ein freundliches Wort. Und keiner wurde je müde, der Lippenbewegung des anderen zuzuschauen, wie sie sich voneinander lösten, abmühten, um sich auszudrücken, zu bestätigen, dass auch er nie geliebt habe, außer um der eigenen Angst zu entfliehen.

In diesem Augenblick erweckte in jedem die zärtliche Schüchternheit einen Strom der Dankbarkeit. Wortlos fassten sie sich bei den Händen und küssten sich lange. Mit dem erbärmlichen Blick eines geschlagenen Hundes trank Kassoumi das abgehackte Flüstern ihrer Vertraulichkeiten, trank es, wie er Blumen gegessen, luftige Rosenblätter zwischen Gaumen und Zunge zerdrückt hätte. Wenn er den Mann küsste, liebte er diesen Rosengeschmack, schätzte sogar den faden Geruch seiner Nasenlöcher. Es war, als ob jeder Atemzug eine unsichtbare Nachwirkung hätte: Das kam und ging, floss in dem Saft, der aus der Schuld ihrer beiden Körper quoll, und er, Kassoumi, der Sohn des Sklaven, der in die Enge Getriebene, wurde hier wiedergeboren. Er trat inmitten des Überschäumens auf, wohnte in der langen Stille dieser Geburt. Er keimte wie die Erde, und seine Frucht war eine unfruchtbare Sanddüne, die still, wie nach dem Ritus, in die Trockenheit des Windes sprach; als ob sie durch ihr Stillschweigen ihre Einsamkeit herausschreien, verkünden wolle, dass sie heiter und ausgeglichen, auf ewig sie selbst sei und nie ein anderes Begehren verspürt habe, als beim Ablauf dieser Sekunde, beim Ende seines Atemzugs, beim Abschluss seiner selbst froh und sie selbst zu sein ... Und als ob in der Ruhe sich alles vollende und erstarre, atmete der Student das Erschauern der Zeit, lang, langsam, wie eine glatte Seide gegen eine Wange ...

Unter dem Gewicht der erschauernden Ruhe seines Wesens hat Kassoumi am nächsten Tage vergessen, wie lange er geschlafen hat. Er sitzt aufrecht gegen den anderen gelehnt, bis zur Vernunftlosigkeit heiter und gelassen. Während er schlief und wusste, dass er schlief, sind seine Gedanken zerschmolzen, haben sich nach und nach im benommenen Traum seines Willens aufgelöst.

Den vagen Blick auf den Körper des anderen geheftet, kam ihm die unerklärliche Erinnerung an die Schule im Nakem, das über die ganze Erde erstrahlende Europa, und er fühlte in sich das Meer rauschen: Da waren Schiffe, da waren Sklaven, die in den Löchern des Himmelblaus arbeiten würden, verkaufte Frauen, ins Wasser geworfene Kinder, Priester, bewaffnete Soldaten, angekettete Männer und auch Ruderer; da waren der Sklavenhändler und sein Negerpack, wo die im Wind und im Geruch der Welt stinkenden

Frevel der Würdenträger der Menschenwürde einen absonderlichen Kult weihten.

Und vom tiefsten Grunde des Vergessens erstanden vor ihm Bilder und auch Symbole, zuerst nur schwach erhellt, dann ein flüchtiger Rauch, ein nicht greifbarer Puder, der als graue Asche auf seine Lider fiel – plötzlich bewusst gewordenes Elend, das zu einem vertrauen, bekannten Objekt wird, dann Schwindel, feierlicher, lässiger und fruchtbarer Tanz, Delirium, Schreie; an die Oberfläche dieses trüben Wassers stieg ein Schwarm von Gesichtern. Sein Gedächtnis für berühmte Namen und bekannte Orte wusste, erkannte und verstand: Alles stieg auf, alles verwandelte sich, Saïf, der Nakem und er selbst, dieses bleiche Gesicht des weißen Mannes, der aus einer anderen und doch so nahen Welt gekommen war, die er verurteilte. Mit einer unerträglichen Last marschierte er auf einem Wege, den ein Blitz schlagartig erhellte, auf dem langen Weg der Erinnerung zu jener verdammten Erde, auf der er geboren ward: Und er hat nicht so sehr das Delirium gesucht als die tiefere Bedeutung seiner eigenen Zerstörung, die Beschmutzung seines Gesichts, das plötzlich sein Name befleckte: Spartacus!

Und er – Kassoumi – hat die langsame Abnutzung des Körpers, eine aus dem Chaos erstandene Abnutzung erfahren, die ihn, wenn er die Lippen des Mannes küsste, unwiderruflich zum Feind des Weißen machte. Das Haus war ruhig und der Himmel blau, aber die Sonne entzündete seinen inneren Blick mit einem bleichen Licht, mit ebendem Geheimnis, das er kennenlernen wollte. Wie gewohnt hat er den anderen angelächelt, kurz bevor er seine Bezahlung verlangte. *Alif lam!*

... Er kam am Abend des nächsten und übernächsten Tages wieder, und so ging es acht Tage, drei Wochen, sechs Monate weiter. Und er wusste, dass er jedes Mal nach der Paarung, wenn er im Bad allein war, lange Minuten unbeweglich mit starrem Blick und halb geschlossenen Lidern bleiben würde, den Oberkörper aufrecht, wie gegen das Bettende gelehnt, vom Entsetzen maßlos erschüttert.

Während der andere leise von seiner Liebe murmelte, wusch er sich so lange, bis er nicht mehr wusste, wer oder wo er war, bis er nicht mehr wusste, seit wann er so verloren in die unendliche und lautlose Weite seiner Unruhe starrte ... Dann, am nächsten Tag, lenkten ihn seine Schritte zu sich selbst zurück; die Angst, das Problem seiner Hautfarbe, sein Körper, das Geld seines Partners, der gleich ihm gestrandet war.

Dann ein neuer Nachmittag der Verzweiflung, wo er, ohne sich zu rühren, in sich selbst die Läden geschlossen hatte, um seine verschlingende Gier zu mäßigen. Er wurde von Ermattung und Taumel befallen und fühlte dann, wie sehr er den Weißen brauchte, seine Wärme, seine Einsamkeit, um sich durch ihn in sich selbst zu verlieren.

Er ließ sich von seinem Liebhaber, einem reichen Pensionär der Rue Danton, aushalten: Lambert war der uneheliche Sohn einer Straßburgerin, der einzigen Frau, die er, wie er Kassoumi gestand, begehrt hätte, die ihn wie eine Kurtisane und gleichzeitig wie eine Jungfrau verwirrte, verführte, beunruhigte, anzog und erregte. Dieser Mann spielte für den Studenten die Vorsehung. Er war für das Nachtleben geboren, unermüdlich, auch wenn er immer erschöpft wirkte, kraftvoll trotz seiner bleichen Gesichtsfarbe; sehr elegant, mit gekräuseltem Schnurrbart, weichen, angegrauten Bartkoteletten, hellen Haaren, feinen Lippen, gehörte er zu jenen Nachtschwärmern, denen Gymnastik, Fechten, Golf,

Duschen und Dampfbäder die nervöse, künstliche Widerstandskraft der Frommen gaben. Energisch und unentschlossen, gleichgültig und leidenschaftlich wurde er als echter Pariser von gegensätzlichen Instinkten bewegt, gab allen nach, um schließlich als schlauer Bonvivant nur seiner wetterwendischen Logik zu folgen. Damit Kassoumi studieren konnte, erlaubte er ihm, weiterhin in seiner Kammer in der Rue Mouffetard zu hausen, und gab ihm gegen zwei Nächte wöchentlich genug, um Miete, Essen, Kleidung zu bezahlen und Privatstunden zu nehmen.

Ihr Verhältnis dauerte achtzehn Monate. Der Student nutzte sie aus, um noch gerade das Eintrittsexamen für die Hochschule für Architektur zu bestehen; er erhielt sein Stipendium wieder. Und dann kam das Drama: Lamberts schwer erkrankte Mutter rief ihren Sohn nach Straßburg. Da war er nun, gefolgt von Kassoumi, der sich ein Hotelzimmer nahm, wo er die für den Anfang vorgeschriebenen Fächer studierte: Mathematik, Statik, Mechanik, Physik, Chemie der Baumaterialien, Konstruktion, Bauplanung, Jura, Kunstgeschichte: Der Pensionär blieb auf unbestimmte Zeit bei seiner Mutter.

Es dauerte lange, bis sie von ihrer Krankheit genas – Erweichung der Wirbelsäule. Als Raymond seinen Liebhaber eines Tages im Hotel erwartete, erschien dieser mit gerötetem Gesicht und seltsamen Augen, sie waren schüchtern, nicht so herausfordernd wie gewöhnlich, so blau und mit einer so schwarzen Pupille, dass sie ganz unnatürlich wirkten. Um Haltung zu gewinnen, stützte er sich gegen die Tür. Kassoumi verschlang ihn mit den Blicken, bestialische Begierde im Blick und in den Mundwinkeln. Er stellte sich vor den anderen, ließ den Pensionär seine vom Atem bewegte nackte Brust sehen.

Lambert meinte verlegen: »Manchmal gleichst du einer Katze, die einem den Hals lecken möchte.«

Dann setzte er sich, was der Student bald ebenfalls tat. Er sprach zu ihm über seine Mutter, von liebenswürdigen Kleinigkeiten, mit dieser bezaubernden Stimme, die Kassoumi berauschte. Und indem er ihm tief in die Augen sah, schien er ihm andere Worte zu sagen als die, welche sein Mund sprach. Da er Kassoumi nicht allzu verstört erschien, drückte dieser die Lippen auf seinen Halsansatz, den ersten Flaum der Haare, die Stelle, die er so lange ersehnt hatte. Lambert zuckte ein wenig zurück.

Über seine Mittelmäßigkeit verärgert, murmelte Raymond:

»Du hast vergessen.«

»Was denn?«

»Dass ich dich liebe.«

»Gefällt dir dieses Leben?«

»Mach dich nicht über mich lustig. Du weißt schon, was ich sagen will.«

»Mach keine Witze!«

»Ich schwör's.«

»Aber was denn? Ich habe vergessen.«

»Du?«

»Ich.«

»So etwas hast du gestern Abend nicht gesagt.«

Der Mann lachte hell auf. Mit einem Mal verspürte er ein dunkles Verlangen zu unterdrücken, die Lust, sich zu rächen, seinen Neger zu verletzen: »Ich habe beschlossen zu heiraten, Kleiner. Meine Mutter hat alles arrangiert, einschließlich der Verlobungsanzeigen. Hier sieh.«

Sie saßen einander gegenüber, hielten sich nur durch die Blicke. Kassoumi blieb einige Sekunden unbeweglich, als könne er sich nicht entscheiden, den Sinn dieser Worte zu erfassen; dann zitterte plötzlich sein ganzer Körper. Sein Gesicht verkrampfte sich vom Kinn bis zur Stirn, seine Ohren wurden violett, er heulte: »Auch du bist ein Betrüger!« Er warf sein bisschen Gepäck, Bücher, Kleidung, Wäsche in den Koffer, stürzte kopflos, verwirrt, niedergeschlagen die Treppe hinunter, raste bis zur Rezeption, zahlte dort in der Hast mehr, als er schuldete, und rannte mit aller Kraft, mit großen überstürzten Schritten, wie man in den Fluss springt, um sich zu ertränken, davon, um sich endlich vor dem sprachlosen Lambert in ein Taxi zu zwängen.

Drei Jahre lang mit einem Examensprojekt pro Monat und zehn »Auszeichnungen« in jedem Fach (ohne das Praktikum bei den Architekten zu rechnen) hat Kassoumi gearbeitet. Nachdem er Student der »ersten Klasse« geworden war – eine bisher noch von keinem Afrikaner erreichte Auszeichnung –, verfasste er Abhandlungen, deren Erwähnung allein genügte, um ihm in Nakem-Ziuko all diesen Ruhm zu verleihen, der bei Negern Ansehen gab. Sie stellten ihn über die gesamte Menschheit und machten ihn zu einem Genie der Wissenschaft, Kultur und Intelligenz; Raymond schrieb an seiner Arbeit über Baukunst.

Es vergingen vier Jahre, während derer sein anonymes, ereignisloses Dasein kaum von Interesse war; aber plötzlich hallte im Jahr 1933 wie mit Donnergetöse die Nachricht vom endgültigen Erfolg seiner Dissertation an der Hochschule für Architektur, »der schwarzen Perle der französischen Kultur«, wider. Bei gleicher Gelegenheit trotzte er allen Berechnungen Saïfs und heiratete eine

Französin, deren Mutter, eine alte Büglerin aus Straßburg, sich um die Toten und Sterbenden ihres Stadtviertels kümmerte, ihre Kunden in dampfende Bettlaken einnähte, aus denen sie nicht mehr herauskommen sollten, worauf sie wieder das Eisen ergriff, um die Wäsche der Lebenden zu bügeln. Sie war so runzelig wie der Hintern einer Eselin, fleißig bei der Arbeit, filzig bis zur Schofelei, verwitwet, schwatzte ohne Unterlass, grölte Musettelieder, schlug sich mit dem Kohlenhändler, erzählte der Hausmeisterin vom Liebesleben ihrer Tochter Suzanne mit »einem schönen *Neger*, der es zu was bringen wird«, vertraute dem Dienstmädchen von oben alle Ehegeheimnisse der Nachbarn von unten an. Ihr Kopf war mit blödsinnigen Geschichten, idiotischem Aberglauben und grotesken Meinungen vollgestopft. Wenn man sie so gebückt daherkommen sah, als wäre sie durch die ständige Bewegung des über die Stoffe gleitenden Bügeleisens in zwei Teile gebrochen, hätte man glauben können, sie empfände für die Agonie eine Art zynische, schwatzhafte Liebe.

Nach Meinung der Würdenträger – denen die Nachricht von seinem neuen Leben zu Ohren gekommen war – war Kassoumi zweifellos von der Gewissheit verführt worden, dass das Milieu seiner Schwiegermutter dem, was ein »entwickelter« Schwarzer in der Gesellschaft der Weißen zu fordern hatte, wohl kaum überlegen war.

Madame Teyssedou, Suzannes Mutter, war vollbusig wie ein Büffelweibchen, hatte einen kurzen, hartnäckigen Verstand. Sie gehörte zu jenen Megären, die durchs Leben gehen, ohne je seine Hintergründe, Nuancen und Feinheiten zu erfassen, die nichts erraten oder erahnen, alles entstellen und nicht zugeben wollen, dass man anders denken, urteilen, handeln, glauben kann als sie.

Kassoumi sah also Mutter und Tochter, seine Flurnachbarn; er hat mit Suzanne gesprochen, sie gehabt, groß und dick mit heißen Brüsten, Hüften in Form einer Lyra; streichelnd ist er der willigen, göttlichen Linie gefolgt, die von der Kehle bis zu den Füßen reichte, und hat in allen Rundungen eines Körpers verweilt, dessen Geist ihn vielleicht auf so einfache Weise, wie zwei mal zwei vier ist, vor Gott und den Menschen zum Gatten nahm.

Sechs Jahre lang ist Kassoumi in Straßburg geblieben, hat in verschiedenen Architektenbüros geschuftet, hin- und hergerissen von den Abzahlungen eines Häuschens, das er für seine Schwiegermutter hatte bauen lassen, häuslichen Sorgen, der Erziehung und dem Unterhalt seiner drei Kinder, seine Frau arbeitete nämlich nicht.

Schließlich hatte er alles bezahlt und das Leben eines weißen Negers geführt – ein bürgerliches Leben. Immer blieb er Henry und auch einem Verhältnis im Tanzlokal verbunden, deren schnaufende Dienstleistungen er während der Mutterschaften seiner Gattin beanspruchte.

Aber niemand dachte daran, dass der Krieg bevorstand und die Welt erschüttern sollte, was in dem schrecklichen Tillabéri-Bentia nationalistische Forderungen erwecken würde. *Houlmoh! Waar rèoudè!*

10

Der Albtraum, den Raymond-Spartacus Kassoumi erlebte, *ouallahi!*, war der Millionen Unbekannter, seiner Zeitgenossen. Wenn das Schreien der vom schmutzig-gelben Licht der Raketen und Bomben erschreckten Städte den Kadavern den Geruch von Ewigkeit verlieh, spähte so mancher wie ein halb blinder Kranker durch die Salzwüste, die er nicht ohne Karawane durchqueren konnte, nach dem unsichtbaren Feind aus.

Gefallene Soldaten auf dem Grund der Schützengräben – Fliegen auf den Mundwinkeln, Eiter an den Nasenlöchern –, Lebende, die ihre Hoffnungslosigkeit zu überleben wiederkäuten, sie hatten das Unbekannte gestreift, mit schlaffen Muskeln, erloschenen Augen, stimmloser Kehle, glichen jenem Krieg, den sie nicht verstanden, der sie unter der Musik dröhnender Panzerwagen, der ratlosen Verwirrung, in einen alles vernichtenden Traum versetzt hatte ...

Mit Körper und Geist der Verteidigung Frankreichs geweiht, hat es Kassoumi vom Rheinufer nach Italien verschlagen, er kämpfte am Monte Cassino und dann in der Provence.

Nachdem man ihn bei Mehun-sur-Yèvre, unter den Trümmern eines Hauses begraben, für tot erklärt zurückgelassen hatte, gelang es ihm, sich mit schmerzendem Körper und zerschundenem Gesicht unendlich vorsichtig zu befreien. Er wartete die Nacht ab, und nachdem er wie im Delirium drei Stunden lang ein Bein mühsam vor das andere gesetzt hatte, befand er sich am Ufer eines Flusses, am Fuße einer Weide, auf einem dichten weichen Grasteppich, der unter dem schwachen Mondlicht schimmerte. Er kniete nieder, beugte sich, um das dunkle Wasser zu trinken, ließ es dann langsam die Kehle hinabrinnen, worauf er eine eisige, köstliche Liebkosung verspürte – ein schneller, leichter Windzug, der die gestaltlosen Bäume traumhaft bewegte. Die Yèvre. Die Yèvre. Mehun-sur-Yèvre. Wo war er? Laufen. Marschieren. Fliehen. Der Hunger. Macht nichts. Leben. Laufen. Atmen. Überleben. Seine Kiefer. Wie kauen? Sein Knöchel. Trotzdem laufen. Die Gräser, die Blätter der Bäume, die Brombeeren unter den Dornenranken, ja. Sie essen. Wie zu seiner Division zurückfinden? Plötzlich tauchte eine Kreuzung auf. Er war auf dem Weg nach Châteauroux. Schlafen. Da oben, in den Bäumen.

Er war mit einem Aufheulen erwacht, erdrosselte an seiner Seite eine undeutliche, bewegliche Form: ein Eichhörnchen. Sein Körper wurde von Schauern durchlaufen, ein Bündel aufgeriebener Nerven, mit Halluzinationen, wo er, der Last seiner Glieder ledig, in seinem Atem kleine Ruderboote vernahm. Gegen Morgengrauen setzte er seine langen Wanderungen durch Dornen und Brennnesseln fort, wobei er die wahren Augenblicke seines Lebens ermaß: Und wenn er zu hoffen vergaß, sich aufzumuntern vergaß, da kam diese stumme Hoffnung, die bis in den Tod Eintritt zu haben schien. Da beschloss er, auf das Unvorhergesehene zu warten. Auch er gehörte irgendwie zur Umgebung; das war das, worauf er zählen konnte, irgendwo im dichten Unterholz, gerade in dem Augenblick eingeschlafen, wo die Dinge ihn durch die Aufreihung aller Ängste zu besitzen glaubten.

... Kassoumi lebte von Blättern und wilden Früchten, von Ratten und Wurzeln; in den Stand eines Tieres zurückversetzt, hörte er nicht auf, sich stunden-, nächte-, monatelang mit den Fäusten gegen die Stirn zu schlagen, um sich die Absurdität jedes Selbstmordversuchs gut ins Gedächtnis zu hämmern. Und dieses Leben, ein Rätsel der Unruhe und des Schicksals, dauerte achtzehn Monate, die ihm wie eine endlose Straße vorkamen. Dabei ließ den Soldaten eine furchtbare Angst vor den Deutschen nicht los, denen er in diesem besetzten Gebiet Frankreichs zu begegnen fürchtete.

... Als der kleinliche Egoismus seiner Ängste ihn endlich verließ, näherte Kassoumi sich den Städten bis auf fünf Kilometer, wo er, beim bloßen Gedanken, als Kollaborateur angesehen zu werden, voller Entsetzen wieder ins dichte Unterholz zurückeilte, um sich dort wie ein Tier zu verkriechen.

Krank und vom Grauen des Herbstes 1945 niedergedrückt – der vergangene Winter hatte ihm den Rest gegeben, als er sich eine Kappe aus den Fellen in Schlingen gefangener Kaninchen gemacht hatte –, beschloss er jedoch, zu Fuß nach Paris zu wandern und dort unterzutauchen, um dem in seiner Lage häufigen Fasten zu entgehen.

... Seine Ohren hatten seit Langem den Lärm der Bomben und Wehklagen vergessen, und als er sich in seinen jetzt schwarzen, zerfetzten Gewändern als Matrose ausgab, um in irgendeiner Kneipe von Orléans eine Arbeit als Tellerwäscher zu finden, erkannte er mit Überraschung den Frieden auf Straßen und Gesichtern und auch ihr gelassenes Glück; von einer leidenschaftlichen, schmerzhaften Liebe erfüllt, einer kranken, von der Erinnerung an den Tod heimgesuchten Liebe, geschah ihm nach so viel Albträumen beinah ein Wunder: Paris war seit Ende August 1944 befreit.

Also lief er zur Gendarmerie, um dort seinen langen Leidensweg, seinen Dienstrang, seine Ausbildung, sein Elend zu berichten: Am nächsten Tag kam seine Frau, die sofort benachrichtigt worden war, aus Straßburg zu ihm; zwei seiner Kinder waren tot, die Schwiegermutter ebenfalls.

In der gleichen Kneipe, wo er als Tellerwäscher und nun auch Held Suzanne küsste, vor ihr auf den Knien lag, während sie mit leichten Fingern seinen Hals streichelte und ihm Worte zumurmelte, die dem Genuss frischen Wassers inmitten einer Oase glichen, erfuhr Tambiras Sohn die Eitelkeit aller Dinge – und auch die Zerstörung seines Hauses, das gleich dem ganzen Stadtviertel den Bomben der Besatzungsmacht zum Opfer gefallen war: dem anderen Saïf, dem bösen Weißen, dem Boche.

Trotz seiner Geburt in den überseeischen Kolonien war er selbst keineswegs Franzose: Wie der Dolmetscher Karim Bâ ihm in Tillabéri-Bentia so gewichtig auf den Reisepass geschrieben hatte, blieb Raymond-Spartacus *französischer Untertan* …

Waise in einer Welt, die ihn zu einem Menschen gestempelt hatte, der sich von dem allgemein üblichen Begriff des Menschentums unterschied, fühlte Suzannes Gatte sich wie ein leprabehafteter Zuschauer, ein sich vorantastender Blinder, einem Fanatiker gleich, der mit Freuden tötet, um sich selbst zu bestätigen.

Er empfand die heftige Sucht, sein Unglück zu zermalmen, und mit einem maßlosen Durst bebten seine Lider lange beim Anblick dessen, was sein Leben, vom Unbekannten befreit, hätte sein können … Voll Entzücken erkannte er auf seiner Zunge – den Geschmack von Suzannes Lippen …

Inzwischen war eine Emanzipationsbewegung über Nakem-Ziuko hingegangen und hatte zu Forderungen nach Reformen geführt. Renard, der Nachfolger des nach Indochina versetzten Mossé, hatte Saïf ben Isaac El Heït nach Krébbi-Katséna bestellt, um ihm mitzuteilen, dass Paris, von dem Wunsch beseelt, die Völker seiner überseeischen Länder enger an der Verwaltung ihrer eigenen Interessen zu beteiligen, den Eingeborenen die Wahl ihres Deputierten freistellte.

Nach Tillabéri-Bentia zurückgekehrt, gab Saïf den Würdenträgern zu verstehen, dass Frankreich in der Tat Interesse daran habe, sich nicht von der schnellen politischen Entwicklung seiner Kolonien überholen zu lassen. In Wirklichkeit – brachte er vor – handele es sich bei der Gründung der Vereinten Nationen mit ihrem Dirigismus um die legislative Übersetzung der berühmten Losung, die aufgekommen war, als die Französische Union im blutigen Schlamm indochinesischer Reisfelder kämpfte: »Lassen wir Asien, behalten wir Afrika!«

Saïf schickte also den Prinzen Madoubo zu allen bisherigen Machthabern des alten Nakemreiches und übte Druck auf die traditionellen Kräfte aus, die jetzt die Früchte ihrer Politik der Jahre um 1900 ernteten und vorgaben, mit den *Flençèssi* zusammenzuarbeiten, und gerade die Ableger der französischen Kultur vorschoben: Das Althergebrachte sollte im Nakem mittels der in den christlichen Missionsschulen ausgebildeten Söhne von Leibeigenen herrschen, die Nakems Interessen in der Nationalversammlung vertraten. *Amoul bop toubab, makoul fallé!*

Langsam kam inmitten von Debatten, Stillschweigen, Befehlen der Name eines Kandidaten auf, der geradezu verquer in den trockenen Kehlen zu stecken schien – nahm, aus der düsteren Berechnung irgendeines Würdenträgers geboren, langsam Gestalt an. Es wurden Saïf Hunderte von Dienstbotensöhnen, schlecht gebleichte Neger, vorgeschlagen: die noch unbärtig, ungeschickt die Feder hielten; die, mit einer unbestimmten Abschlussprüfung versehen, brüllten, dass sie bei einer Kandidatur wenigstens die doppelte Stimmenzahl davongetragen hätten; die mit dem Titel eines Volksschullehrers oder gar – oh Wunder! – eines Abiturienten ausgestattet, schworen, dass sie, wenn man sie nicht als Kandidaten vorschlüge, nie wieder heimkehren würden.

Die turbanumwickelten Köpfe nickten, bei jedem formte sich insgeheim ein schüchterner Gedanke: Der Mann der Stunde war Raymond-Spartacus Kassoumi, dessen erfolgreiches Studium im Lande der *Flençèssi* dem Volk bekannt war, das ihn nächst Gott, jawohl!, für den Gebildetsten ansah, gebildeter als der gebildetste Weiße: *o djangui koié!*

Hatte, um seinem Wissen zu huldigen, nicht eine Weiße das ekstatische Glück genossen, die bessere Hälfte des berühmten Spartacus zu sein, den keine Negerin mehr beanspruchen konnte, denn der Baumeister sprach über Mathe und Physik ebenso selbstverständlich, wie seine Mutter Erdnüsse auspellte …

Mit der Vornehmheit dieses Mannes war augenscheinlich nicht viel los. Herr, eine Träne für das Negerpack – Erbarmen! …

Nun hatte so mancher Ratgeber Saïfs seit der schrobeniusologischen Literatur, die in einer gewitzten Mischung aus Merkantilismus und Ideologie den Glanz der Negerkultur rühmte, seit den Weltkriegen, in denen sich der schwarze Tirailleur im Dienste Frankreichs durch Wildheit ausgezeichnet hatte, eine Religion des

Liebkind-Negers, eine philisterhafte Negrophilie ohne Verpflichtung oder Strafe, entstehen sehen, ein Ebenbild jener volkstümlichen Messiasbewegungen, die von der künftigen weißen Seele des Negerpacks singen: *Y'a bon Banania*.

Wenn man unter diesen Bedingungen Raymond-Spartacus Kassoumi wählte, wurde der Glaube des Volkes an wunderbare Schicksale befriedigt und gleichzeitig dem weißen Mann geschmeichelt, der immer laut verkündete, seine Unterentwickelten zivilisiert zu haben: *Ouhoum! Gollè wari!*

So vergingen also sechs Monate mit Höflichkeitsbezeigungen, Zänkereien oder Kabalen, unter Briefwechsel und Palavern – in denen die politische Entwicklung des vom Hadschi Hassan verratenen, leidenden Nakem-Ziuko geschildert wurde –, wo viele Griots sagen, dass Letzterer, nachdem er mit Hilfe des Bischofs Thomas de Saignac gegen Saïf komplottiert hatte, sich eifersüchtig bemühte, neben dem mächtigen Saïf auch das Prestige des Gebildetsten der Gebildeten, Raymonds, zu schmälern.

So begann unter Saïfs Führung eine umfassende Kampagne, die kurz vor Raymonds Ankunft im Nakem zum Ausbruch eines bald von Frankreich und Saïf niedergeschlagenen Bürgerkrieges führen sollte.

Hadschi Hassan, den man wegen Vergehens gegen die öffentliche Sicherheit der Kolonie ins Gefängnis gesteckt hatte, soll, um der Beschimpfung seiner Würde ein Ende zu bereiten, sich an den Zellenwänden den Schädel zerschmettert haben. Seine ihn beweinenden Diener kamen zu Henry, ihrem Bischof, um sich ihm anzuvertrauen. Sie flüsterten, Saïf habe sich Kratongas bedient, der wiederum die Schildwache bestochen – David Bourémi, Saïfs Adoptivsohn und Gefängniswärter – und den Mord als Selbstmord zurechtfrisiert habe ...

Der durch diesen Tod und die Stammeskämpfe verschärfte Separatismus geriet jedoch in Vergessenheit, als Raymond, der Baumeister, am Arme Suzannes, seinen Sohn Pierre an der Hand, am neu erbauten Flughafen vom Gouverneur und seinen höchsten Beamten, Saïf, den Abtrünnigen von gestern – von Madoubo bestochen und der Sache Saïfs gewonnen –, den unbewegten Würdenträgern und dem freudejauchzenden Volke empfangen wurde.

Wie glücklich war er, Tambiras Sohn, an jenem Tag vor den Wahlen, wo alle ihn feierten: Kinder und Alte, Beamte und Würdenträger boten ihm mit respektvollen Reden und liebendem Blick hier zwei Schafe, dort drei Kühe, da zwanzig Hühner, dort über dreißig Gewänder für seine Frau und seinen Sohn oder für ihn selbst rote, mit Gold- und Silberfäden bestickte Lederpantoffeln.

Am gleichen Morgen hielt Renard ihm zu Ehren eine Rede; Raymond tat das Gleiche, Saïf antwortete darauf; das Volk kniete nieder, und inmitten von Fanfaren, Panzern und Ehrensalven zu seinem Wahlsieg wurde ihm ein prächtiges »Präsentiert das Gewehr« zuteil: Er war der einzige Kandidat ... Vorgezeigt, spazieren gefahren, angebetet von Tillabéri-Bentia bis Krébbi-Katséna, wo der Gouverneur ihn in seinem Palast beherbergt hatte, genoss er bescheiden seine Schicksalswende, deren Höhepunkt ein endloser Vorbeizug französischer und eingeborener Persönlichkeiten war, die gekommen waren, ihm ihre Treue zu bezeigen, der den ganzen Nachmittag dauerte.

Für Saïf ben Isaac El Heït war somit die Unterwerfung des gebildeten Negerpacks abgeschlossen. Aber der Herr von Tillabéri-Bentia wusste, dass es leichter war, ein Volk zu unterwerfen, als es in der Unterdrückung zu bewahren. Also begab sich am selben

Abend eine sofort herberufene Abordnung von Weisen, Alten und Marabuts zum Friedhof, um den Hadschi Hassan zu beweinen, während seine Familie eintausend Ochsen als Geschenk erhielt.

Kassoumi, der geschickte Rechner, hatte sich verrechnet: Mit seinen akademischen Titeln und Frankreichs Unterstützung hatte er sich für den Herrn des alten Meisters gehalten, während in Wirklichkeit nur Saïf, dessen Flamme einen Augenblick schwächer gebrannt hatte, um dann rot glühend umso heller aufzuflammen, ihm, dem Sklaven, seine Wahlstimmen sicherte. *Yérété! Aou yo yéde?*

Oft, das ist wahr, möchte einem das Herz vor Kummer brechen, wenn man sieht, wie sein Land, ein riesiger Körper auf der Suche nach seiner Identität, mit sich selbst jongliert. Am Vorabend der Wahlen, am 17. Juli 1947, siebenhundertfünfundvierzig Jahre nach der Gründung des Nakemreiches, konnte Kassoumi nur mit Melancholie an die Legende der Saïfs denken, wo die Zukunft sich in der Nacht der Zeiten zu suchen scheint: die Vorgeschichte im Gehrock – das infrage gestellte Afrika.

Nicht dass Raymond an dieser herrlichen Wende der afrikanischen Kultur nur einen ideologischen Anspruch verkörpert hätte. Er wusste, dass seine eigene Existenz, Saïf zum Trotz, immer anfechtbar bleiben würde: Der Skandal, der ihn umgab, war nicht zu »katalogisieren«.

Aber die hiesigen Würdenträger – wie woanders das Bürgertum – waren bereit, diese Ansprüche gewinnbringend zu nutzen – man verfasste Schriften, etikettierte, verpackte, verkaufte bis zum Skandal. Nach der Überlieferung blieb der Politiker, der Tambiras

Sohn sein wollte, im Nakem, der seine Eltern gemordet hatte, eine Art Künstler: kein Freier wie in jeder anderen Gesellschaft, weil er in sich selbst ein problematisches Individuum, ein lebender Anspruch war.

Gewiss fand Raymond-Spartacus Kassoumi in dieser Entfremdung eine offene Tür zur Revolte: Für ihn, mit seinem Afrika, war es beinah eine Pflicht, Revolutionär zu sein. Aber wie ... Indem der Baumeister in dieser ohnmächtigen Bitterkeit verweilte, Suzannes strahlenden Stolz über das ihrer harrende hohe Geschick beobachtete, begriff er mit Schrecken, dass er durch seine Anwesenheit oder seinen Tod immer nur für Saïf Reklame machen, ihm das Verdienst an den neuen Verhältnissen zuschanzen würde.

Von solchen Gedanken unberührt, leuchtete Suzannes Auge auf, glänzte in der Begierde einer käuflichen Frau; ihr Mann verabscheute sie, weil sie ihn auf diese Art liebte und ihn als Inhaber eines Amtes anbetete; und er näherte sich ihr, brennend vor dumpfem Zorn.

Suzannes Mund. Ihr rosiger, süß schmeckender Mund. Ihr tiefer und nährender Mund. Ihre beutegierige, schlaffe, leicht in dem klaffenden Mund liegende Zunge, den er öffnete, biss, ansaugte, kaute und trank, seine Revanche genießend. Er öffnete seine Hose und fuhr mit dem Mund über ihre runden Hüften, den molligen Hintern, die Lippen der Frau. Lässig versuchte Suzanne, Gegenwehr zu leisten, sich zu erheben: Aber da geriet ihre Zunge gerade an das Glied des stehenden Mannes. Unbeweglich, passiv, den Nacken der Weißen mit beiden Händen umklammernd, entleerte er sich seines Hasses gegen die Frau, während die Frau sich eifrig mit seinem Unterleib beschäftigte, mit zitternden Händen seine

Unterhose herabzog, bis eine Kugel braunen Fleisches befreit heraustanzte, sich anbot, wie eine Faust die Zunge der Frau schlug, die den dunklen Samt der beiden Schwellungen unter der Rute beleckte. Die Klitoris wie ein Dattelkern – eine glatte und gespaltene Schwellung –, brachte sie ihren Unterleib auf die Höhe seiner Oberschenkel zurück, bog sich nach hinten und presste gegen den Schwanz ihre Vulva, die den Mann kostete, betastete, zerdrückte, dann schleckte und in seiner Prallheit pflückte. Die langen braunen gespannten Beine des Stehenden, an deren Enden sich die Zehen unruhig bewegten und verkrampften, waren die einzigen Zeugen für die Lust, die der Sohn des Leibeigenen empfand.

Die Frau krümmte sich zusammen und ließ aus sich überraschend einen starken Strom klebriger Flüssigkeit fließen, dann keuchte sie – besiegt – auf dem Boden liegend, um wieder Atem zu schöpfen.

Gelassenen Herzens ist Raymond zu Henry gekommen, der sich anschickte, nach Tillabéri-Bentia zu gehen – um Saïf zu besuchen.

»Ich werde zu spät kommen«, begann der Bischof, »und Saïf gibt viel auf die Etikette ... Soll ich Sie morgen besuchen?«

»Ist mir recht«, murmelte Kassoumi.

Aus seiner Stimme klang ein neuer Ton, eine gleichgültige Müdigkeit, sodass der Bischof die Ohren spitzte: »Was ist, mein Freund?«, fragte er, indem er ihn verblüfft betrachtete.

»Oh! Nichts.«

Henry entspannte sich: »Setzen Sie sich; möchten Sie etwas trinken?«

»Nein danke; ich möchte lieber ein Stück mit Ihnen gehen.«

Während der Bischof sein Rad bei der Lenkstange führte,

sprach er in die drückende Stille der Nacht des Nakem, als habe er für das alberne Verhalten seines ehemaligen Schülers eine Erklärung gefunden.

»Die Chinesen kennen ein Spiel: den Bindestrich. Sie fangen zwei Vögel und binden sie zusammen. Nicht zu nahe aneinander. Mit einem dünnen, aber festen und langen Strick. So lang, dass die in die Lüfte geworfenen Vögel pfeilschnell in die Höhe steigen, sich frei glauben, sich am Flügelschlagen, an der freien Luft berauschen, aber plötzlich – krack! – die Fessel. Wie toll flattern sie in alle Richtungen, drehen und wenden sich, verspritzen das Blut, das von ihren verletzten Flügeln tropft, aus denen ausgerissene Federn und Flaum auf die Zuschauer herabsinken. Die Chinesen finden das drollig, äußerst komisch und raffiniert. Man könnte platzen vor Lachen! Manchmal verfängt sich das Band im Zweig eines Baumes oder schlingt sich um die Vögel selbst, die sich, durch ihre Fessel verbunden, bekämpfen, sich die Augen auspicken, mit Schnäbeln und Krallen angreifen, sodass, wenn sie nicht vor Beendigung des Spiels auf die Zweige aufgespießt werden, einer von ihnen stirbt. Allein. Oder mit dem anderen. Alle beide. Zusammen. Erwürgt; geblendet.

Die Menschheit gleicht diesen Vögeln. Wir alle sind Opfer dieses Spieles; getrennt, aber gewaltsam zusammengebunden. Alle, ohne Ausnahme.«

»Aber, aber ...«, stotterte Raymond.

»Ja?«

»Sie ... warum erzählen Sie mir das alles?«

»Weil ich verstanden habe, auf welche Weise Saïf mit den Vipern mordete. Und das geht Sie etwas an. Hm, gehen wir weiter. Wie Sie wohl wissen, ist Saïf von Zauberern, bewährten Botanikern umgeben, die in der Trockenzeit die Bodenbeschaffenheit von Stellen prüfen, auf denen Binsen und Efeu wachsen: Hier legen Wachteln und Rebhühner gern ihre Eier. Also muss auch eine Natter in der Nähe sein. Sie werden fragen, welche Beziehung das hat. Sehr einfach: Die Natter ernährt sich von diesen Eiern.

Also entdeckt der Zauberer das Natternnest. Wenn er in felsigere Gegenden aufsteigt, kann er mit einiger Geduld auch das Versteck einer Aspisviper entdecken. Nun braucht er nur noch den Ort auszuräuchern und vor seinen Ausgang einen Sack zu halten. Der Rest ist eine Frage der Nervenbeherrschung. Also: in einem Zug den Sack umdrehen, ihn zubinden, verschnüren und dabei nicht vergessen, dass der Schwanz der Viper heraushängen muss: eine einfache Vorsichtsmaßnahme. Man muss vermeiden, dass diese sich in ihrer Wut zusammenringelt und beim Öffnen des Sackes unversehens zubeißt. Dann braucht man sich nur noch *Dabali* zu verschaffen.

Bedenken Sie, dass *Dabali* auch von den Zobos des Yamé gebraucht wird, wenn sie, um einen erfolgreichen Fischzug zu machen, das Wasser eines zu beiden Seiten abgesperrten Flussarms damit bestreuen. Unter der spiegelnden Sonnenhitze treiben die betäubten Fische dahin, man braucht sich nur zu bücken und kann sie zu Hunderten mit der Hand herausholen. Wenn sie gut gewaschen sind, kann man sie dann getrost verzehren. Aber kommen wir auf unsere Vipern zurück.

Also gibt man in den halb mit Wasser gefüllten Sack *Dabali*, um die Viper einzuschläfern, und kann die Bewegungslose dann bald herausziehen.

Messen der Länge und Breite. Danach höhlt der Verbrecher einen dicken Bambusstab aus und führt die Viper in die zylindrische Hülle ein, in der aber etwas leerer Raum bleiben muss. Dann verschließt er eine der Öffnungen mit einer Holzscheibe, während die zweite mit einem, dem künftigen Opfer geraubten Wäschestück verstopft wird.

Sie werden sich, mein Freund, der allerersten Verbrechen erinnern, die in den Jahren 1902 vor dem Tode Chevaliers gegen Verwaltungsbeamte begangen wurden. Doch nein, davon konnten Sie nichts wissen. Aber das ist ohne Bedeutung: Die Schlangen haben zugeschlagen.

Die Wäsche des künftigen Opfers soll also so schmutzig wie möglich sein und stark nach ihm riechen. Wenn die Viper erwacht und sich davonmachen will, zieht man sogleich die schmutzige Wäsche zurück, man stopft das Loch wieder zu; wenn die Viper sich dann – durch ein in den Holzzylinder gebohrtes Loch wird eine Nadel gesteckt – zum Ausschlupf stürzen will, sticht man sie in den Schwanz. Die Aspisviper zuckt zusammen, stößt, pfeift, beißt in das Kleidungsstück. Man wiederholt den Vorgang so lange, bis die Viper, dem Reflex auf Verschluss-Stich-Öffnung-Biss folgend, schließlich auf den Eigengeruch des Kleidungsstückes reagiert.

Sie folgen mir? Es kommt ein Augenblick, wo man sie nicht mehr zu stechen braucht; sie beißt allein auf den Geruch hin in das Kleidungsstück, *dieses Kleidungsstück, das einen bestimmten Geruch hat, den sie wiedererkennt.*

Stehlen sie dann ein neues Wäschestück des Opfers; ich rede nicht irre, seien Sie ruhig. Ehe der Schmied Jean Barou Doumbouya tötete und dann seinerseits starb, hat er mich aufgeklärt.

Ich selbst habe zweimal, nach dem Mord an Hassan …«

»Es war Mord?«

»Aber sicher. Und da ich das wusste, lief ich Gefahr, das gleiche Schicksal zu erleiden: Sie raten durch wen. Aber reden wir nicht von mir.

Ich sagte also, man holt ein zweites Kleidungsstück des Opfers. Schleift es nachts auf der Erde bis zum Lager des ›Lästigen‹, der zu beseitigen ist, man kehrt zurück, öffnet den Bambusstab – die Schlange kommt heraus, gleitet auf das Lager zu, beißt, verschwindet. Wohin? In die ihr vorbestimmte Richtung, sei es, dass man es so eingerichtet hat, dass sie immer noch dem Geruch des Wäschestücks folgend, zu ihrem Ausgangspunkt zurückkehrt, wo man sie totschlägt, um sie anschließend eilends in den Sack zu stecken, oder (das war bei den Morden an Beamten und Missionaren der Fall, von denen ich sprach) dass man versucht, die Schlange auf einen offenen Platz zu locken, wo ein von dem Verbrecher besoldeter Spitzel bei ihrem Anblick brüllt: ›Eine Schlange! Eine Schlange!‹ Alles Übrige ist nur Komödie. Man tötet das Reptil vor den entsetzten Zuschauern, die sich über Fahrlässigkeit beschweren …

So, mein armer Raymond, Sie haben also keine Wahl. Sie hatten Sie schon von dem Tage an nicht mehr, wo Sie sich auf eine Schulbank gesetzt haben.

Ich sage Ihnen das nur, damit Sie auf der Hut bleiben und Saïf (denn morgen werden Sie gewählt werden) auch ernst genug nehmen. Bedenken Sie, dass ich nach fünfundvierzig Jahren der Geduld nie in der Lage war, gegen ihn Beweise vorzubringen. Das ist eine andere Geschichte. Es ist spät, ich muss nach Tillabéri-Bentia.«

»Zu Saïf?«

»Ja.«

»Aber Sie rennen in Ihren Selbstmord!«, stammelte Raymond.

»Ich gehe zu Machiavelli. Oder zu Judas. Vergessen Sie nicht: Morgen findet Ihre Wahl statt. Das ist Ihr Tag, mein Sohn. Gute Nacht.«

4

Morgengrauen

»Gestern bin ich gegangen«, begann Bischof Henry nach einer Weile. »Fünf Minuten. Ein Kino. Ein Film, *Zamba*, nach der Geschichte von Nakem-Ziuko. Ich trete näher. Ich gehe hinein. Die Vorstellung hatte schon begonnen. Ich gerate mitten in ein Massaker: Schüsse auf der Leinwand. Nein. Er ist nicht tot: Er ist der Held.

Ich begreife nicht. Ich versuche, die Geschichte zusammenzusetzen. Auf der einen Seite fühle ich die Verwirrung der Handlung, auf der anderen Seite ist das Gemetzel. In der Mitte zieht jemand die Fäden. Wenn er es allzu stark machte, roch man schon den Verräter des Melodramas, und im Saal erscholl ein Murren. Ich schaue auf die Leinwand: Alle Mittel sind recht – die des Geheimkrieges, die Winkelzüge, das Unhörbare, Schreiende, nie Laienhafte. Aber für alle bleibt die Schlagkraft ein Versuch an sich selbst, weniger um ein blutiges Bild der Welt zu zeigen, als um zwischen Leben und Welt zu einer sofortigen Übereinstimmung zu gelangen. Hier ist wichtig, dass die dem Willen zur Macht bedingungslos ergebene Gewalt zu einer prophetischen Erleuchtung werde, Frage und Antwort, Dialog, Spannung, Schwanken, die von Mord zu Mord Möglichkeiten schafft, sich zu antworten, sich zu vollenden, sich sogar zu widersprechen. Ungewissheit. Aber auch Widerstreit zwischen der Ablehnung der Dekadenz und der Sehnsucht nach einer privilegierten Erfahrung, wo das Streben nach einer mit einem blinden Fenster versehenen Moral vorherrscht, das sich auf das Glück öffnet: Das Goldene Zeitalter kommt erst morgen, wenn alle Schweinehunde krepieren. Alle Menschen sind voll Wut, sie zeigen nur die Ohrenspitzen, erscheinen blitzartig durch ein Schlüsselloch und töten. Sie entschwinden. Der Wahnsinn tobt auf diesen Bildern, bewahrt die Sehnsucht nach den großen Zeitaltern und der Verborgenheit. Der Verborgene war ein verfolgter, freier Gott, der bei jedem Flintenschuss wieder von vorn anfing, mit einer von ihm auserwählten Welt, von ihm auserwählten Schweinehunden, von ihm auserwählten reinen Herzen, dann auf einmal, paff!, die auf dem Hintergrund von Abenteuer und Legende wiedereroberte Freiheit ...«

»Wenn man seine Kaltblütigkeit verliert, wird man verwundbar«, spöttelte Saïf, der den Bischof verdächtigte, mit verschleierten Worten zu reden. »Man soll sich nicht vorstellen«, fuhr er mit leisem Kichern fort, »dass die Sonne niemals wieder scheinen wird. Wir irren durch das Unheil, das ist eine Tatsache; aber wir fallen, wir sind demütig, wir besaufen uns mit dem Gift aus der blutigen Schale der Gewalt, trinken aus dem angestoßenen Glas der Werte; wir sind krank, heruntergekommen; aber weil die Welt eben seltsam ist. Aus den eigenartigsten Ablagerungen geformt, die Gott in Seiner rüttelnden Segnung erzeugt hat! Ich könnte sie von der Höhe beurteilen, von so hoch, dass Satan in der Nähe einen jubilierenden Engel zu vernehmen glaubte.«

Dann mit Fistelstimme: »Sehen Sie, mein Bester, eine Geschichte im Nakem geht so: Zu den Menschen und ihrem Wahn hat das Schicksal gesagt: ›*Ich muss sie entschuldigen, die Menschheit ist noch so jung!*‹ Und es hat abgewartet. Und es wartet noch. Wie die zu einem Denkmal gewordene Geduld. Ich finde das pikant ... Aber auf einmal, das Unvorhergesehene!, eine überstürzte Form der Spielregeln: ›Was hat nicht geklappt?‹ Die ganze menschliche Maschinerie, deren Dampfkessel der Explosion nahe ist, explodiert. Aber das Schicksal ist da, es vergibt, unvermeidbar. Sein Pardon: Unterschrift eines Ministers. Gelesen und gebilligt, mit Ortsangabe und Datum, dann das Siegel. Das nennt man einen Aufschub; wenn er abläuft, beginnt die Menschheit von Neuem, bösartig; und das Schicksal, als Stellvertreter, vergibt immer wieder. Und wie könnte es dessen auch müde werden, wie könnte es, wenn es dessen müde würde, der Langeweile entfliehen, dem leeren Bewusstsein von der gehaltlosen Zeit? Welch langweilige Unschuld, die noch niemals sündigte. Und wir sind Sünder. Also vergibt Gott aus Zwang – oder vielleicht aus Liebe.«

»Der Zwang ist für das Metall so mancher Seelen wie ein Schlag auf einen Feuerstein: Der daraus hervorspringende Funke heißt Liebe.«

»Wen interessiert eine Liebe, die nur ein Funke ist?«

»Den Menschen.«

»Sieh mal an, und warum das, mein lieber Bischof?«

»Weil das Leben, sobald man es lebt, den Glauben an die Liebe zum Leben bedeutet ... Man stellt uns das Leben wie eine Vereinigung aller menschlicher Interessen dar und fügt hinzu, man müsse, um es zu begreifen, die Erfahrungen anderer nachempfinden. Zweifellos; ich kann mir ein Leben der Liebe ohne Priestertum nicht vorstellen, und auch nicht einen Priester, der nicht gleichzeitig Apostel ist.«

»Dann ...«

»Dann habe ich an den Nakem und seine gesamte Geschichte gedacht. Ich habe gebetet.«

»Was haben Sie verstanden?«

»Dass man Gott erkennen, aber nicht verstehen kann.«

»Ist das denn so wichtig?«

»Die Menschen töten einander, weil sie nichts auszusprechen wussten.«

»Aber die Leute lieben sich, denn wenn sie sich trennen, merkt jeder, dass er nur von sich selbst gesprochen hat. Haben Sie niemals diejenigen verfehlt, die Sie lieben?«

»Ja, lange: indem ich tun wollte, anstatt tun zu lassen ...«

»Sie haben eben vom Nakem gesprochen.«

»Ich wollte allein sein und rein.«

»Aber die Einsamkeit ist von einem Gefühl der Schuld, des Komplizentums begleitet ...«

»Verzeihung, der Solidarität«, erwiderte der Bischof.

»Der Mensch ist in der Geschichte und die Geschichte in der Politik. Wir werden von der Politik zerfleischt. Solidarität oder Reinheit sind nicht möglich.«

»Das Wesentliche ist, an der Reinheit zu verzweifeln und zu glauben, dass man Grund hat, an ihr zu verzweifeln. Die Liebe ist nichts anderes. Die Politik kennt das Ziel nicht, schmiedet sich aber einen Vorwand. Die Regime brechen zusammen, weil sie schlechte Schmiede sind.«

»Wir brauchen aber Ungeschickte, weil Politik selten ehrlich ausgedrückt wird und es in der Politik wenig ehrliche Ausdrücke gibt.«

Der Bischof lachte aus vollem Herzen: »Das ist allerdings wahr«, gab er zu, »obwohl ich den Verdacht habe, dass Sie es aus Sarkasmus sagen ... Sehen Sie«, er legte die Ellbogen auf den Tisch, faltete die Hände und betrachtete sein Gegenüber mit nachsichtigem, vertraulichem Lächeln, »deshalb habe ich den Nakem und seine ganze Geschichte verstanden«, fügte er noch hinzu, indem er den verstimmten, sich leicht unbehaglich fühlenden Saïf sanft anlächelte. Dann zuckte er ungezwungen die Achseln: »Haben Sie hier ein Spiel? Schach.«

Nach einem kurzen Zögern warf Saïf ihm einen seltsamen Blick zu. Er war sichtlich enttäuscht. »Ich dachte, Sie verstünden mich«, sagte er. »Ich war sogar davon überzeugt.«

Henrys Blick war fest und durchdringend, und indem er ihn betrachtete, empfand Saïf ein Gefühl des Schreckens und vager Vertraulichkeit.

»Auf jeden Fall hat das keine Bedeutung: So ist es doch wohl?«

»Genau.«

»Seit wann sind Sie davon überzeugt?«

Der Bischof dachte nach: »Ich glaube«, sagte er, »dass ich so geboren wurde. Zu wissen, wie wir beide, dass man sich ans Unmögliche klammert, ist vielleicht auch eine Form der Liebe oder des Wahnsinns. Das hängt von der Fähigkeit oder dem Bedürfnis nach Wirklichkeit ab.«

»Ja ...«

Es herrschte Schweigen. Saïf rieb sich die Lippen, um ein Lächeln zu verbergen, dann erhob er sich, um ein Schachspiel zu holen. Gleichzeitig brachte er eine Flöte mit, die er auf den Boden legte. Als wolle er sich rechtfertigen: »Ich sage es Ihnen gleich. Ich kann nicht spielen.«

»Gerade drum.«

»Wie das?«

»Das ist einfach, sehen Sie: Sie spielen. Das heißt Sie spielen, ohne dass man Ihnen mitspielt. Aber achten Sie auf das Spiel des anderen«, drängte Henry und lächelte ebenso selbstverständlich wie Saïf. »Man muss es erkennen und kennenlernen wollen. Sagen Sie sich«, fuhr er zweideutig fort: »*Ich will so spielen, als sähen sie mich nicht spielen*, indem ich alles offen an den Tag lege, mit mir selbst und ihnen äußerlich übereinstimme, ihre List gebrauche, scheinbar ohne sie jemals durchschauen oder abwenden zu wollen, diese verdeckte Falle öffne und zwar mit Vorsicht, ohne an etwas zu rühren, bevor ich weiß, wie es funktioniert. Kann man den anderen ohne diese Vorsicht töten, mein Bester ... im Spiel?«

Saïf verstand, wusste, dass Henry wusste. Aber der Bischof ließ sich nicht erschüttern: »Der Spieler ist also stark genug, wenn er sein Spiel verborgen halten und unbeweglich bleiben kann.« Indem er wie überrascht die Augenbrauen hob, sagte er plötzlich: »So heißt die Regel des diplomatischen Spiels: *die Gewalt durch List ersetzen* ...«

Darauf Saïf in dem ganzen Glanz seiner Persönlichkeit: »Ein Problem der Kultur kann man, wie Sie, mein Freund, wissen, nicht lösen; man stellt sich in seinen Dienst – zu Beginn geht man bei ihr in die Schule. Das Gesetz der Gerechtigkeit und Liebe ist das einzig wahre Band, das unsere ewige Gegensätzlichkeit von einer höheren Warte vereinen könnte. Da unten bewegt sich die fremdartige Fauna menschlicher Leidenschaften, der Durst nach Macht und Ruhm. Aber dort liegt unsere gegenseitige Ergänzung, unsere echte Verwandtschaft.«

In diesem Augenblick begann die Flöte, ganz langsam auf Henry zuzuschwanken, er las in Saïfs Blick, dass dieser im gleichen Augenblick den aus der Flöte kommenden schwachen Pfeiftönen sein und auch das eigene Leben aussetzte. Beide taten, als merkten sie nichts, und doch waren ihre Blicke auf unerklärliche Weise aneinandergebunden.

»Aber Sie wissen doch auf jeden Fall, dass ich keine Listen gebrauche«, lachte Saïf.

»Da tun Sie unrecht«, gab Henry lächelnd zu. »Der Mensch ... hm ... ist ein politisches Geschöpf, nicht wahr? Die List ist also die Wahrheit von Kraft und Recht, die Kunst, mit dem Leben Zwiesprache zu führen.«

»Der Mensch *ist* schlau«, wiederholte Saïf langsam.

»Sie tun unrecht, keine Listen zu gebrauchen«, wiederholte der Bischof.

Die Augen des alten Mannes waren klar, hatten einen friedlichen Ausdruck. Um seine Lippen spielte ein gleichgültiges Lächeln. Als Saïf seinen Blick kreuzte, bekam er den Eindruck, dass dieser Mann um sein Geheimnis wusste – dass sie die einzig wahren Verschwörer von Nakem-Ziuko waren. Beide hatten der letzten Lüge oder der letzten Wahrheit des Seins ins Angesicht gesehen.

»List?«, erstaunte sich Saïf mit Umsicht, fast mit Furcht, als fühle er im ruhigen Lächeln seines Gegenübers eine geheimnisvolle und übernatürliche Macht. Er betrachtete den Bischof mit einem Ausdruck, in dem sich auf unergründliche Art Zuneigung und Furcht mischten.

»Das heißt frei sein«, erwiderte Henry. »Der Begriff Freiheit ist nicht so einfach. Er wandelt sich. Wie auch die Spielregeln. Der gleiche Begriff kann die vielfältigsten Erscheinungsformen haben. Ein in irgendeiner seiner Erscheinungsformen erfasster Begriff muss durch seine Definition greifbar werden. Die Menschen halten sich von dem Augenblick an für frei, wo das Gesetz anerkannt und festgelegt wird. Spielen Sie. Ich werde Ihnen die Regeln sagen. Sie werden existieren.«

»*Amen*. Die Existenz kann dem Gesetz entsprechen, aber nicht von ihm abgeleitet werden. Spielen Sie! Wir sind für das Gelingen der Kriegslist verantwortlich.«

Beide warteten, dass der andere begänne. Und dann sagte der Bischof linkisch aber respektvoll: »Wenn Sie sich nicht entscheiden, dann wollen Sie nicht erfahren, was Sie sich insgeheim wünschen, und weigern sich zu erkennen, wer Sie sind.«

(Die Flöte schlingerte, rollte zwischen ihnen hin und her.) »Man muss die Kunst lernen, sich auf intelligente Art zu irren, indem man die Spuren verwischt«, schlug Henry vor.

»Und warum denn?«, lächelte Saïf, die harmonische Rundung seiner Lippen verriet eine gewisse Selbstgefälligkeit.

»Aber sehen Sie doch! Die Quadrate, die Reihe der Bauern, die sich in der Nacht Nakems wie Fußvolk erheben, die beiden Läufer: Chevalier und Vandame; die beiden Springer: Kratonga und Wampoulo; die beiden Türme: Kassoumi und Bourémi. Schauen Sie! Da ist die Dame! Die mächtigste Figur: Sie kann in alle Richtungen gehen, während alle anderen nur eine haben. Und all das, all dieser Aufwand, geschieht nur, um den Kopf des Königs – Ihr Gewissen –, eine unbewegliche Figur, zu retten. Sehen Sie? Alles! … Um den König zu verteidigen. Sie treten diesem Leben in einer brüderlichen Konfrontation der Streitmächte gegenüber, und Sie spielen, Sie rechnen, spielen, passen sich an, fallen, ja, nein, aufgepasst, jede Bewegung ist von Bedeutung, Sie rechnen … Teufel oder lieber Gott? Und man bringt sein Schiffchen wieder ins Gleichgewicht. Und man lebt weiter, über das Leben hinaus.«

Aus Saïfs Augen sprangen Funken. Die Flöte schlingerte von Henry zu Saïf, von Saïf zu Henry, der spöttelte: »Muss ich Angst haben?«

»Angst? Vor wem? Wovor? Vor Ihnen? Vor mir? Vor uns, vor *dem*? Ich warne Sie ... man darf keine Angst haben!«

»Sonst?«, meinte der Bischof, den Fehdehandschuh aufhebend.

»Sonst werden Sie sich verfluchen, Ihre Kräfte unterschätzt zu haben. Spielen Sie! Jeder Spieler ist ein Gebrauchsgegenstand, also ist der Spieler Spielzeug und Einsatz zugleich. Versuchen Sie, dem Partner eine Falle zu stellen.«

»Und wenn er nicht will?«

»Was nicht will?«

»Spielen.«

»Er wird schon mitmachen, er wird. Er ist ein Partner. Man muss ihn bei dieser abwartenden Angriffsbewegung überraschen, wo eine Spannung die andere erzeugt, sodass ein jeder die Falle des anderen zerstören möchte.«

»Und wenn das alles keinen Sinn hat, absurd ist?«

»Absurd und Keinen-Sinn-Haben ist nicht das Gleiche. Die Natur hat keinen Sinn. Aber sie ist nicht absurd. Sie *ist*. Das Absurde kommt von Dingen, die sich gegenseitig zerstören und zeugen. In dem Unberechtigten gibt es diesen Begriff der Absurdität.«

»Die Flöte tanzt und rollt auf mich zu. Töten Sie, Saïf!«, befahl der von dieser Huldigung seiner Unschuld sowohl geschmeichelte wie auch beschämte Bischof und gab so zu erkennen, dass er von der in der Flöte verborgenen Viper wusste.

Saïfs Gesichtsausdruck veränderte sich schlagartig, als ob ein Riss durch sein Gesicht ginge. Der Bischof fühlte wohl, dass der Schock bei ihm eine Abfolge regelmäßiger wie rhythmischer Erschütterungen hervorrief. Er wusste aber, dass deren Ursache weder Furcht noch Reue waren, sondern nur die erregte Erwartung des Kommenden. Nachdenklich rieb Saïf sich das Kinn: »Ich habe nicht das Recht«, meinte er nach einer Weile und richtete auf den Bischof seine von schwerer Angst erfüllten grauen Augen.

HENRY: »Sie wollen sagen: nicht die Kraft«, erwiderte er sanft.

SAÏF: »Nein, ich habe nicht das Recht«, wiederholte er hartnäckig.

HENRY: »Ohne Kraft ist das Recht eine Karikatur. Kraft ohne Recht ist Elend. Gestehen Sie!«

SAÏF: »Es gibt nichts zu gestehen. Der Triumph des Rechts ist der Sieg des Rechts: also seiner Kraft. Und weiter ... Ihr Spiel ...«

HENRY: »*Das* Spiel.«

SAÏF: »... Das Spiel und all das Drum und Dran sind zu ermüdend.« Dann nach einem Augenblick, als sei ihm eine Erleuchtung gekommen: »Der Partner«, gab er zu, »ist so beschaffen, dass man ihn immer für den Schlaueren hält. Es gibt keinen Ausweg.«

HENRY: »Schon als wir auf die Welt kamen, war unser Weg bestimmt. Man muss sich vorwagen. Los, töten Sie!«, befahl der Bischof.

(Saïf betrachtete die Flöte, als wäre sie wie durch Zauberei in seine Hände gekommen.)

SAÏF: »Du willst, dass ich dich töte?«, fragte er Henry und starrte ihn leeren Blickes an.

HENRY: »Warum nicht?«

(Unter dem amüsierten Lächeln des Bischofs ergriff Saïf auf einmal die Flöte, warf sie ins Feuer und kam dann zu Henry zurück.)

SAÏF: »Wie Sie sehen ... es ist zu viel Zwang dabei.«

HENRY: »Zwangsläufig«, lächelte er, »es ist ja ein Spiel.« Und mit veränderter Stimme fügte er hinzu: »*Und es hat seine Spielregeln.*«

SAÏF: »Also gibt es keine Wahl.«

HENRY: »Doch! Sie werden frei, eben weil Sie keine Wahl haben.«

(Die beiden Männer betrachteten einander, lächelten sich zu und sprachen zum allerersten Mal die gleiche Sprache.)

SAÏF: »Die Symbole sterben nie«, meinte er, während die von ihm dressierte Viper im Feuer briet. »Nun wurde der Nakem schon vor Generationen geboren, doch verstehen wir erst seit fünf Minuten, über seine Gesundheit zu reden.«

HENRY: »Aber er wird nicht sterben, der König.«

SAÏF: »Spielen Sie. Die Dame.«

HENRY: »Auf jeden Fall, in der Liebe ... Der Springer.«

SAÏF: »Aber es gibt immer einen, der liebt, und einen, der die Wange hinhält. Der Bauer.«

HENRY: »Man muss vergeben lernen. Spielen Sie. Der König.«

SAÏF: »Das Unmögliche der Vergebung ist, dass man immer weitermachen muss. Spielen Sie. Die Dame.«

HENRY: »Das Leben ist nun einmal nicht anders. Spielen Sie! Glücklich sind die Friedfertigen, denn sie werden Gott schauen. Und gelobt.«

SAÏF: »Spielen Sie! Glücklich sind die Politiker, denn sie verstehen das Leben. Das Ewige.«

HENRY: »Spielen Sie! Und die Sänger im Nakem erzählen die Geschichte des Judentums. Der König.«

SAÏF: »Sei gelobt. Spielen Sie! Saïf Mosche Gabbaï aus Honaine. Die Dame.«

HENRY: »Der Ewige. Spielen Sie! Saïf Isaac El Heït.«

SAÏF: »Amen. Spielen Sie! Saïf El Hilal.«

HENRY: »Es sei. Spielen Sie! Saïf El Haram. Der König.«

SAÏF: »Sei gelobt. Spielen Sie! Saïf Ali. Die Dame.«

HENRY: »Der Ewige. Spielen Sie! Saïf Youssoufi. Der Läufer.«

SAÏF: »Amen. Spielen Sie! Saïf Medioni von Mostaganem. Der Turm.«

HENRY: »Es sei. Spielen Sie! Saïf Hesekiel. Der Bauer.«

SAÏF: »Sei gelobt. Spielen Sie! Saïf Ismail. Der Springer.«

HENRY: »Der Ewige. Spielen Sie! Saïf Benguigui von Saïda.«

SAÏF: »Amen. Spielen Sie! Saïf Rabban Yohanan ben Zaccaï.

HENRY: »Sei es. Spielen Sie! Saïf Tsévi. Der König.«

SAÏF: »Und gelobt. Spielen Sie! Saïf ben Isaac El Heït. Die Dame.«

Oft, das ist wahr, möchte die Seele vom vergangenheitslosen Echo des Glückes träumen. Doch, in diese Welt geworfen, kann man sich nicht dem Gedanken verschließen, dass Saïf – drei Millionen Mal beweint – ständig der Geschichte wiedergeboren wird, aus der heißen Asche von über dreißig afrikanischen Republiken …

… Als sie an jenem Abend einer den anderen suchten, bis die schmutzigen Schatten des Morgengrauens über die Terrasse drangen, fiel von oben über das Schachbrett ein Tropfen Mitleids; aber in der Luft war kein feuchter Staub, am Himmel keinerlei Bewegung … Es gab nur ein Spiel …

Nachwort

Als *Das Gebot der Gewalt* im Spätsommer 1968 in Frankreich erschien, war sofort klar, dass es sich hierbei um ein ebenso originelles wie anspruchsvolles Buch handelt. Sein Autor Yambo Ouologuem war ein junger Mann, der zwar schon viel geschrieben, aber bis dahin noch nichts veröffentlicht hatte. Er stammte aus Mali, wo er 1940 in Bandiagara geboren wurde, einer nur wenig südlich des heute von Islamisten kontrollierten Nordteils des Landes gelegenen Stadt. Während der französischen Kolonialherrschaft wuchs er so im Land der Dogon auf; ein Volk, das sich durch eine reiche eigenständige kulturelle Tradition auszeichnet. In Frankreich absolvierte er dann erfolgreich sein Studium und wurde Gymnasiallehrer. Sein Roman, den er dem Pariser Verlag Le Seuil erstmals 1963 zur Veröffentlichung anbot, zeichnet ein Sittenbild, das sich über acht Jahrhunderte in einem imaginären afrikanischen Reich erstreckt. Er beabsichtigte damit, die Sicht auf Afrika zu verändern, und zwar sowohl die der Europäer als auch der Afrikaner selbst. Seine entfesselte Sprache respektiert weder in der Beschreibung von Gewalt noch von Erotik die herkömmlichen Grenzen, nicht einmal vor dem afrikanischen Tabu der Homosexualität macht der Autor halt. Diesem Gestus entspricht ein eleganter Stil, teils überschäumend, teils zynisch, dabei stets bemerkenswert.

Die Mehrheit der Kritiker war sich einig: *Das Gebot der Gewalt* ist ein Ereignis. Die französische Tageszeitung *Le Monde* titelte »Ein großer afrikanischer Roman« und lobte das Buch als »glücklicheEntdeckung, wie sie nur selten aus der Vielzahl der Neuerscheinungen herausragt.« Im November 1968 erhielt Ouologuem dafür als erster Autor des gesamten afrikanischen Kontinents überhaupt den Prix Renaudot, einen der prestigereichen französischen Literaturpreise. Der Erfolg beim Publikum ließ nicht auf sich warten. Die Auflagenhöhe des Buches, von dem in erster Auflage 4000 Exemplare gedruckt wurden, überschritt schon bald die 100000er Marke. Auslandslizenzen wurden in mehr als zehn Länder verkauft, und der Roman erschien unter anderem in englischer, japanischer und schwedischer Sprache. Auf Deutsch wurde der Roman in der Übersetzung von Eva Rapsilber 1969 vom Piper Verlag herausgebracht, zwei Jahre später wurde für den Ex-Libris-Buchclub auch eine Schweizer Ausgabe produziert. Der Publizist Janheinz Jahn, seinerzeit der kenntnis- und einflussreichste Vermittler afrikanischer Literaturen im deutschsprachigen Raum, lobte Ouologuem in einer Besprechung für die *Frankfurter Allgemeine Zeitung* als »wirklich freien Geist« und bescheinigte der Übersetzerin, dessen »vulkanische Sprachgewalt und Ironie, seine dahinjagenden Satzketten, sein Sprachpurzelbäume mit Schwung und Artistik« übertragen zu haben.

Mögen in dem Roman zuallererst die Kolonisatoren als Zielscheibe der Kritik gedient haben, so kamen die ersten Vorbehalte, wenn nicht gar Angriffe aus Afrika. Denn die Art und Weise, wie Yambo Ouologuem die Verantwortung der afrikanischen Herrscher und Regierenden für das Unglück ihrer Völker zeichnet, wie er ihre Teilhabe am Sklavenhandel, ihre Mittäterschaft schildert, missfiel insbesondere den stolzen Anhängern der Négritude. Ihre

Vertretern rund um den senegalesischen Dichter-Präsidenten Léopold Sédar Senghor ging es im Kern darum, den Stolz schwarzer Völker in aller Welt auf ihre eigene Geschichte zu beschwören und diese der herrschenden Geringschätzung und Verachtung der Kolonialmächte entgegenzusetzen, deren wirtschaftlicher, politischer und kultureller Einfluss auch in den 1960er Jahren, als das Gros der afrikanischen Länder seine formale Unabhängigkeit erreicht hatte, noch immer groß war. Ein kritischer Blick zurück auch auf die eigenen Fehler war vor diesem Hintergrund nicht willkommen.

Die entscheidenden Vorwürfe gegen den Roman wurden jedoch in Europa und den USA erhoben. 1971 machte der amerikanische Literaturwissenschaftler Eric Sellin auf die Ähnlichkeiten von *Das Gebot der Gewalt* und einem anderem im Verlag Le Seuil veröffentlichten Roman, *Der Letzte der Gerechten*, aufmerksam; in diesem 1959 mit dem bedeutendsten Literaturpreis Frankreichs, dem Prix Goncourt, ausgezeichneten Werk hat der französische Schriftsteller André Schwarz-Bart die Geschichte einer jüdischen Familie über acht Jahrhunderte hinweg nachgezeichnet. Im Mai 1972 wurden weitere Plagiatsvorwürfe der britischen Literaturzeitschrift *Times Literary Supplement* erhoben, dieses Mal in Bezug auf Graham Greenes Roman *Das Schlachtfeld des Lebens* aus dem Jahr 1934. Die »Affäre Ouologuem« nahm ihren Lauf. Der amerikanische Verlag stampfte seine Bestände ein. In Frankreich wendeten sich nun zum Teil die gleichen Kritiker, die ihn zuvor in den Himmel gehoben hatten, gegen den Autor aus Mali. Auch der Verlag Le Seuil stellte in der Folge den Vertrieb des Romans ein.

Die Beziehung zwischen dem Autor und seinem französischen Verlag verschlechterte sich zusehends, und aus der Literaturszene, vor allem aus der afrikanischen, hagelte es Anschuldigungen: Le Seuil wurde nicht nur vorgeworfen, von Ouologuem ein afrikanisches Remake des überaus erfolgreichen Romans von André Schwarz-Bart bestellt zu haben. Dem Verlag wurde auch unterstellt, Anführungszeichen des Manuskripts nicht übernommen zu haben, die deutlich gemacht hätten, dass es sich bei den entsprechenden Textstellen um Übernahmen von so unterschiedlichen Autoren wie Guy de Maupassant oder dem US-amerikanischen Krimi- und Science-Fiction-Autor John D. MacDonald handelte.

Die Zeit ist gekommen, mit einer Neuauflage des Romans all diese Anschuldigungen und Vorwürfe hinter sich zu lassen. Umso mehr als heute Einigkeit darüber herrscht, dass es sich beim *Gebot der Gewalt* um eine aberwitzige Montage aus Umarbeitungen und Neufassungen vielfältiger Texte aus ganz unterschiedlichen literarischen und kulturellen Kontexten handelt: von arabischen Chroniken bis zur Bibel, von Sueton und Tacitus bis zu Gustave Flaubert. Ouologuem hat aus all diesen Lektüren ein autonomes literarisches Kunstwerk geschaffen, das sich auf brillante Weise von seinen Quellen löst. Er hält der Leserschaft den Spiegel ihrer literarischen Bezüge vor, ganz so wie er den afrikanischen Kontinent mit den Irrungen und Wirrungen seiner eigenen Geschichte konfrontiert.

Keiner geht aus dem *Gebot der Gewalt* ohne Schaden hervor. Niemand hat die Affäre um das Buch unversehrt überstanden – auch nicht Yambo Ouologuem. Schlag auf Schlag veröffentlichte er noch vier weitere Titel, allerdings keinen mehr bei Le Seuil und teils unter anderen Namen, sodass sein Gesamtwerk auf eigenartige Weise zersplittert wirkt. 1969 erschien eine Streitschrift von ihm, in der er den französischen Kolonialismus anprangert: *Lettres à la France nègre* wurde erstmals 1969 in dem kleinen Verlag Edmond Nalis publiziert und 2003 erneut von Le Serpent à plumes aufgelegt, ebenso wie *Le Devoir de violence*. Unter dem Pseudonym Utto Rodolph erschien 1969 im Verlag Le Dauphin ein erotisches Werk, das im Titel an die Märchen aus Tausendundeiner Nacht erinnert: *Les Mille et Une Bibles du Sexe*. Auch dieses Buch wurde inzwischen erneut aufgelegt, und zwar 2015 von Vents d'ailleurs, dieses Mal unter Ouologuems richtigem Namen. Außerdem hat Ouologuem unter dem Pseudonym Nelly Brigitta noch zwei Liebesromane veröffentlicht: *Le Secret des orchidées* erschien bereits 1968, *Les Moissons de l'amour* 1970, beide im Verlag Le Dauphin. Danach – verstört durch die gegen ihn erhobenen Vorwürfe und zutiefst enttäuscht von der Zurückweisung durch die Literaturszene – zog er sich, von einem Sturm der Entrüstung davongetragen, nach Mali zurück. Schon bald kappte er alle Verbindungen nach Europa und weigerte sich fortan, an sein literarisches Werk anzuknüpfen. Er starb am 14. Oktober 2017 in Sévaré, gerade einmal eine Autostunde von seinem Geburtsort entfernt, wo er in aller Abgeschiedenheit seine letzten Jahre verbracht hatte.

Der Verlag Le Seuil hat dem *Gebot der Gewalt* zum 50. Jahrestag der Erstausgabe seine Ehrerbietung erwiesen, indem er ihn in derselben Reihe »Cadre Rouge«, in der er auch 1968 erschienen war, neu aufgelegt hat. Ein angemessener Ort, um diesen Geniestreich endlich wieder – nach all dem Ungemach – für seine literarische

Qualität zu würdigen. Dasselbe Ziel verfolgt auch die hier vorliegende Ausgabe, bei der es sich um eine durchgesehene und geringfügig korrigierte Fassung der deutschsprachigen Erstausgabe in der Übersetzung von Eva Rapsilber handelt. Denn auch auf die Rezeption im deutschsprachigen Raum hat sich der Skandal ausgewirkt. Obwohl der Roman unbestritten als Klassiker der afrikanischen Literatur in französischer Sprache gilt, war er auf Deutsch seit vielen Jahren allenfalls antiquarisch zu erhalten. Ein Meisterwerk kehrt zurück.

Aus dem Französischen übersetzt und ergänzt
von Dirk Naguschewski

Titel der Originalausgabe
Yambo Ouologuem: Le Devoir de violence.
© Éditions du Seuil, 1968 und 2018

Yambo Ouologuem: Das Gebot der Gewalt.
Übersetzt von Eva Rapsilber.
© der deutschen Übersetzung:
Piper Verlag GmbH, München, 1969

Copyright ©2019
für die deutsche Ausgabe
Elster & Salis AG, Löwenstraße 2,
8001 Zürich, Schweiz
www.elsterverlag.ch

Library of Congress
Cataloging-in-Publication data
A CIP catalog record for this book has been applied for at the Library of Congress.

Bibliografische Information
der Deutschen Nationalbibliothek
Die Deutsche Nationalbibliothek verzeichnet diese Publikation in der Deutschen Nationalbibliografie; detaillierte bibliografische Daten sind im Internet über http://dnb.dnb.de abrufbar.

1. Auflage
Printed in Germany
ISBN 978-3-906903-11-8

Umschlaggestaltung
unter Verwendung des Fotos »Mali, Timbuktu, Ansicht der Stadt von der Wüste.«.
© Berthold Steinhilber/laif

Lektorat
Julia Stieglmeier

Korrektorat
Kristina Wengorz

Nachwort
Aus dem Französischen übersetzt und ergänzt von Dirk Naguschewski.

Die zitierte Rezension von Janheinz Jahn erschien am 6.12.1969 in der *Frankfurter Allgemeinen Zeitung*. Abdruck mit dem freundlichen Einverständnis des Janheinz Jahn-Archivs an der Humboldt-Universität zu Berlin.

Gestaltungskonzept
Clemens Theobert Schedler
Büro für konkrete Gestaltung

Schriften
Questa Sans, entworfen von
Jos Buivenga and Martin Majoor:
www.thequestaproject.com
Novel, entworfen
von Christoph Dunst:
www.atlasfonts.com

Druck und Bindung
CPI Books GmbH